Hohenheim

Marie-Gabrielle Hohenlohe

Das letzte Fest

Roman

Hohenheim Verlag
Stuttgart · Leipzig

Satz: Satz & mehr, Besigheim
Druck und Bindearbeiten:
Friedrich Pustet, Regensburg
Printed in Germany
ISBN 3-89850-147-7

»Ist das eine lausige Kälte.«

»Das ist hier Tradition.«

»Wer ist denn heute alles da?«

»Niemand, eigentlich. Die Interessantesten sind wir selber.«

Die Leute strömten ins Haus. Die Fensterreihen waren hell erleuchtet, Fackeln brannten im Hof und auf den Brücken. Das Gedränge nahm zu, schon war die Eingangshalle überfüllt, und nachrückende Gäste drückten die anwesenden zum Fuß der Wendeltreppe, auf deren Stufen offene Kerzenflammen in gewagter Nähe zu den langen Röcken brannten. Eine Menge eleganter Frauen jeden Alters war an diesem Februartag 1999 im Wasserschloß von Laun im Erfttal zwischen Köln und Bonn erschienen; ob aller Schmuck echt war, vermochte in dem unsicheren Licht freilich niemand zu sagen. An der Wand flackerten elektrische Kerzen, und mit Erstaunen bemerkte Oberst a. D. Wolfgang Hoppe die klobig zugekalkten Leitungsbündel aus der Zeit zwischen den Weltkriegen, die sich in der Finsternis der Gänge verloren. Von den Wänden rieselte der Putz, die ausgetretenen Steinböden waren eiskalt. Aber in den Salons krachten und flammten die Kaminfeuer, aus dem Saal schallte es wie aus dem Schilf im Frühling, wenn die Stare einfallen, und niemand fror. Dazu stand man zu dicht, redete zu laut, trank zu viel.

»Ein Bett? Hier –? Unmöglich. Sogar im Bad schläft jemand.«

»Bei uns im Zimmer sind fünfzehn Grad.«

»Bei uns vierzehn. Unvorsichtigerweise hat Caroline ein Thermometer aufgehängt.«

»Wahrscheinlich ist sie sehr stolz auf ihre fünfzehn Grad.«

Der Cocktail, eine solide altmodische White Lady, hätte einen Elefanten umwerfen können. Hoppes leeres Glas wurde sofort durch ein neues ersetzt. Er nahm einen vorsichtigen Schluck, nur um zu probieren, ob es dieselbe Mischung war, die das Blut zum Sieden brachte und alle Knochen im Leibe auflöste. Es war dieselbe.

Hoppe sah niemanden, den er kannte. Auf den Stufen, die in den Saal hinunter führten, blieb er stehen inmitten der vielen, die auch dort standen. Im Januar erst war er in die möblierte Villa im Nachbardorf gezogen, die einer Prinzessin Starburg gehörte. Sie lebte in Spanien. Er hatte das Haus über eine Annonce gefunden und über eine Agentur gemietet.

»Titti ist da.«

»Was, aus Marbella? Wo denn?«

»Da steht sie doch.«

»Sie sieht aus wie eine weiße Massai.«

Auf seiner anderen Seite wurde über Jagd geredet, wer was wann wo geschossen hatte und warum, und bei wem gar nichts vorbeigewechselt war; Hoppe hörte nicht hin –

»War Frau Direktor Eischinck auch da?«

»War da. Und wieder nichts getroffen. Ich habe ihr gesagt: Frau Direktor müssen immer genau eine Bidet-Länge vorhalten –«

– Hoppe war kein Jäger. Auch von Unterhaltungen, die auf französisch oder spanisch geführt wurden, hielt er sich fern.

»Ist das nicht Caro Barato, der Schlagersänger?«

»Er heißt nicht Barato, er heißt anders, und er ist heute gar nicht da.«

»Wer ist es dann –?«

»Das ist Tittis Neuer.«

Hoppe reckte den Hals nach dem Schlagersänger, konnte ihn aber nicht entdecken. Er sah sich die jüngeren unter den Schönen genauer an, am liebsten hätte er gefragt, ob es mehr Gräfinnen hier gebe als Prinzessinnen und welche die Blue Chips denn seien. Die Frage hätte viel Zeit gespart. Nicht, daß die Jagd auf eine Prinzessin ein Projekt gewesen wäre; er war nur zu seiner Unterhaltung hier.

»Caroline hat sich einen Guru eingeladen.«

»Wunderbar! Wo ist er denn?«

»So ein kleiner Dicker soll es sein. Warum? Was willst du mit einem Guru?«

»Ihn ausfragen natürlich«, sagte die betreffende Dame von altersmäßig noch akzeptablen Aussehen und blickte sehnsüchtig in die Runde. Hoppe hätte sich beinahe ins Gespräch gemischt – er hatte selbst einen ausgezeichneten Ruf als Börsen-Guru, aber klein und dick war er nicht. Er war nicht groß und etwas feist, das kam vom Whisky nach einem anstrengenden Börsentag –, als die andere, eine knochenlos weiche Alte, einen Schritt zurücktrat und gegen Hoppe prallte. »Oh, pardon! – Sie gehören auch zur Familie? – Nein –? Ich dachte nur. Bei Titti kann man nie wissen –«; sie lachte glucksend, musterte Hoppe nicht unfreundlich aus kugelig blaßblauen Augen, nickte mit den Doppelkinnen und nahm ihr voriges Gespräch wieder auf.

»Kommt Ott heute nicht herunter?«

»Er ist noch oben. Später kommt er.«

Hoppe umging einen großen, alten Hund, der wie absichtlich dort stand, wo er allen am meisten im Wege war, im Durchgang zwischen zwei Zimmern, und probierte seinen Cocktail weiter. Er konnte sich nicht schlüssig werden, ob die neue White Lady besser war als die alte; bis er sich auf seine Pflichten als Gast besann. Die Dame des Hauses hatte er noch nicht begrüßt. Er unterbrach die Unterhaltung zweier Herren neben sich.

»Entschuldigen Sie bitte! Wissen Sie, wo ich die Herzogin finden kann?«

»Sie suchen die Herzogin?« fragte der eine, glatzköpfige und bebrillte. Der andere war hager, groß und finster, noch ohne Grau im schwarzen Haar. »Welche Herzogin meinen Sie?«

Also gab es mehrere Herzoginnen hier. »Ich suche die Hausherrin.«

»Er sucht die Hausfrau«, übersetzte der Glatzköpfige dem Schwarzhaarigen. »Wo ist Caroline?«

Der Schwarzhaarige als größter der drei reckte das Kinn und überblickte die Menge. »Vorhin war sie noch am Kamin. Jetzt ist sie weg.« Der erste, bebrillte, beteiligte sich nicht an der Suche, sondern schätzte Hoppe schnell und unauffällig ab. Seine Schuhe waren zum Smoking nicht die richtigen, das hatte Hoppe selbst beim Eintreten gleich festgestellt. Es hätten keine Straßenschuhe, sondern ausgeschnittene Lackpumps mit Schleife sein sollen. Der Bebrillte zog ein riesiges weißes Taschentuch aus seinem Innern und blies hinein, als habe er ein abschließendes

Urteil gefällt; legte es sorgfältig zusammen und verstaute es, er hatte sein Jagdsignal gegeben.

»Da ist sie ja! Am Fenster da hinten.« Der starre, abstandhaltende Blick des Schwarzhaarigen richtete sich auf Hoppe, mit dem Kinn wies er den Weg, und sein kaltes, maliziöses Lächeln schien zu sagen: du wirst schon sehen, wie du mit ihr fertigwirst – oder sie mit dir.

Hoppe sah sie und begriff, warum die Herzogin von Starburg-Blemersheim zu Laun nicht vorn am Eingang stand, wo es zog und alle Welt sich staute, sondern ganz hinten im Saal, wohin die Gäste mit Cocktail schon gestärkt und aufgemuntert durch vielfältiges Wiedersehen erst nach und nach gelangten. Sie war eine immer noch sehr schöne Frau, über die besten Jahre zwar hinaus, aber schlank und gut gewachsen. Sie trug ein betont einfaches Abendkleid aus schwarzem Chiffon, wie um die Eleganz ihrer Gäste keinesfalls zu übertreffen, und Perlen unter den drahtig kurzen Löckchen an Hals und Ohren. Jeden ohne Ausnahme begrüßte sie mit einer Überraschung, einer Freude, als sei dem glücklichen Zusammentreffen keine schriftliche Einladung vorausgegangen, und mit einer Herzlichkeit, durch die auch die unscheinbarsten Gäste den Eindruck gewinnen mußten, nur gerade ihr Erscheinen habe zu Glück und Gelingen des Abends noch gefehlt. Eine Meisterin ihres Faches war hier am Werk, Hoppe bemerkte es gleich und sah ihr mit Vergnügen zu. Mit lautem Mmh – Mmmh –! verstärkte sie die Innigkeit der Wangenküsse, fing eine stolpernde Honoratiorin geschickt in einer halben Umarmung auf; begrüßte das folgende Paar mit kleinen Schreien aus dem Welpenkorb, wenn die Milch kommt, und fiel ihnen um den Hals. Sie strahlte und ließ andere strahlen, alles Licht kam ja von ihr; ihre Herzlichkeit gefiel Hoppe, mochte sie nun ganz aufrichtig sein oder nicht.

»Herr Oberst Hoppe, wie schön –! Wie schön, daß Sie heute Zeit hatten«, rief sie und streckte nach ihm, den sie doch nur wenige Male gesehen hatte, fast die Arme aus; so daß es Hoppe nur mit Mühe gelang, den vorgeschriebenen Handkuß korrekt zu applizieren.

»Gnädigste Frau Herzogin –«; er zog ganz leicht die Hacken zusammen.

»Ich freue mich ja so. Kennen Sie schon –«, Caroline ergriff den letzten, den sie gerade aus ihrer Umarmung entlassen hatte, am Ellbogen und zog ihn zu sich zurück. »Hansi! Kennst du schon Oberst Hoppe, unseren Mieter? Er ist ein Finanzgenie. – Das ist mein Vetter, Graf Kottentrott aus Köln. Er ist Banker.« Und sie wandte sich den nächsten Gästen zu.

»Beraten Sie meine Cousine?« Hansi Kottentrott, ein blasser, pickliger junger Mann, betrachtete zweifelnd Hoppes glühendes Gesicht. Wie ein Genie sah er wohl kaum aus; und wie viele Genies mochte die Herzogin von Starburg nicht schon gesammelt und wieder verworfen haben!

»Nein, das tue ich nicht.«

Hansi Kottentrott wirkte erleichtert, und gerade, als Hoppe mit einem »Heiß hier« oder »Kalt draußen« die Unterhaltung in Schwung bringen wollte, tippte jemand Graf Kottentrott von rückwärts auf die Schulter und holte ihn weg in eine entfernte Ecke; dort gab es ein großes Hallo.

Caroline griff hinter sich und zog ihn zu sich her.

»Oberst Hoppe! Kennen Sie schon unseren Nachbarn, Baron Deddi Dackelwitz? Er wohnt –«

»Dankelwitz, meine Liebe, Dankelwitz.«

»Oh pardon, Deddi, immer passiert mir das –«

»Das macht es nicht besser«, meinte Deddi säuerlich. »Sie sind also Tittis Mieter –? Titti ist heute auch da. Ein originelles Haus, wenn Sie mich fragen, die Villa meine ich.« Der Baron war ein dünner, gebeugter Mann mit fadblondem, trübselig hängendem Schnurrbart. »Habe ich richtig verstanden, Sie sind Oberst –? Wo waren Sie stationiert, wenn ich fragen darf?«

Hoppe war stellvertretender Brigadekommandeur in Bad Mergentheim gewesen.

»Im lieblichen Taubertal. Kenn ich, wegen der Leber. Stab oder Truppe?«

»Beides«, sagte Hoppe und gab noch Auskunft, der Deddi jedoch nicht zuhörte, weil er durch verschiedene, aus der Ferne und auf Sicht stattfindende Begrüßungen abgelenkt wurde; als ihnen bereits ein neuer Gast zugeschoben wurde.

»Herr Hoppe! Kennen Sie schon unseren Archivrat Dr. Schnuller –«

»Schuller, Durchlaucht, Schuller.«

»Oh Gott wie peinlich, das ist mir noch nie passiert – entschuldigen Sie bitte, Herr Archivrat –«

Schuller, füllig und pausbäckig wie ein Teddybär, lachte gutmütig, er war seinen Spitznamen längst gewöhnt.

»Kommen Sie von weither, Durchlaucht?« erkundigte er sich bei Hoppe, von dem er im allgemeinen Lärm nur verstanden hatte, daß er sich jetzt mit diesem Gast unterhalten sollte.

Hoppe lächelte und bedauerte, nein; noch mehr lächelte Baron Dankelwitz. Zwischen ihm und dem Archivrat schien ein Verhältnis freundschaftlicher Geringschätzung zu bestehen. Schuller wußte über den rheinischen Adel im allgemeinen und die ortsansässigen Familien viel mehr, als Deddi jemals wissen würde oder wissen wollte; und trug doch einen Siegelring aus Lagenstein an seinen kurzen Fingern und Jahr um Jahr denselben schlecht geschnittenen Smoking und dazu Socken und diese miserabel geputzten Treter. Aber noch viel erstaunlicher in Deddis Augen waren Irrtümer wie dieser, daß nämlich ein Experte wie Schuller diesen Herrn Hoppe für einen Standesgenossen halten konnte; was Deddi nie passiert wäre, ohne daß er die Gründe hätte nennen können. Und später, als Hoppe selber im Begriff war, zum Adelsexperten zu werden und er dem Baron mit ein paar Fragen zusetzte (obwohl das schlechter Stil war) und sogar insistierte (immer ein Zeichen von schlechter Erziehung), da hatte Deddi unter großen Schwierigkeiten ein paar Hinweise geliefert auf etwas, das zu selbstverständlich war, als daß es das Nachdenken lohnte, zum Beispiel: Dinge und Personen sind eben, was sie sind, sie haben ihren Platz und ihr Etikett, und diese beiden bestimmen, was sie sind. Danach kann man sich richten. Oberst Hoppe bezweifelte dies, er war an klarere Hierarchien gewöhnt, er dachte an Napoleon; doch Zweifel ist Luxus, und Deddi spielte seine Trumpfkarte aus, den Dankelwitzschen Wappenspruch *In der Beschränkung ist Macht,* unbestreitbar wahr, und interpretierte ihn ganz korrekt mit *Nur keine Probleme im Salon;* um sich schleunigst wirklich brennenden Fragen zuzuwenden. Wieso war kein Siebener Schrot im Haus? Warum war keins nachbestellt?

Jetzt schmunzelte er mit schlecht verhehlter Schadenfreude über Schullers Faux Pas. Doch Schuller war nicht der einzige.

»Noch einen Drink, Erlaucht?« Eine ländlich wirkende Frau in gestreifter Schwesterntracht reichte ein Tablett herum, und weil sie so nett aussah, nahm Hoppe ihr noch ein Glas ab. »Ist das Medizin?«

»Hallo, Schwester Anni.« Auch Deddi Dankelwitz bekam eins und nahm einen langen, durch den Schnurrbart und die Zähne gezogenen Schluck, der ihn sichtlich belebte.

»Zum Wohl!« wünschte Hoppe, der Höfliche, und »Prostata!« antwortete der Baron.

Dankelwitz hatte auf der Herbstjagd in Laun ein Eichhörnchen geschossen und sonst nichts. Jetzt beklagte er sich bei Schuller, als sei der Fehler im Archiv zu suchen. »Jedes Jahr wird weniger geschossen, jedes Jahr –«

Schuller war diese Klage gewöhnt, und da er kein Jäger war, fand er ein Eichhörnchen besser als gar nichts. Sofort begann der Baron eine Aufzählung der Strecken, die noch in den siebziger Jahren üblich gewesen waren – Fasanen, Rehwild, Hasen, auch Sauen hin und wieder –, und trotz der historischen Relevanz der Dankelwitzschen Schilderung wurde Schuller unruhig, ließ die braunen Augen schweifen und flog ab, sobald er einen neuen Landeplatz entdeckt hatte.

»Sie jagen nicht?« erkundigte sich Deddi, als ihm einfiel, daß er Tittis Mieter auf der Herbstjagd nicht gesehen hatte. Hoppe jagte nicht, doch das sollte Dankelwitz nie erfahren; jemand legte ihm von hinten die Hand auf die Schulter und drehte ihn zu sich um, und Hoppe stand wieder Hansi Kottentrott gegenüber, der sich diesmal jedoch nur vorbeischlängeln wollte, nach anderen Leuten Ausschau hielt und keine Notiz von ihm nahm. Als Vetter der schönen Herzogin fand Hoppe ihn ohnehin zu mickrig und zu jung. Immer neue Gäste strömten hinter Caroline ins Getümmel, nur Hoppe stand wieder alleine da.

Die Hausfrau streckte ihren langen glatten Arm aus und holte ihn zu sich. »Herr Hoppe! Kennen Sie schon den lettischen Kultusminister, Professor –«

Der Minister, ein jovialer, gut beleibter Riese, stand schwankend da und überragte sie alle. Oberst Hoppe deutete die allerkorrekteste kleine Verneigung an und zog ganz leicht die Hacken zusammen.

»– Professor Hackenzies –«

Hoppe zuckte zusammen, das ging zu weit; doch in der wohlwollend leutseligen Miene des Ministers änderte sich nichts.

»– und Frau Hackenzies«, ergänzte Caroline.

»Angenehm«, murmelte Hoppe und küßte erleichtert die erhobene, gut gepolsterte Hand oder hätte es getan, wenn sie ihm nicht vorzeitig entrissen worden wäre; Frau Hackenzies hatte eine Bekannte entdeckt und winkte ihr zu. Hoppe faßte eine Abneigung gegen die spitznasige fette Madame Hackenzies, die mindestens so alt war wie er selbst.

Der Minister wurde gegen ihn geschoben und merkte, daß er auf Hoppes Fuß stand; er unterbrach sein Gespräch mit Caroline.

»Was macht die Sammlung? Neue Stücke eingekauft?« erkundigte er sich in baltischem Akzent und richtete ein paar glasige Augen auf Hoppe.

»Das ist nicht Herr Muhl, Exzellenz, das ist Herr Hoppe a. D., Herr Muhl ist heute nicht da«, rief die Herzogin, um den Lärm zu übertönen.

Der Minister griff sich an den Kopf. »Natürlich –! Wie konnte ich nur –!« Er starrte Herrn Hoppe a. D. hilfesuchend an, wo er ihn schon getroffen haben könnte, aber Hoppe wußte es auch nicht, und der Minister verlor das Interesse an ihm.

»Herr Minister, Sie müssen unbedingt den spanischen Botschafter kennenlernen«, rief Caroline und zog den Riesen mit sich fort. Hoppe blieb in Gesellschaft der Hackenziesschen Gattin zurück, er seufzte und trank sein Glas halb leer. Als das Tablett vor ihm auftauchte, nahm er ein zweites Glas für Madame. Gern hätte er die Gestreifte gefragt, warum sie Schwesterntracht trage, ob nur heute oder ob das bei herzoglichen Cocktails wegen ihrer umwerfenden Stärke so üblich sei; er hörte aber, daß seine Worte nicht mehr ganz klar akzentuiert zur Verfügung standen und ließ es.

Die Hackenzies wollte das Glas nicht, und trotzig behielt Hoppe alle beide. Eins trank er gleich. Madames Gesicht verschwamm, die Nase war nicht mehr so spitz, eigentlich war sie doch eine komische fette alte Schachtel. Hoppe war schon im Begriff, ihr auf die Schulter zu hauen und es ihr zu sagen, besann sich aber, ließ sie stehen und schwenkte ab ins Gewühl.

»Wer ist denn der vertrocknete lange Blonde da hinten?«

»Das ist Tittis Neuer, ein Australier.«

»Der Schlagersänger?«

»Nein, der Tierfilmer. Er will sich nicht aufs Sofa setzen, weil er keine Streifen mag.«

»Seit wann mögen Australier keine Streifen –?«

Das Gedränge war jetzt so dicht, daß man kaum noch vorwärts kam.

»Ist unser Tycoon heute nicht da?«

»Nein, bloß ein Herr Hoppe. – Oh, pardon! Sind Sie das vielleicht –?« fragte die Dame, die ihm am nächsten stand.

»Bin ich. Wolfgang Hoppe«, nuschelte Hoppe.

»Ist unser Milliardär heute da?« fragte eine hagere Dame in Grün, deren Züge von dicken Brillengläsern entstellt waren.

»Ich bin's noch nicht ganz, aber ich bin da«, erklärte Hoppe.

Die Knochige im grünen Abendkleid starrte ihn an. Hoppe nahm die Schultern zurück und stand gerade. Die Unterhaltung nahm ihren Fortgang.

»Diese Greenpieseler, wie du immer sagst –«

»Hab ich das gesagt? – Wie geistreich von mir.«

»– aber manchmal haben sie doch recht. Ich weiß nicht, ob du weißt, wie schwer es ist, ein richtiges Frühbeet anzulegen.«

»Kommt ihr am Dienstag? – Wir essen um eins«, rief die Dame neben der ersten.

»Wie macht man das?«

»Mulch. Wir nehmen Mulch.«

»Ach ja, Mulch«, rief Hoppe. »Ich nehme auch immer Mulch um eins.«

Die blinde Gärtnerin war immer noch perplex, als die unermüdliche Gastgeberin wieder erschien. »Meggi, du kennst schon Oberst Hoppe, den Finanzzauberer? Was er anrührt, wird zu Gold.«

Damit hatte sie recht. Die kurze steile Rally bei der Einführung des Euro zum Jahreswechsel (für Bankgeschäfte) hatte er vorausgeahnt und war eine ungewöhnlich große Position in Future- und Optionskontrakten eingegangen, die er entgegen jeder Regel auch während der Feiertage hielt. Dies hatte ihm ein paar schlaflose Nächte, aber auch einen phänomenalen Gewinn eingebracht, den er am 7. Januar glattstellte. Seither begegnete man ihm in der Kölner Kreditanstalt mit höchstem Respekt, ja Devotion.

»Nicht Gold, gnädigste Frau, der Goldpreis ist auf zweihundertvierundachtzig Dollar gefallen«, verbesserte Hoppe und spürte, daß seine Miene den pfiffig verschmitzten Ausdruck annahm wie jedesmal, wenn von Spekulation die Rede war.

Caroline blieb unbeeindruckt, sie hatte ihren Schmuck geerbt. Sie nahm ihren Gast am Arm und zog ihn mit sich fort. »Herr Hoppe, Sie müssen unbedingt meine Tochter Antoinette kennenlernen. Sie wohnen ja in ihrem Haus.«

Und untergehakt mit ihm, Wolfgang Hoppe, den noch kaum einer kannte, durchquerte die Herzogin von Starburg-Blemersheim den Saal in ganzer Länge, ohne im Gedränge seinen Arm ein einziges Mal loszulassen, und stellte ihn unterwegs noch einigen Leuten vor – sie, die seit zwanzig Jahren Witwe war. Alle sahen es und denen, die es nicht gesehen hatten, wurde es berichtet; und beinahe sofort machten die abenteuerlichsten Vermutungen über Oberst Hoppes Vermögen und Einfluß die Runde, und später, als die Herzogin selbst ihm von diesem Abend erzählte, erinnerte sich Hoppe an das Gefühl, das er an ihrem Arm und als alle Augen auf ihn gerichtet waren, gehabt hatte – es war nicht unangenehm gewesen.

»Da ist sie«, sagte Caroline, »da ist meine Tochter Titti.«

Natürlich erkannte Hoppe sie sofort. Er kannte sie ja längst aus den Illustrierten beim Zahnarzt und Friseur. Widerwillig drehte sie sich um. In der starken Sonne des Südens war diese Blüte der Gesellschaft leicht vertrocknet, sie trotzte dem Schleichen des Alters und der Kälte mit einem Dekolleté bis unter den Nabel vorn und einer großen Schleife rückwärts. Sie war stockdünn und verbarg dreiviertel des Gesichts unter einer kunstvoll ungekämmten Löwenmähne, deren Ausmaße unwillkürlich an die Haube einer Barmherzigen Schwester erinnerten, weil sie nur Mund, Nase und Kinn freiließen und Hals, Stirn, Wangen und die Hälfte der Augen gnädig verdeckten. Diese berühmten, porzellanblauen und tellerflachen Augen richteten sich jetzt mit nervösem Zwinkern auf Hoppe, als sei sie kurzsichtig. Sie öffnete den Mund, um etwas zu sagen, überlegte es anders, drehte sich zu dem Australier zurück und wies ihrem Mieter die große Schleife.

Nicht einmal die rotlackierten Spitzen ihrer Hand hatte sie ihm zugestanden. Noch selten in seinem Leben war

Wolfgang Hoppe so gesnobt und gedemütigt worden, und er war ein selbstbewußter, von seinem Können und Wert überzeugter Mann. Jetzt empfand er heftigen Groll. Caroline war schon wieder mit anderen beschäftigt, und etwas Sprödes, Kratzbürstiges oder Ironisches, das von ihrer Person ausging, warnte ihn, sich auf den schönen Schein allzusehr zu verlassen. Es war neun Uhr, man trank scharfe Cocktails seit halb acht, und noch immer gab es nichts zu essen. In schlechter Laune stand er an die Wand gedrängt, von Rücken umgeben, über sich die roten, bäurischen Gesichter der Starburgschen Vorfahren mit dem fleischigen Schimmer auf der Haut, derbe Metzgermeister vom alten Schlag. Die Hunde wirkten vornehmer als die Herren und am nobelsten die Waffen. Wenn man diese Titti Starburg als vorläufiges Endprodukt nahm, dann mochten die Nachfahren zwar verfeinert sein, dabei aber zäh und flachsig wie luftgetrockneter Schinken. Es waren trotzige und kannibalische Gedanken, hervorgerufen durch den Hunger und den Zorn; denn hatte nicht auch Titti ihn gemustert wie einen Bissen – appetitlich stramm und fest, wenngleich zu korpulent und untersetzt –, nach dem ihr aber jetzt der Sinn nicht stand. Sie zog den dürren Australier mit den traurigen blutunterlaufenen Augen vor, der auf seinen langen Beinen bedenklich schwankte.

Nach dem Essen gehe ich sofort nach Hause, schwor er sich und bezog wieder seinen Posten oben auf den Stufen in den Saal. Am liebsten hätte er alle in Linie zu drei Gliedern antreten lassen und ihnen eine Ansprache gehalten. Am liebsten hätte er sich ohne Abschied davongemacht. Er blickte hinunter auf die elegante Gesellschaft, er sagte sich: never short a dull market, und blieb.

Und dann bemerkte er jemanden, der sich den Weg zu ihm bahnte.

Es war der Finstere von den beiden, die ihn vorher mit der Gegenfrage: welche Herzogin meinen Sie? als Außenseiter abgestempelt, aber auch sein Interesse geweckt hatten, weil es hier mehrere Herzoginnen gab. Da es dem Finsteren, einem steifen hageren Stockfisch, nicht gegeben schien, geschickt auszuweichen, stieß er im Gedränge überall an und wurde selbst angestoßen; was jedesmal umständliche Erklärungen, Begrüßungen und nachgeholte Handküsse nötig machte, wobei er wiederum an neuen Schultern aneckte und gegen frische Gläser stieß und infolgedessen nur langsam vorwärts kam. Zwischendurch hielt er immer wieder Ausschau, ob Hoppe noch dort stand, wo er ihn gesehen hatte. Mit den vielen Aufenthaltungen und Unterbrechungen hatte sein stetiges Näherkommen etwas drohend Unausweichliches, wie das eines Schaffners im überfüllten Zug.

Schließlich erreichte er die Stufe unter Hoppe, blieb dort aber nicht stehen, sondern stieg höher und stellte, indem er auf ihn heruntersah, die natürliche Ordnung der Dinge wieder her.

»Sie sind Oberst Hoppe, der Finanzexperte«, stellte er fest, wie Gott beim Jüngsten Gericht es vielleicht macht; worauf die Frage folgt: und was hast du damit angefangen –?; und sie folgte, wenn auch nicht gleich. Zunächst überreichte er etwas feierlich eine Visitenkarte. »Ich habe mich noch nicht vorgestellt. Ich bin der Schwager der Herzogin.«

»Welche Herzogin meinen Sie?« fragte Hoppe, doch für diese Art von Retourkutsche hatte der Prinz keinen Sinn und wartete stumm, bis er seine Karte gelesen hätte. Also hob Hoppe sie ins schwache Licht.

Rupert Prinz von Starburg-Blemersheim zu Laun, Schloß Laun, Vorburg, las er. Er verneigte sich ein wenig ironisch und überreichte die eigene, viel schlichtere Karte.

Der große knochige Rheinländer steckte sie unbesehen weg. Er hatte nichts von der Fröhlichkeit, die seinen Landsleuten nachgesagt wird. Die finsteren Augen unter den dichten buschigen Brauen richteten sich, so bohrend sie konnten, auf Hoppe, als sei er ein Schüler, der vielleicht schummelt.

»Herr Oberst Hoppe, ich habe gehört, Sie sind – äh, Anlageberater? – Beraten Sie auch meine Schwägerin, die Herzogin, bei ihren finanziellen – äh, hm, hm, – finanziellen Entscheidungen?«

Hoppe lachte auf, die Idee war zu absurd. »Ich bin nie Anlageberater gewesen. Ich bin selbständig.« Er merkte, daß Prinz Starburg ihm nicht glaubte. Einmal Börsenexperte (oder Spekulant), immer ein schräger Vogel; einmal aktiver Offizier, immer ein anständiger Charakter – das paßte nicht zusammen.

»Sie haben sich vorzeitig pensionieren lassen –?« Die Brauen zogen sich in die Höhe, er lächelte geringschätzig und angespannt.

»Ich habe meinen Abschied etwas früher genommen.« Hoppe spürte den Verdacht und wurde störrisch. Sollte er sich vor einem Zivilisten rechtfertigen, warum er nicht im

Dienst geblieben war? »Die Beförderungsmöglichkeiten waren begrenzt.«

Der Prinz lockerte seinen Zangenblick. »Ich habe einen Sohn, Alexander, der macht auch Börsengeschäfte«, sagte er nun, mit schöner Selbstgefälligkeit. »Sie sind doch Aktienfachmann?«

Er hatte wohl nur eingefordert, was ihm zustand, Auskünfte; er nahm an, sein Interesse an Hoppe müsse als Kompliment aufgefaßt werden.

»Ich bin zur Zeit nicht investiert«, wehrte Hoppe ab.

»Sie sind nicht –? Ach so. Mein Sohn hat letztes Jahr sehr erfolgreiche Geschäfte gemacht.« Wieder klang es wie Tadel – diesmal, weil Hoppe nicht investiert war?

»Er hat dreißig Prozent verdient«, prahlte Rupert.

»1998 war ein gutes Aktienjahr«, bestätigte Hoppe, der ein Mehrfaches davon verdient hatte.

Der eckige Rheinländer dachte offenbar nach, wie er seinen Sohn am besten schildern könne; jeder hier kannte ja Sony-Alexander, dessen Vorzüge und Fähigkeiten zu populär waren, als daß man gewußt hätte, wo mit Aufzählen anfangen.

»Alexander hat zwar nicht im Bankfach studiert, sondern ein paar Semester Landwirtschaft und Jus. Er versteht von Aktien vielleicht nicht viel, aber er hatte von Anfang an die richtige Nase.« Er sah beifallheischend auf Hoppe.

Was bläst er sich so auf? Es sind schon höhere Türme umgefallen, dachte Hoppe. Er verneigte sich leicht. »Sie *glauben,* daß er den richtigen Riecher hat«, sagte er mit soviel Sarkasmus in der Stimme, als sich mit Höflichkeit gerade noch vereinbaren ließ, und nahm einen Schluck aus seinem Glas.

»Ich werde mal schauen, ob ich ihn finde«, kündigte Rupert an, der sich das Ziel gesetzt zu haben schien, die beiden zusammenzubringen; deshalb war er gekommen, und natürlich um Caroline, die als Frau ja von Bankgeschäften nichts verstand, vor Schaden zu bewahren. »Sie geben auch Tips –?«

Es war mehr eine Feststellung als eine Frage.

»Nein, nie«, sagte Hoppe sofort, er wußte selbst nicht warum; vielleicht nur, weil die Person des Prinzen ihn so unwiderstehlich zum Widerspruch reizte.

»Nie –?!« wiederholte Rupert im Ton höchsten Erstaunens.

»Nein, nie«, sagte Hoppe entschieden.

»Und warum nicht, wenn ich fragen darf –?«

»Weil es keinen Zweck hat. Auch ein guter Tips –«

Rupert starrte ihn an, als warte er auf Fehler; und der Fehler war eingetroffen.

»Auch ein guter Tip ist, wenn man ihn nicht sofort umsetzt, kein guter Tip mehr, sondern ein schlechter.« Hoppe wurde wieder störrisch. Was verstand der Stockfisch schon davon –? Er wollte über Tips ja gar nichts wissen, er verlangte bloß Zustimmung.

Rupert glaubte ihm nicht, die Ablehnung eines so ehrenvollen Auftrags ging nicht in seinen Kopf. »Wo ist Sony?« fragte er jemanden, der hinter ihm stand.

Hoppe hatte kein Lust, sich mit dem vielversprechenden und vermutlich ebenso hochnäsigen Sohn abgeben zu müssen. Er wollte schon die Flucht ergreifen, als er hinter dem

Rücken des Gatten die Gattin entdeckte, die sich schon die ganze Zeit dort aufgehalten hatte, aber so unauffällig, daß man sie ganz übersah.

Auch Rupert schien sie jetzt erst wahrzunehmen. Seine Miene wechselte von steinerner Strenge zu majestätischem Wohlwollen. »Darf ich vorstellen – Oberst Hoppe – meine Frau.«

Er schob sie nach vorn und gab ihr einen Schubs wie einem Kind, damit sie den Handkuß nicht vergäße; den Hoppe auch pflichtschuldigst lieferte.

Die Prinzessin Starburg war klein, ältlich, dünn, rothaarig und sommersprossig und trug auf ihrer fleckig hellen Haut lila Spitze wie eine Barfrau. Sie war aber viel schüchterner als alle Barfrauen, die Hoppe kannte. Auch sie zog die Hand zu schnell zurück, aber mit mehr Grazie als es der grobe Hackenziessche Interruptus gewesen war, und musterte Hoppe ängstlich, als könne er eine neue Prüfung für sie bedeuten.

»Rupert hat seine Haushälterin geheiratet«, hörte er später, nach dem Essen, als er einen Freund gefunden hatte und mit ihm beim Kaffee saß, den alten Grafen Otterstedt.

»Warum bloß –?« Ein so selbstherrlicher Mann –!

»Aus Geiz. Aus Faulheit. Seine erste Frau, Alix, die Mutter von Sony, ist eine Prinzessin Maronini. Sie ist mit einem Kellner durchgebrannt.«

»Das ist Pech«, meinte Hoppe, der aus ähnlichen Gründen ebenfalls keine Frau mehr hatte.

Und Wochen später, als er die Starburgs besser kannte, wunderte er sich über die Art, wie die arme Gattin von allen gesnobt wurde, am meisten jedoch von ihrem Mann.

Nicht einmal ihren Namen, Hannelore, hatte sie behalten dürfen und wurde »Ruperta« gerufen. Wie vorher verrichtete sie Dienste für alle im Haushalt und hatte nun zusätzlich Bewunderung für den Gatten zu liefern. Seit seine erste Frau ihm weggelaufen war, war Rupert sehr streng geworden; und da er sie nicht mehr erreichen und bestrafen konnte, bestrafte er andere – mit Ausnahme von Alexander. Sony vergötterte er.

Am strengsten freilich urteilte man im Dorf über Ruperta. »Wer ist sie denn schon?« hieß es da. »Was spielt sie sich so auf –?«, wenn sie im Laden besser abgehängtes Fleisch haben wollte. »Sie ist ja nicht mal eine echte Prinzessin.«

»Wie kann ein Rheinländer nur so pessimistisch und humorlos sein?« kritisierte später am Abend der bezechte Hoppe, der selbst Rheinländer war.

»Ruperts Mutter war eine Russin, eine Orlow. Sieht man das nicht?«

»Doch, doch«, sagte Hoppe, der gar nichts sah.

»Wie gefällt es Ihnen in Schloß Laun, Herr Oberst?« fragte jetzt Ruperta; und mit dieser heute noch nicht gehörten Anrede, auch wenn sie für Frauen nicht üblich ist, glitt ein kleines warmes Glühen in Hoppes Tiefe und Gemüt. Er überlegte, ob er später mit ihr tanzen würde – er tanzte schlecht und wußte, daß man von ihm sagte, er tanze wie ein Pferd –, als plötzlich Leben in die Prinzessin kam.

»Da kommt Sony!« rief sie und unterbrach ihren Eheherrn mitten im Satz. »Da kommt mein Stiefsohn.«

Hoppe hatte die Frage, wie es ihm in Laun gefalle, zögernd beantwortet, und Rupert fand das Zögern falsch und antwortete seinerseits mit einer Zusammenfassung der Geschichte Launs, die sich in die Länge zog. Nun wies er Ruperta mit einem Blick zurecht, ihre Aufgabe war es nicht, ihm ins Wort zu fallen. Ruperta duckte sich ein wenig, wie eine Flamme unter kaltem Hauch, doch ihre Augen funkelten; und auch der Herr Papa wurde milder, er lächelte zum ersten Mal und zeigte gelbe Pferdezähne.

»Da kommt Alexander«, sagte er gewichtig.

Sein Sohn Alexander, oder Sony, schlenderte heran, und sofort wurde alles leichter und viel einfacher. Er war blond und mochte Mitte dreißig sein. Er wurde schon ein wenig schwer, als hielte er sich trotz guten Lebens gerade noch in Form. Beiläufig, so daß Verlegenheit nicht aufkam, küßte er seiner Stiefmutter die Hand und brachte sie mit den Worten: »Was riecht denn hier so gut? – Bist du das, oder bin ich das?« zum Lachen. Seinen Vater streifte er mit einem nicht unfreundlichen, kurz abschätzigen Blick. Er hatte dieselben breiten Kiefer wie sein Herr Papa, aber eine viel kleinere Nase, und man bemerkte gleich (und sah es mit Erleichterung), daß alles Höhere ihm völlig fern lag. Hoppe betrachtete er mit schmeichelhaftem Interesse, aber doch als Nebensache hinter der Erzeugung von angenehmen Gewölk aus einer Zigarre, mit der er sich einnebelte und das spottlustige Aufblitzen der von hellen Borsten umgebenen Augen gut verbarg.

»Wo warst du denn den ganzen Nachmittag –? Ruperta hat dich gesucht«, sagte Rupert vorwurfsvoll, vermutlich um nicht zugeben zu müssen, daß er es gewesen war, der ihn erfolglos gesucht hatte.

Als Antwort zwinkerte Sony seiner Stiefmutter zu und drehte die Zigarre im Mund herum. Er trug einen perfekt sitzenden, mitternachtsblauen Smoking mit extrakleinen goldenen Edelsteinknöpfen im Pikeehemd und eingeprägtem Monogramm auf den Manschetten; die, obwohl blütenweiß und frisch aus der Wäsche oder sogar nagelneu, mit dem Waffelmuster ein wenig an die schmuddeligen Handtuchrollen in Autobahnraststätten erinnerten und gerade deshalb die Tatsache betonen, daß ihr Träger ein Herr war und kein Tramp. Provokation gehört zum Chic. Er hatte sogar die obligatorischen Lackpumps mit Schleife hinter sich gelassen und trug Lack-Mokassins. Das breite Gesicht war sehr braun, als käme er vom Gartenpool in Mallorca, und die Augenwinkel waren gelblich entzündet von zuviel Seewasser, Zigarrenrauch oder Alkohol.

Hoppe wollte gerade fragen, ob er segele und aus Mallorca käme, und erzählen, daß er selbst auch Wassersportler sei, als Rupert ihm zuvorkam.

»Herr – äh, Hoppe hat sich bereit erklärt, dir, wenn's mal paßt, mit ein paar Aktientips auszuhelfen oder Hinweisen –«

Hoppe spürte, wie sein Lächeln erlosch. Er hatte nichts dergleichen gesagt. Er diskutierte gern über den Markt (solange er keine offenen Positionen hatte), er glaubte nur eben nicht an die Wirksamkeit von Tips. Und für dauerhafte Börsenerfolge brauchte man nach seiner Meinung gar nicht mal viel Intelligenz (die er Sony auf Anhieb zutraute), sondern eine bestimmte Mentalität, und dies konnte er dem eitlen Vater kaum begreiflich machen. Er hätte Sony ein paar Fragen stellen müssen, und solche Fragen stellt man nicht sofort. Er ließ den Alten also reden.

»– hätte auch General werden können«, fuhr Rupert mit seinen unwillkommenen Anpreisungen fort. »Wo waren Sie, Stab oder Truppe?«

»Stab«, sagte Hoppe, obwohl er »Truppe« hatte sagen wollen.

»Sagten Sie vorher nicht –?«

»Nein«, sagte Hoppe. Er hatte jetzt genug von dem eingebildeten Despoten.

Sony, der noch gar nichts geäußert hatte, begann fast unmerklich zu grinsen und seine Rauchwolke zu bewundern.

»Mein Sohn Alexander dachte daran, sich an der amerikanischen Börse zu engagieren –«, fuhr Rupert hoheitsvoll fort.

»An der Nasdaq«, sagte Sony und betrachtete die Zigarrenglut.

»Er will sich ein paar von diesen neuen Werten ins Depot legen –«

»Technologie-Aktien«, sagte Sony und sah der nächsten Wolke nach.

»Woran hatten sie gedacht?« erkundigte sich Hoppe.

»Das wollte er Sie fragen«, sagte Rupert.

Sony blies seinem Vater, offenbar in Gedanken ganz woanders, eine Rauchfahne ins Gesicht. »Computer oder Biotechnologie –? Womit kann man den Nasdaq schlagen?«

»Sie wollen den Nasdaq schlagen?« Hoppes Gesicht verbreiterte sich unaufhaltsam.

»Ich hab ihn schon geschlagen. Mit Oracle.«

Hoppe betrachtete ihn prüfend. Ein Kopf ohne Geist, wie eine Festung ohne Soldaten, das war sein Vater; Sony war es nicht. »In welchem Zeitraum? – Manche Analysten sind jetzt ganz wild auf Cisco Systems«, sagte er.

»Und auf Dell. Und Texas Instruments.«

»Was halten Sie von AOL?«

»Motorola ist mir lieber.«

»Das ist auch ganz was anderes. Aber Amazon dot com!« rief Hoppe und strahlte, so betörend war der Klang.

»Amgen«, trumpfte Sony auf.

»Network Appliance!« jubelte Hoppe.

»Compaq!« lachte Sony.

»Yahoo –!« heulte Hoppe, wie man es in New York macht, und riß die Arme hoch; für einen derben Spaß war er immer zu haben. Mehrere Köpfe drehten sich nach ihnen um.

»Mir gefällt Microsoft und Lycos«, meinte Sony, wieder ernüchtert.

»Mir nicht. Die sind schon zu weit gelaufen. Mir gefällt Qualcomm.«

Sony ließ den Blick auf Hoppes schlicht geschnürte, matt glänzende Straßenschuhe fallen und auf den Smoking dort, wo sich die Taille wölbte und die Schultern spannten. Er sagte nichts, aber Hoppe las den nächsten Gedanken doch, nämlich: vom Geldausgeben verstehst du wohl nicht viel –? Womit Sony natürlich recht hatte; und auch den folgenden: kannst du in diesem unmöglichen Aufzug wirklich die Koryphäe im Geldverdienen sein, wie man behauptet?

Das Gespräch stockte einen Augenblick. In der kurzen Euphorie hatten sie sich von Rupert weggedreht, und er war ihnen gefolgt wie die Gewitterfront dem Ausflug. Jetzt baute er sich mit dem blassen Gesicht, der erhabenen Stirn und den finsteren Brauen vor ihnen auf.

»Qualcomm? Was ist das?« Die trüben schlammfarbenen Augen richteten sich abwechselnd auf beide.

Hoppe ahnte schon, und ließ es sich später bestätigen, daß Rupert für sein Unbehagen, sitzengelassener Ehemann und nur ein jüngerer Sohn zu sein, an Ausgleich nie genug bekam und dies alle spüren ließ. Jetzt widerstand er der Versuchung, einen Schritt zurückzutreten.

»Ich lasse mich vor meinen Anlage-Entscheidungen immer von Clausewitz beraten.«

»Von wem –? Ach, Clausewitz. Vom Kriege.«

»Ich dachte mir, daß Sie ihn kennen.«

Rupert sog die kleine Schmeichelei begierig auf.

»Man muß das Anlagevermögen wie eine Truppe einsetzen, zur rechten Zeit am rechten Ort und in der richtigen Stärke –«

Rupert hörte ihm genau zu.

»– und versuchen, die Verluste möglichst klein zu halten –«

»*Verluste –?!*« Rupert hatte auf dieses Wort nur gewartet, ja gelauert.

»Das gehört zum Risiko-Management.«

Das Tablett schwankte vorbei. »Willst du einen Drink, Ruppi?« erkundigte sich besänftigend die Gattin. Er tat, als habe er nichts gehört. Sie sollte reden, wenn sie gefragt wurde.

Sony bewunderte einen Rauchring, den er fast unabsichtlich ausgestoßen hatte.

»Wo sind Sie aufgewachsen, Herr –?« Hoppe fand den Sohn für diese Umgebung erstaunlich locker und intakt.

»Im Internat.« Sonys Gesicht hellte sich auf, unwillkürlich begannen sie das Drehmanöver wieder, das sie aus Ruperts Gegenwart befreien sollte.

»Aber wenn Sie schon keine Tips geben wollen« – Rupert hielt es für Geiz – »ein Börsenblatt können Sie doch empfehlen?« Er wollte sich nicht abweisen lassen.

»Ich lese die Bildzeitung«, sagte Hoppe wahrheitsgemäß.

Rupert reagierte überraschend empfindlich. Daß er diese mögliche Aufgabe vorgeschlagen hatte – seinen Sohn zu beraten –, stellte eine Auszeichnung dar, er hatte Dankbarkeit erwartet und keine Verhöhnung. Er prallte zurück, hob das Kinn sehr hoch und zeigte seinen (und den vermutlich einzig richtigen) Winkel, in dem die schmalen Nasenflügel zueinander standen.

Sony äußerte sich wiederum nicht, nur seine spöttischen Augen blitzten kurz auf wie Glassplitter im Lehm; er wollte schon grinsen und ließ es dann bleiben.

Hoppe wandte sich an beide. »Ich will Ihnen ja nicht zu nahe treten«, sagte er, und wie er da stämmig und breitbeinig auf den Absätzen schaukelte und seinen Abstand einhielt, wäre auch niemand auf die Idee gekommen, »aber mit Geld ist es so eine Sache. Die einen verdienen es, und die anderen geben es aus. Sie haben hier wohl ziemliche Kosten zu stemmen –?«

Das war grob, aber die meisten Leute wollen das Thema

Finanzen vergessen, wenn sie ausgehen. »Hat Ihr Herr Sohn denn keine Hausbank?«

»Sicher, doch, die Kölner Kreditanstalt.«

Das war auch die seine. »Dann ist ja alles in Ordnung.«

* * *

Die unermüdliche Gastgeberin war wieder tätig. »Herr Hoppe, Sie essen mit Baronin Preller aus Rom. Sie sitzen an Tisch sechs.«

Ein Diener, der seinen Spitzbauch in eine Livree zu zwängen versucht und mehrere Messingknöpfe hatte offenstehen lassen müssen, bahnte sich den Weg zu Caroline. »Durchlaucht ist angerichtet«, meldete er.

Carolines schlanke Gestalt im bewegten Chiffon straffte sich. »Zum Diner –!« rief sie mit unerwartet kräftiger Stimme. »Bitte zum Diner –!«

Der Ruf mit seinem Echo – »Bitte zum Diner! – Zum Diner! – Diner!« pflanzte sich rasch und freudig fort bis in die Gänge. Noch ein zweiter Ruf folgte dem ersten. »Die Damen bitte die Pelze mitnehmen! Die Damen die Pelze! *Pelze!* Es wird kalt.«

Sony zeigte keine Eile, seine Tischdame zu finden, und rauchte seine Zigarre weiter. »Ich habe in der Bank schon von Ihnen gehört«, sagte er.

»Die Leute übertreiben«, wehrte Hoppe bescheiden ab.

»Die Baronin Preller steht da drüben, die im Cabrio-Kleid.«

Nebeneinander musterten sie die betreffende Dame, ob sie, was ihre Restlaufzeit betraf, eine wertbeständige Option sei oder nicht.

»Sie ist so hoch geliftet, sie trägt den Pelz bald im Gesicht«, kommentierte Sony.

Gala Preller trug das offenste aller Kleider und auf dem mageren, völlig nackten Rücken ein Nerzcape für das Diner. Ihr Alter hatte die »zarten Ziffern« schon überschritten und näherte sich der bekannten Tatsache, daß eine Herzogin nie älter ist als vierzig; doch Gala war ja nur Baronin. Ohne Umstände hakte sie ihn unter und dirigierte Hoppe mit sanftem Druck in die Mitte der Prozession, die sich mit duldsamer Langsamkeit um mehrere Ecken herum auf dem eiskalten Steinboden dem Eßzimmer zubewegte; und auch in die allgemeine Richtung der Gespräche reihten sie sich gleich mit ein.

»Sind Sie mit dem SPD-Minister verwandt?« fragte sie als erstes.

»Bis jetzt noch nicht«, meinte Hoppe. »Und Sie – sind Sie eine Schwester der Hausfrau?«

Eine gewisse, für ein Kompliment genügende Ähnlichkeit war vorhanden, ohne daß man hätte sagen können, worin sie eigentlich bestand; vielleicht nur in der Selbstverständlichkeit, mit der sie ihren Ellbogen unter den seinen geschoben hatte.

»Eine Schwester der Hausfrau – ich? Ich will's nicht hoffen«, Gala tat, als wolle sie lachen. Ihr Gesicht war kühl wie ihr Gemüt, freundlich bis zu einem gewissen Grad. Ihr Abendkleid bot Offenbarungen und Tiefen, die zu bestimmten Erwägungen Anlaß gaben und mit einer gewissen Würze die Tatsache unterstrichen, daß sie trotz allem eine Dame war und keine Nutte. »Ach –! Da ist ja Tante Baby! Tante Baby ist doch noch gekommen!« teilte sie allen, die es hören wollten, mit.

»Wer ist Tante Baby?«

»Wer sie ist? – Oh. Warten Sie mal.« Sie versuchte, die seifenglatte Stirn zu runzeln; die intellektuelle Herausforderung, vor die Hoppe sie gestellt hatte, war erheblich. »Sie ist die Cousine dritten, nein vierten Grades von Carolines verstorbenem Mann. Ihre Großväter, nein Urgroßväter waren Brüder, nein Vettern. Ihre Mutter ist eine – gleich hab ich's.« Sie drehte sich nach hinten um. »Wer ist die Mutter von Tante Baby?«

»Die Mutter –? Kenn' ich nicht. Die Mutter war immer schon tot«, erklärte Herr von hinten mit Bestimmtheit. »Erste Abteilung logischerweise, das muß sie ja gewesen sein.«

Gala spann die Unterhaltung munter nach allen Seiten fort. Carolines Tischordnung hatte Hoppe bevorzugt und sie benachteiligt; dies versuchte sie offenbar wettzumachen, denn nichts ist langweiliger als eine gelangweilte Person. Unter dem losen Pelz zitterte sie vor Kälte, schien es jedoch nicht zu bemerken und redete und lachte in einem fort. Statt der aufgestellten Heizkanonen, die man hätte erwarten können, gab es andere Vergnügungen, Spiegel, die in den regelmäßigen Abständen von Kreuzwegstationen schön gerahmte Andachts- oder Leidensbilder auf die langsam vorrückende Prozession zurückwarfen. Der Stockfisch, in der festen Sicherheit von Namen, Tugend und Besitz, ragte stumm und hager aus der Reihe, am Arm Frau Botschafter, eine quallenartig fette, blasse, mondsüchtige Person; Titti, die herbstlich verbrannte Blüte, plauderte an der Seite von Ron, dem Australier. Und auch er selbst war da, kräftig, knuffig, fest gefügt, die quergekämmte Frisur noch gut in Ordnung; aus gutem Holz und standfest, neben diesem zähen, schon etwas welken Blatt vom Stammbaum, Gala Preller, einer echten Baronin. Daß sie echt war, glaubte er sicher. Sie war echter als ihr Schmuck, härter als Straß; vermutlich spartanisch erzogen.

Das Stimmengewirr im Gang war betäubend. Unbekannte Jugend lachte vor ihnen und erreichte als erste das Eßzimmer und die Tische vier bis sechs. »Habsi, wen hast du?«

»Wo sitzt ihr?«

»Sitzen wir zusammen? – Nicht? Schnell, tauschen wir die Karten um! – *Feigling!*«

Das Eßzimmer erwies sich als säulengestützter Saal mit einer langen Tafel in der Mitte und einer Reihe kleinerer Tische an der Wand. Der Aufwand an poliertem Silber, feuervergoldetem Besteck, Gläsern und Tellern mit Wappen, an Tafelaufsätzen mit Blumen glich einem Kaisermanöver vergangener Epochen.

Hoppe fand den Platz seiner Tischdame und rückte ihr den Stuhl zurecht. Galas Schönheit war von allen Seiten zu bewundern, Kandelaber und Blumen entfalteten ihre Pracht erst oberhalb der Köpfe, man konnte sich frei nach allen Seiten unterhalten.

»Sie kommen aus Rom? Wie war die Anreise?« erkundigte sich Hoppe und las die nächsten Tischkarten: »Ippi«, »Fleur« und »Baby«.

»Danke, gut. Ich wohne hier. Nur auf der Treppe war ein Stau.«

An diesem Tisch saß man zu acht, noch waren sie allein. Ippi erschien als nächster, ein großer, schlanker, vornübergeneigter Vierziger mit aufgedunsenen Gesichtszügen und dunklen Ringen unter den Augen. Vorsichtig lud er seine Tischdame ab und fiel auf den eigenen Stuhl, nachgiebig wie ein Sack nasser Wäsche. Er fixierte Hoppe.

»Wissen Sie, wie spät es ist –?« sagte er mit gespieltem, vielleicht auch echtem, Vorwurf. »Halb elf –!«, als sei dieser neue Gast für das verspätete Diner verantwortlich und nicht der Koch oder Caroline oder die Küche.

»Ich weiß.« Hoppe hatte die Uhrzeit rund um den Globus immer im Kopf. Seit einer halben Stunde hatte die Wallstreet geschlossen, und er wußte nicht, was los war. »Morgen ist Samstag, da können Sie ausschlafen.«

Ippi angelte ungeniert nach Hoppes Karte, hielt sie vor seine glasigen Augen und versuchte sie mit der übertriebenen Sorgfalt, die Betrunkene auszeichnet, zurückzustellen. Hoppe kam ihm zu Hilfe.

»Ich weiß schon, wer Sie sind«, sagte Ippi mit seiner trägen Stimme. »Sie sind der Geheimtip.« Er fuhr fort, Hoppe anzustarren und entfaltete dabei eine riesige Serviette. »Na, schon Feindberührung gehabt heute abend –?«

»Und wer sind Sie?« fragte Hoppe, der immer gern wußte, wen er vor sich hatte.

»Ich? Ich bin Ippi.«

Nichts wäre falscher gewesen, als ihn mit ›Herr Ippi‹ anzusprechen. »Graf Ippi?«

Ippi überhörte die Frage, widersprach aber auch nicht.

»Wer ist der Herr gegenüber?« erkundigte sich Hoppe bei Gala, als er glaubte, es unauffällig tun zu können.

»Wo –? Das ist Ippi«, sagte Gala ziemlich laut.

»Und was tut er?«

»Nichts.«

»Nichts –? Wie macht man das?«

»Ich hab gehört, es gibt gar nichts, der Strom war weg, der Koch ist verzweifelt«, sagte Ippi mit seiner langsamen deutlichen Aussprache.

»Werden wir ja sehen«, meinte Hoppe. Sein Herz sank, er nahm einen Schluck Wasser.

»Alles halbgar, hab ich gehört.«

»Was hast du gehört?« erkundigte sich Gala. »Hallo, Tante Baby!«

Tante Baby hatte die Achtzig wohl überschritten, sich aber dünn und gut gehalten und heute abend das beste aus sich gemacht. Sie trug schimmernde Pailletten und Marabufedern, den Hals mit etwas Glitzerndem verhüllt, an den Augen eine Andeutung von Frühlingsnacht und Mondschein, auf den Wangen eine Erinnerung an Rouge, und Schmuck aus dem vorigen Jahrhundert. Sie saß aufrecht in guter Haltung da, lächelte stetig und sagte nichts. Als sie dies lange genug getan hatte, streckte sie eine schön beringte Hand nach der Menükarte aus, mit deren Verheißungen sie sich geraume Zeit beschäftigte.

»Gib dir keine Mühe, es gibt nichts«, rief Gala.

»Gib dir keine Mühe, sie hört nichts«, sagte Ippi mit seiner trägen Stimme.

»Tante Baby, stocktaub, aber immer im Bilde«, ergänzte Gala, zu Hoppe gewandt. Das konnte ja heiter werden!

Tante Babys Hörgerät, ein altmodisches Modell, verstopfte als halbdurchsichtiger Wachsklumpen ihr Ohr und ließ manchmal ein feines, durchdringendes Pfeifen ertönen, dem sie nachlauschte, als erreiche sie ein Ruf aus weiter Ferne; dann stellte sie das Pfeifen ab. Sie trank einen Schluck Sherry, der alt war, aus einem Glas, das älter war als sie selbst, mit einem Alliancewappen, das aus der Zeit ihrer Eltern oder Großeltern stammen mochte. Hoppe konnte nicht entscheiden, ob er ihren Anblick deprimierend fand oder erhebend; er saß ja in einer Gesellschaft, in der das Prädikat »alt« höchstes Lob bedeutete.

Der vergoldete Stuhl neben seinem glänzte noch vorwurfsvoll mit seiner Leere: man amüsierte sich besser woanders. Und plötzlich entstand doch noch das Wogen und Rauschen von Stoff, ein Luftzug und der Seufzer der Erleichterung, mit dem sich die füllige Fleur auf den Platz neben ihm warf und die lose fliegenden Schleier an sich raffte, die zum Kleid gehörten.

»Oh Gott – gerade noch rechtzeitig«, rief sie, »ich mußte noch dringend – wir sind noch – ich habe –«

Sie war hübsch, aber füllig, und noch auf der richtigen Seite der Vierzig.

»Ich weiß, ich weiß«, tröstete Hoppe väterlich, »Sie gehören ja noch an den Jugendtisch.«

Fleur lachte mit einem kleinen Triller und schielte nach seiner Karte, um zu sehen, mit wem sie es zu tun hatte. Große Türen flogen auf, und mit einem Schwall Winterluft wurde die Vorspeise serviert, kalte Wildpastete.

Hoppe aß schnell, er war hungrig und im Handumdrehen fertig, als Gala erst anfing, auf dem Teller herumzustochern.

»Schmeckt's?« erkundigte sich Hoppe.

Seine Nachbarin verschluckte sich fast.

»Alles in Ordnung mit dem Essen?«

Gala sah ihn sonderbar an. Ein Oberst ist nicht daran gewöhnt, daß man seine Äußerungen ignoriert, er wandte sich nach rechts. »Guten Appetit!« meldete er sich bei Fleur.

Fleur stutzte unmerklich und fuhr in ihrer schallenden Unterhaltung mit Ippi fort: sie redete, und Ippi hörte zu oder tat so und widmete sich über seinem ebenfalls schon leeren Teller dem Weißwein, was ihm Gelegenheit gab, Fleurs Dekolleté gedankenvoll in Augenschein zu nehmen und, vermutlich, zu dösen.

Hoppe drehte sich wieder zu Gala. »Essen Sie, bald kommt die Fastenzeit«, mahnte er väterlich.

»Sind Sie katholisch?«

»Das nicht. Aber ich liebe Fastenspeisen, Ente und Fisch.«

»Sehr originell.« Gala lachte ein wenig, wie unter Zahnschmerzen, mehr an Gelächter war ihr physisch nicht möglich. Unwillkürlich entstand jedoch der Eindruck, sie spare sich, ihr Gesicht und ihre Mimik auf für bessere Gelegenheiten, und das war enttäuschend.

Die kalte Wildpastete wurde abgetragen und eine laue Suppe aufgetischt.

»Das einzige, was ich nicht mag, sind schwäbische Maultaschen und Suppenhuhn«, erzählte Hoppe.

»Suppenhuhn und Maultaschen?«

»Erinnern mich an Wasserleichen. Einmal hab ich eine gesehen. Habs nicht gleich gemerkt. Ich dachte beim Paddeln, das sieht ja aus wie eine Leiche im Nachthemd«, sagte Hoppe und stöberte in seiner Suppe nach dem Eierstich. »Und es war eine. Drei Tage später hat man sie gefunden. Stand in der Zeitung. Eine Frau. Selbstmord.«

Er leerte sein Weinglas.

»Sie paddeln?« Gala stellte den Kragen höher zum Kinn, um die Kälte abzuwehren. »Ein Freund von uns hat früher gerudert, in Oxford.«

Und mit neuer Aufmerksamkeit, ohne Wimpernschlag, kühl und mit halbem Lächeln musterte sie ihn beinahe lauernd. Wenn er keine lustigeren Sachen erzählte, kam sie nie aus der Reserve.

»Ihr Pelz ist ganz herrlich. Übrigens: manche Frauen können anziehen, was sie wollen, es steht ihnen alles. Manche Männer können alles ausziehen, und –«, er lachte ihr vor, damit sie nachlachen könne; im Nebel seiner Trunkenheit war dies unter den komischeren Sachen noch die zahmste.

Gala sah ihn ausdruckslos an, wie die Fenster von Schloß Laun im Februar.

»Es ist ein kreativer Witz, man muß ihn ergänzen«, half Hoppe, dem plötzlich auffiel, zu welch traurigem Witz ihn seine Tischdame inspiriert hatte.

Gala kam nicht auf die kreative Ergänzung und setzte das Gespräch nach der anderen Seite fort. Eine Weile löffelte er unbeachtet. Man füllte sein Glas, er griff danach und verneigte sich ringsum, doch niemand nahm davon Notiz. Alle aßen und tranken einfach drauflos, ohne Zum

Wohl! und Guten Appetit!, und dabei sollte doch der Adel für gute Manieren zuständig sein. Fleur schilderte lebhaft die Halterung der Elektro-Öfchen in den Gästezimmern, die bei der geringsten Erschütterung um- und mit der glühenden Seite nach unten auf den Teppich fielen. Alle Zimmer hatten Holzfußböden. Sie beendete den Bericht mit den Worten: »Und wie geht's dir heute nach dem Kater von gestern?«

»Keine Ahnung«, meinte Ippi etwas undeutlich, »heute fühlt mir nix. Ich hab den ganzen Tag nicht die Tür zur Nase rausgestreckt.«

»Seine Nase ist ja groß genug!« rief Fleur Hoppe zu, er war zum Spotten eingeladen. Fleur war sehr hübsch, mit den Grübchen in den Wangen und dem Teint wie Porzellan glich sie einem der Portraits aus der Schönheitsgalerie von Stieler, deren Repliken sein Schlafzimmer schmückten. Die glatten weißen Schultern schimmerten aus Schwaden von Schwarz. Darunter jedoch war sie viel zu dick. Hoppe hatte gar nichts dagegen. Ihr Auschnitt, den eine Brosche in Form eines springenden Tigers zusammenhielt, verrutschte dauernd, ohne daß sie es bemerkte.

»Sind Sie bei der Marine? – Hab ich da was von Schifffahrt gehört?« Sie leerte ihr Glas in einem durstigen Zug.

Hoppe verneinte.

»Und was machen Sie –?«

Ein Rehrücken in schwappender Soße kurvte über Schultern, Pelze und Federn, landete abrupt und trieb sie auseinander.

»Ich esse«, sagte Hoppe und nahm vom Braten. Wenn er aß, tat er es gründlich und gern, ohne an die Waage zu denken. »Ich teste die Verpflegung im Kasino«, scherzte er und zog den Kopf ein, als die Silberplatte seinen Nacken streifte.

Fleur stimmte ein schallendes Lachen an und rief so laut, daß die Köpfe sich drehten: »Das ist ein Kasinofest –! Wir wollen Lust!« Sie schlug den Schleier über die Schulter zurück, sie hätte eine kreative Ergänzung verstanden!

»Sind Sie verheiratet?« erkundigte sich Hoppe.

Fleur ließ sich nicht unterbrechen. »Ein Kasinofest ohne Wasserleichen –! Das machen wir nicht! Wir brauchen Wasserleichen! Aber Wasser brauchen wir nicht. Wir wollen Wein –! Mathias!«

Mathias mit den offenen Knöpfen stolperte um den Tisch. Die behandschuhte Hand mit der Karaffe, beim Einschenken nicht mehr ganz sicher, hinterließ rote Flecken auf dem Tischtuch. Schon redete Fleur mit ihrem Nachbarn zur linken, einem struppigen, dabei rosa durchscheinend wabbeligen Individuum mit vorstehenden Zähnen, einer Art Wasserschwein, weder schnell noch schlank, noch schlau; für Hoppe blieb wieder nur Ippi.

»Sehr guter Wein«, sagte Hoppe, der lieber Bier getrunken hätte, und hielt sein Glas ins Kerzenlicht.

»Anständiger Bordeaux«, bestätigte Ippi gleichmütig.

Es folgte eine Minute schweigenden Kauens.

»Die Dame da drüben muß wohl sehr frieren.«

»Ja, sehr anständiger Pelz.«

Hoppe spülte das nächste Stück Reh mit einem Schluck Rotwein hinunter. »Schöner Schmuck hier, heute abend.«

»Sehr anständig.«

»Gutes Essen.«

»Kann man sagen. Man diniert immer gut in Laun – wenn der Koch mitspielt.«

»Sehr anständige Hausfrau«, fuhr Hoppe fort.

Ippi zückte seine Augenbrauen und warf einen unbeschreiblichen Blick auf Hoppe. »Ist Ihre Frau auch da?«

»Ich bin geschieden. Sie lebt in Köln.«

»Ach so, ja. Natürlich.«

Wieso natürlich –? Was war natürlich daran? Hoppe spürte eine plötzliche Gereiztheit. »In welchem Verwandtschafts- oder Bekanntschaftsgrad stehen Sie zur Herzogin –? In einem anständigen?«

»Tante Caroline ist meine Tante«, gab Ippi zurück, überhaupt nicht beleidigt, und parierte so den Angriff: Ich stehe ihr so nahe, wie du einer Herzogin von Starburg niemals kommen wirst. »Mathias!« rief er dann. »Komm, zeig deine Mottenlöcher. Du kannst die Livree nur noch bei Mondschein tragen, was?«

Als Ergänzung für den schmalen Mund hatte Mathias eine richtige Kinnlade, einen Unterkiefer wie einen Schuh; er lächelte kaum noch, der Witz war zu alt, und machte sich mit der Karaffe auf den Weg zum nächsten Tisch, mit dem Fleur sich ebenfalls laut unterhielt. Sie sprudelte über mit Worten, Gesten und hauptsächlich Gelächter, das mit schallenden Fanfarenstößen signalisierte: Wo ich bin, da ist es lustig, bei mir, da amüsiert man sich!

Fleur war noch die beste hier.

»Meine Nachbarin –«, Hoppe benützte seine breiten Schultern als Wandschirm, was ganz überflüssig war, denn Fleur mäßigte sich durchaus nicht. »Meine Nachbarin hier

– ist sie –«, er wußte nicht recht, wie er sich ausdrücken sollte. »Ist sie – von Familie?«

»Von was?« fragte Gala.

»Familie?«

»Sie hat Stiefgeschwister, wenn Sie das meinen.« Gala lächelte mit der Oberlippe allein wie ein ertrunkenes Schaf. Sie hielt ihn für einfältig, die Unterhaltung war erschwert. »Sie ist die Cousine von Titti und Max Magnus.«

»Max Magnus?«

»Herzog Max Magnus, der Sohn von Caroline.«

»Ist er heute auch da?«

»Nein, er ist nie da.«

»Ist nie da –?«

»Nein, nie.«

»Und was macht sie?«

»Fleur? Lebt in Bonn. Ist Künstlerin. Und Junggesellin.«

Seine Frage war immer noch nicht beantwortet. »Hat sie auch einen Namen – außer Fleur?«

»Aber natürlich. Sie ist eine Prinzessin Pansfeld.«

Da saß er ja, der Blue Chip, eine unverheiratete Prinzessin, wie auf dem Silberteller präsentiert, an seiner Seite; wenngleich ein ungewöhnlich temperamentvoller. Hoppe hob sein Glas und dankte der Hausfrau, die in seiner Blickrichtung saß; Caroline trank ihm lächelnd zu.

»Sie malt Akt«, sagte Gala und sah ihn erwartungsvoll an, was er zu dieser Ungeheuerlichkeit zu sagen hätte.

»Das ist Pech«, meinte Hoppe. Er schwang Messer und Gabel und biß auf ein elastisches Stück Knödel, das im Mund noch federte. »In Ihren – hm, Kreisen akzeptiert man wohl mehr die toten Künstler, und die scheintoten.«

»Das ist sie beides nicht. Sie ist ja so vital, sie ist ja auch zur Hälfte bürgerlich.«

»Das gehört zum normalen Lebensrisiko«, meinte Hoppe.

»Sie hofft auf eine Ausstellung hier im Haus«, verriet Gala und senkte vertraulich die Stimme, unnötigerweise, denn auf Fleurs Seite ging es hoch her.

»Alle Dinge lieben sich, als Ausdruck kosmischer Sympathie. Die sublunare Sphäre liebt die ätherische Region«, rief Fleur, ganz Wogen von Fülle und zahlreichen Schleiern.

»Du hättest noch viel tiefer in die menschliche Natur eindringen sollen«, meinte Ippi schläfrig.

»*Noch* tiefer –-?! Wo kämen wir da hin?« Und Fleur lachte, daß die Gläser klirrten.

»Vertrauen Sie auf emotionale Intelligenz?« Hoppe konnte mit dem Begriff der kosmischen Sympathie nichts anfangen, er spürte sogar Antipathie dagegen.

»Ob ich –? Wem –? Emotionaler Intelligenz?« Fleur mußte sich erst auf Hoppe und seine Frage einstellen. »Aber nur –! Unbedingt! Ich vertraue *nur* der emotionalen Intelligenz! Ausschließlich!« Ihre hübsch gepolsterte Hand schlug flach auf den Tisch, daß die Teller hüpften.

Die Taube wurde aufmerksam. »Fährt hier die Eisenbahn?« Mit dem Essen hatte sie auch die Sprache wiedergefunden. »Oder ist ein Erdbeben?«

Alle lachten, sie lachte mit. Niemand nahm sich die Mühe, ihr zu antworten.

»Die Suppe ist ihr zu Kopf gestiegen.«

»Seit letztem Jahr ist Tante Baby noch viel tauber geworden.«

»Sie kann den Gesang einer Motorsäge nicht von Schubert unterscheiden, geht aber ins Konzert.«

»Und eine Dampfwalze nicht vom Segelschiff.«

»Wieso – ist sie auch noch blind?«

Die Taube sah, daß man sich mit ihr beschäftigte, und wandte sich an Hoppe. »Haben Sie ein Hoppi, Herr Hobbe?«

Diesmal war er es, der sich taub stellte. Er hob das Glas und trank ihr zu. Ja, er hatte ein Hobby, Wildwasserfahren; doch Paddeln war in diesen Kreisen nicht in Mode, Paddeln war nicht Rudern; Tatsachen also, die erklärt und um deren Verständnis geworben werden mußte und die man deshalb unmöglich quer über den Tisch brüllen kann.

»Er paddelt«, brüllte Ippi.

»Du brauchst nicht so zu brüllen, taub bin ich nicht«, sagte Tante Baby. Sie wandte sich an Gala. »Was hat er gesagt?«

Gala warf ihr bloß eine Kußhand zu.

»Wie heißt sie?« fragte Hoppe, so laut er wollte.

»Österreich.«

»Wie?« Die Taubheit hatte den Besitzer gewechselt. »Sie kommt aus Österreich?«

»Nein, sie ist eine Erzherzogin.«

»Was trägt sie da, Brosche oder Orden?«

»Sie ist Sternkreuzordensdame.«

»Das sieht man«, meinte Hoppe. Die Stern- und Ordensdame aß sanftmütig lächelnd weiter, als habe es keine Unterbrechung gegeben, und Hoppe begann sie zu bewundern. Alt, taub und eingekreist von Mißverständnissen trug sie ihr Schicksal mit Anmut und in bester Haltung – wirklich sehr ordentlich.

Ippi richtete seinen schläfrigen Blick auf Hoppe. »Wo haben Sie sich kennengelernt, Sie und Caroline?«

Also galt er als spezieller Gast der Hausfrau. »Auf einer Bank.«

»Auf einer Bank. Im Park?« Über Ippis teigiges Gesicht schlich ein rosiger Glanz, ein mineralisches Schimmern.

»Es ging um Anlagen.« Hoppe lud eine Gabel voll und schluckte gemütlich. »Wir saßen nebeneinander.«

»Im Stadtpark von Euskirchen –? Caroline sitzt auf Bänken herum und spricht Leute an –?« Ippi warf sich vergnügt zurück, er hatte alles, was er brauchte, und mehr: eine Sensation.

»Die Bank war die Kölner Kreditanstalt, es ging um Finanzanlagen«, verbesserte Hoppe, der um das tadellose Rating von Carolines Witwenschaft zu fürchten begann.

Am Haupttisch klopfte jemand nachdrücklich an ein Glas und stand auf. Ippi stöhnte über den Spielverderber und schmiß das Besteck hin.

***

Der Redner erhob sich von seinem Platz links von der Herzogin, er war kleiner, als Hoppe sich gedacht hatte, als er ihn sitzen sah, und fiel durch einen hochgezwirbelten Schnurrbart auf, der beim Reden wippte.

»Liebe Caroline! Exzellenzen, liebe Freunde und Verwandte! Auch 1999 haben wir uns am elften Februar hier versammelt, um dir zu gratulieren. Warum kommen wir alle so gern nach Laun? Um dich wiederzusehen, um uns zu treffen, um zu schauen, ob alle noch da sind und es uns gut geht? – Es geht uns gut, wir sind noch da, wir könnten es uns aber auch am Telefon bestätigen. Oder kommen wir, um gut zu essen? – Liebe Caroline, man ißt und trinkt immer gut bei dir, ich habe aber – bei allem Respekt vor deiner Leistung, deinen vielen Leistungen für die Familie und das Haus – schon heißere Suppen gegessen.«

Der Redner ließ die tiefliegenden Augen vor Stolz und Schlauheit funkeln, der laue Scherz fand jedoch nur geringe Resonanz.

»Kommen wir, um uns zu versichern, daß unsere Ideen noch die alten sind –? Und daß sie in unseren Familien weiterleben, wie wir; um unsere Verwandtschaft zu pflegen, auch die Verwandtschaft unserer Grundsätze, und daß wir noch an die Gültigkeit derselben Tradition glauben wie immer –«

Ippi seufzte, rutschte tiefer in den Sessel und schloß die Augen.

»Dies ist unser fester Halt bei dir in Laun, liebe Caroline. Früher kamen wir auf Einladung deines lieben Mannes, unseres unvergessenen Hugo; heute treffen wir uns bei dir, um den Zusammenhalt befreundeter Familien zu erhalten und unsere Einigkeit zu fördern. Hier wird das Verbindende noch einmal bestätigt, wie Festigkeit, Zuverlässigkeit, Kontinuität und Treue.«

Der Redner drückte das lange Kreuz durch und trank aufrecht, mit schief gelegten Schnurrbartspitzen einen Schluck Wasser. »Man kann uns zerbrechen, aber nicht beugen. Festigkeit des Charakters, der Meinungen und

Einstellungen, das ist unsere Tradition. Ein adeliger Name ist ein Synonym für Anständigkeit. Wir sind dazu da, um ein Beispiel zu geben, um Vorbild zu sein –«

Man hörte schnaufende Geräusche von Fleurs Tischherrn, dem wabbeligen Individuum.

»Wir haben unsere Prüfungen ein für allemal bestanden, in der Geschichte, auf dem Schlachtfeld und bei Hofe –«; der Schnurrbart wippte auf und ab, obgleich der Sprecher nur den Unterkiefer schwang.

»Im Alkoven!« rief eine Stimme vom Jugendtisch.

»Wir sind einmal als die Besten eingestuft worden«, fuhr der Redner fort, ohne sich stören zu lassen. »Wir halten Treue zu uns und anderen gerade auch da, wo Treue schwer zu halten ist. Wir schränken uns ein in einer Zeit sinnlosen Aufwandes –«

Die alte Dame drehte am Hörapparat.

»Geld regiert die Welt, heißt es ja, nicht erst seit heute; aber heute mehr als jemals. ›Ich habe mehr, als ich ausgeben kann‹, sagte mir jemand aus der Nachbarschaft – ich nenne keine Namen –«

»Mulle-Mulle-Muhl, die Doppel-Null«, raunte Ippi seiner Nachbarin ins taube Ohr.

»– aber unsere Art ist es nicht und darf es auch nicht sein. Mancher hat nicht einmal soviel Geschmack, um sich etwas dauerhaft Wertvolles einzuhandeln –«

»Unsere Enkelinnen verheiraten, wie Titti. Gute Beziehungen!« Die Erzherzogin glaubte zu flüstern.

Es gab Gekicher und Handzeichen aus verschiedenen Richtungen. Ippi beteiligte sich nicht daran, er hoffte auf mehr, starrte in die Luft und verbiß sich das Lachen.

»– mancher gibt Konzerte, schmückt sich damit, verlangt Eintritt und staatliche Zuschüsse. Mancher Koofmich sammelt Kunst, oder was er dafür hält, läßt sich als Mäzen feiern, verleiht Auszeichnungen und glaubt, damit den Standard für alle und das Beispiel für uns zu setzen. Wie es aber mit den Motiven steht, wenn jemand mit Bildern spekuliert, das weiß man nicht.«

Der Redner kam jetzt in Fahrt und ritt die Attacke im Galopp, mit wippenden Bartspitzen. »Schau nicht zurück, sonst erstarrst du«, fuhr er etwas unzusammenhängend fort. »Wir *leben* mit unseren Bildern. Du, liebe Caroline, erstarrst nicht, obwohl du als Säule der Familie giltst. Du bist dir deiner Verpflichtungen als Familienchefin bewußt. Die Lasten, die dieses Haus dir auferlegt, sind kaum zu schultern. Aber du tust dein Bestes als Stütze des Hauses. Säulen, wie du eine bist und die du verkörperst, sind solide gebaut und stabil und geben zuverlässig festen Halt –«

Caroline lächelte gequält und zog den langen Rock zusammen, als habe sie zu kräftige Waden zu verbergen.

»– auch wenn dein Sohn, Max Magnus, ja leider seine Ziele anderswo sucht als hier. Was bindet ihn an Patagonien, liebe Caroline –? Ist es die Tatsache, daß dort der Schatten nach links fällt statt nach rechts? Daß er morgens schon Abendbeleuchtung hat –? Liebt er die Pinguine mehr als unser heimisches Rehwild?«

Ein Kichern belohnte den Redner.

»Wenn nur Max Magnus ein bißchen an die Zukunft denken würde, an Verpflichtungen. Denn unsere ältesten Söhne dürfen ihre Hobbies und persönlichen Vorlieben nicht zum Beruf machen, oder sie müssen die Konsequenzen ziehen und verzichten.«

Der Redner sprach laut, mit tragender Stimme; was er zu sagen hatte, sollte auch zu hören sein, jedes Wort ein Glockenschlag. In die betroffene Stille hinein ertönte ein Schneuzen, wie in der Kirche.

»Liebe Caroline, natürlich legt niemand dir seine nun schon jahrelange Abwesenheit zur Last. Niemand macht dir wegen seiner Fahnenflucht einen Vorwurf –«

In der Luft lag die mit Mitleid gemischte Schadenfreude, die man bei Hinrichtungen spürt. Caroline seufzte unter einer Qual, die echt war und gleichzeitig gespielt; Hoppe konnte die Worte, die sie beinahe schrie oder jedenfalls dachte, von ihrem Gesicht ablesen wie bei einem Fernsehbericht, dessen Ton abgestellt ist: »Ich kann nichts dafür –! Ich kann nichts dafür, daß er nicht da ist.« Und sie sah mit einem Blick zu ihm herüber, der, wenn schon nicht hilfesuchend, doch unwillkürlich Richtung auf ihn genommen hatte und der ihm zu Herzen ging.

Gleichzeitig jedoch bemerkte man andere, nachdenkliche Augen, die intensiv auf sie gerichtet waren, und die offenbar von Überlegungen gelenkt wurden wie: hatte sie nicht doch ihren Sohn selbst weggeschickt –? Um allein wirtschaften zu können? Wollte sie überhaupt, daß er zurückkam? War sie eigentlich eine gute Mutter, war sie es je gewesen – eine geschiedene Tochter, ein verschwundener Sohn; war sie eine gute Ehefrau gewesen, ihr Mann schon so lange tot; und der forschende Gesichtsausdruck ihrer Gäste wurde tiefsinniger, als sie es in der direkten Unterhaltung mit ihr je gewagt hätten.

»Wir haben alle unsere Interessen, die wir aber nicht zu unserem Beruf gemacht haben. Wir demissionieren nicht, wir bleiben und tun unsere Pflicht als Standesgenossen und Besitzer alter Häuser, und dein Schwager Rupert hilft dir, und Sony geht dir zu Hand, damit es gelingt. Mit großer Energie erhältst du diese Burg für kommende Generationen, das ist für dich eine große wirtschaftliche Herausforderung. Wir wissen alle, daß es für dich und die Starburgs nicht leicht ist und jedes Jahr schwieriger wird, gerade auch finanziell –«

Caroline weidete sich an allem, was die Kassettendecke an Sehenswertem hergab.

»– und daß wir uns nach anderen Einnahmequellen umsehen müssen; was ja leider allzu leicht den Charakter verdirbt.«

Hoppe und die Herzogin wechselten einen Blick. Sollte *er* als Stütze der Säule vorgesehen sein –? Hoppe schmunzelte, und Caroline verzog den Mund und verdrehte die Augen, um Resignation vorzutäuschen.

»Die Steuergesetzgebung benachteiligt uns. Die Kosten unserer Häuser zwingen uns in die Richtung einer Geldvermehrung, die uns schlecht bekommt und die alten aristokratischen Tugenden, Unbeugsamkeit, Standhaftigkeit und Mäßigung, zum Schlechteren hin verändert.«

Ippi hielt die verglasten Augen kaum noch offen und gab den Kampf auf. Gala gähnte verstohlen, mit einer verkrampften Grimasse. Fleur stützte die Ellbogen breit auf den Tisch und das Kinn in die Hände. Ihr Nachbar beugte sich wie beim Tischgebet über den noch gefüllten Teller, man hörte ihn tief und andächtig atmen.

»Die Frage, die ich hier stellen möchte, ist, ob wir uns die konservativen Werte noch leisten können, oder schaden wir uns selbst damit –? Wenn wir fest bleiben in einer Zeit, in der nur Opportunismus und Spekulantentum gefeiert wird und Festigkeit und Treue sich nicht bezahlt machen, sondern, im Gegenteil, teuer bezahlt werden müssen. Diese Fragen dürfen, ja müssen gestellt werden.«

Die Bartenden schwangen wie Lanzenspitzen auf und ab; wohl um Weiblichkeit anzulocken, wie ein Pfauenschweif, ein Hirschgeweih, die ja auch beweisen, daß ihr Träger immer Herr der Lage ist, sonst wäre die Zierde nicht in Ordnung. Hoppe überlegte weiter, daß der Redner zwar etwas Eitles und Skurriles, aber auch Diszipliniertes und Soldatisches an sich haben mußte, zum Beispiel nachts, im Regen und beim Baden; und nachdenklich wandte er die Augen ab, sah, daß er noch etwas im Glas hatte, und trank es aus.

Auch der Redner trank einen Schluck Wasser. »Braucht man noch unsere Möbel und unsere Bibliotheken, wenn nicht mehr Bildung, sondern Information gefragt ist –? Clevere Geschäftsleute besitzen nicht mehr, sie mieten.«

Sehr richtig, dachte Hoppe. Er mietete auch.

Der Redner konnte nur in kleinen Schlückchen trinken, damit der Schnurrbart nicht feucht wurde; sonst hing er. »Wir haben immer noch ein wichtiges Gut, das wir der Gesellschaft liefern können: die Sicherheit des Urteils, was gut ist, und die Tradition, wie etwas gemacht wird. Denken Sie nur an die Familienfeste, an Hochzeiten, Taufen, Beerdigungen, wo der Adel auch für das bürgerliche Leben Vorbild ist. Was wir tun, wird kopiert und beachtet, und deshalb, liebe Caroline, brauchen wir solche Abende und ein Haus wie Schloß Laun, das die Gegend erhellt und die Bühne bereichert – in welchem Stück auch immer. Und dafür danken wir dir.«

Der Redner stellte das Wasserglas dort ab, wo es hingehörte, neben die Weingläser; aber diejenigen, die sich freuten, daß jetzt der Toast käme, wurden enttäuscht.

»Leider schreitet ja der Ausverkauf unserer Möbel und Bilder und sonstigen Preziosen fort, und das unter immer pomphafteren Vorzeichen, als sei eine Auktion in einem unserer Schlösser ein besonderes Fest, an dem die Öffentlichkeit viel Anteil nimmt; ein trauriges Fest! Aber gute Manieren und gute Erziehung, auf denen ja unsere Traditionen beruhen, lassen sich nicht übertragen. Man hat sie oder hat sie nicht. Manche der äußeren Formen lassen sich natürlich nachträglich erlernen, wie man eine Sprache erlernt, in die man nicht hineingeboren ist; aber man wird immer Fehler machen. Warum ist das so –? Weil unsere guten Manieren eben nichts Äußerliches sind, keine Dressur, sondern von innen kommen, von unserer Einstellung her. Und die übernimmt man nicht so einfach. Die erlernt man später nicht mehr.«

Alle saßen in Gedanken versunken da, die mit der Rede zu tun haben mochten oder auch nicht. Rupert besichtigte seine Handrücken, die Fingernägel einzeln, als werde er sich nicht schlüssig, wie viele es seien. Die Rede hätte ihm doch gefallen müssen, aber vielleicht störte ihn, daß nicht er selbst es war, der sprach. Tittis gleichzeitig leerer und gesammelter Blick bewies, daß sie sich in dieser Gesellschaft ohne Kameras und Klatschreporter langweilte, und ihrer berühmten, ganz leicht aufgeworfenen Nasenspitze konnte man ablesen, daß die Rede sie auch ärgerte. Was wußte so ein Hinterwäldler schon davon, wie schwierig es ist, prominent zu werden und wie teuer, es zu bleiben! Die Konkurrenz schläft nicht in Marbella. Müßige Blicke streiften auch ihn, Wolfgang Hoppe, der fremd, breit und behäbig dasaß wie ein Pfefferkorn im Salz. Was mochte er vorhaben? – Etwa, Wurzeln zu schlagen an dem Tischtuch, auf dem Ippi mit der spitzen Gabel Furchen zog? Das Wasserschwein grunzte zustimmend, die Taube lächelte still vor sich hin, die meisten jedoch wandten dem Moralprediger die erschlaffte, gealterte, erloschene Miene zu, die absolut nicht für die Öffentlichkeit bestimmt ist, so daß es gleichermaßen peinlich wirkt, bei deren Betrachtung erwischt zu werden wie Gegenstand solcher Betrachtung zu sein. Die Taktvolleren also starrten in die Ferne und trugen ein selbstvergessen törichtes Lächeln zur Schau; die Hausfrau gab es auf, Nonchalance vorzutäuschen und büßte ihre Sünden ab, solche der Heuchelei, der Bosheit möglicherweise, in einer eigenen kleinen Hölle; und der Verfechter der guten Sache fand kein Ende, wie Grabsprüche klang es über das Porzellan und kalte Fleisch hinweg, die Gesichter wurden gelb und gelber im Schein der Kerzen; alle hofften nur noch, bald aufstehen und sich mit denen unterhalten zu können, die man wirklich sehen wollte, wie auf einer Beerdigung, wie am Ende einer Reise. Und in dieser alptraumhaften Lage schien es Hoppe, als rumpele die ganze Gesellschaft trübselig in der längst außer Dienst gestellten Eisenbahn seiner Kindheit dahin, er in der unbequemen Holzklasse neben der zusammengesunkenen Fleur und der frierenden, in Pelz gehüllten Gala, die teilnahmslose Taube gegenüber, während alle nur ein Wunsch noch aufrecht hielt: nur raus hier, nach Hause und ins Bett, und die anfangs noch verstohlenen Blicke auf die Uhr wurden immer ungenierter.

Es war halb eins. Um zehn vor eins setzte der Eiferer sich hin, mit zerfranstem Schnurrbart und erledigt, aber sehr mit sich zufrieden, auch als der Beifall beinah nur im Losbrechen aufgestauten Rededrangs und entfesselten Klappern von Besteck bestand. Nochmals kreuzten sich die Blicke Hoppes und der Herzogin: Seelenstärke der beschriebenen Art hatte es gebraucht, um die Rede zu überstehen, und Hoppe las in ihrer Miene etwas wie Abbitte, und noch etwas las er – eine Frage.

Neben ihm flammte Fleur vor Empörung. »Was für eine Unverschämtheit, Max Magnus so herunterzumachen! Immer hält er solche Reden. Was weiß er schon von Max Magnus –?!«

Und bevor er selbst begriff, was geschah, hatte er ans Glas geklopft und war aufgestanden. Warum machte er das? Was tat er hier? – In einer Gesellschaft, deren Spielregeln er nicht kannte – Guten Appetit hatte er mehrmals gewünscht und keine Antwort bekommen –, hier war er selbst gespannt darauf, was er zu sagen hatte.

»Ich habe ja das erste Mal heute bei Ihnen die Ehre«, nuschelte er. »Als einer, der das erste Mal eingeladen ist –«

Alle starrten ihn an. Er war ja ein völlig Unbekannter, eine Randfigur vom Nebentisch. Daß er, ohne Ehrengast zu sein, das Wort ergriff, stempelte ihn entweder zu einem hoffnungslosen Schwätzer und Wichtigtuer, oder man mußte ihn für sturzbetrunken halten, wozu kein wirklich ausreichender Grund bestand. Ippis kühle Augen richteten sich mit erwartungsvoller Skepsis auf ihn, er freute sich natürlich auf eine Blamage für Carolines neuesten Fund. Die alte Dame drehte mit erfrischter Aufmerksamkeit am Ohr. Caroline hatte sich abgewandt, was nun kam, war seine Sache, sie konnte und wollte ihm nicht helfen. Hoppe stand nun fest und sicher da und redete drauflos, ohne Räuspern, Zögern, Schwanken.

»Als einer, der das erste Mal bei Ihnen eingeladen ist, sollte ich gar nichts sagen. Nichts, als mich bei der Gastgeberin bedanken für dieses schöne Fest. Zum Dank werde ich gleich noch kommen. Vorher muß aber noch etwas gesagt werden zu dieser Sache, die der Vorredner angesprochen hat: Rückgrat und Zivilcourage und Ritterlichkeit gegen Frauen –«; war nicht die Herzogin angegriffen worden?

»Ich lebe ja zwischen zwei Welten: Militär und Finanzmarkt –«

Bei diesem Wort spitzten sich die Ohren wie erwartet.

»– und behandele den Markt wie eine feine Dame: man läßt sie nach Belieben schallen und wallen«, hörte er sich sagen, schalten und walten hätte es heißen sollen. »Man dirigiert sie nicht und kritisiert sie nicht und läßt ihr unbedingt und *überall* den Vortritt.«

Jubel und ein Sturm von Heiterkeit brach los, »Bravo!« rief es vom Jugendtisch. Hoppe setzte ein kleines schiefes Lächeln auf und wartete auf das Ende des Gelächters.

»Soviel zu den Damen. Im übrigen heißt es ja, und man hört es oft, die neuen Schlachten würden in der Wirtschaft geschlagen. Aber, falls jemand von Ihnen hier napoleonische Gelüste verspüren sollte –«, vom Ende des langen Tisches her spürte er eine Woge von Abneigung auf sich zukommen. Ja, da saß Rupert und starrte ihn haßerfüllt an. »– davor muß ich dringend warnen. Große Emotionen müssen teuer bezahlt werden, immer, und für Spekulanten sind Emotionen überhaupt und Gedanken an Ehre ein verbotenes Feld. Wer sich klüger dünkt als der Markt, verliert. Wer sich zu weit aus dem Fenster lehnt, und Anfänger machen das, dem werden Arme und Beine abgeschossen, und die Nase noch dazu, von der man dachte, man hätte einen so guten Riecher.«

Hoppe empfand Ruperts Platz als finster qualmende Schwade, doch dieser Anpfiff mußte sein.

»Kümmern Sie sich lieber weiter um die Vergangenheit. Wenn Sie sich zuviel mit der Zukunft beschäftigen – und die Börse tut das –, wird man sich an Ihnen mästen. Wer seine Fähigkeit trainiert hat, möglichst viel zu ertragen, durchzustehen und auszuhalten, der wird sie am Markt auch brauchen. Sie lieben die Kontinuität, was gestern war, soll heute gelten. Aber die moderne Welt belohnt nur die volatilen Gemüter. Wer Biegsamkeit und Wendigkeit verachtet und sich seine Unerschütterlichkeit zugute hält, der wird zum Festessen für die Börse.«

Sony, diese Verkörperung von Zuversicht und Lebensfreude, die Leber noch gesund, der Blutdruck nicht zu hoch, von kommenden Erfolgen schon verwöhnt, hielt den Scheitel gesenkt. Ein zufällig aufgefangener, von stolzer Ergebenheit flammender Blick des Vaters auf den Sohn machte Hoppe nun doch betroffen. Aber auch wenn er damit alle Regeln brach – er war in Fahrt und machte weiter, es ging um Caroline, um die Starburgs und deren Vermögenswerte.

»Ein Adeliger, der berufsmäßig spekuliert, ist nur noch dem Namen nach ein Adeliger. Ein Spekulant, der sich gegen einen Trend stemmt, dagegen hält und womöglich noch stolz auf sein Rückgrat ist, einer, der nicht schon beim leisesten Knistern im Gebälk die Flucht ergreift, der wird mit fliegenden Fahnen untergehen.«

Es wurde gemurrt, »Kostolany!« rief jemand.

»Stetigkeit, Unbeugsamkeit und Schlafmittel sind der schnellste Weg in den Ruin. Vorauseilender Opportunismus allein macht den Gewinn. Halten Sie an Ihren Idealen fest, meine Herren, aber wenn Sie nicht mit den Wölfen heulen möchten, lassen Sie die Finger von der Spekulation!«

Es fehlte nur noch der Trommelwirbel; soeben wurde alles beerdigt, was er an gesellschaftlichen Ambitionen gehabt haben mochte. »Ich rate zu größter Vorsicht und Zurückhaltung. Erst gestern habe ich –«, erst gestern hatte er einen groben Handelsfehler gemacht, in Gedanken schon beim heutigen Abend. Doch das ging niemand etwas an. »Erst gestern habe ich wieder gemerkt, daß weniger mehr ist, daß Eroberungssinn und Wagemut weniger bringen als Disziplin und Genügsamkeit, mit einem Wort: *Bescheidenheit*«, trompetete er.

Alle saßen starr. Was man sich vom ersten Redner mit Mühe noch gefallen ließ, weil man seine Reden kannte, weil sie unvermeidlich waren und er jedes Jahr dieselben Peinlichkeiten von sich gab – eine solche Provokation durfte ein neu Hereingeschmeckter sich noch lange nicht erlauben.

»Und mit diesem Lob der Anspruchslosigkeit und der Sparsamkeit danke ich unserer Gastgeberin für dieses opulente Fest –«, er griff zum Glas und hob es hoch.

Einige wenige Lacher hatte er auf seiner Seite. Die Herzogin sprühte vor Entsetzen und Entzücken gleichzeitig: *das* gab Gesprächsstoff –! Fleur bewunderte ihn ganz offen von unten: mutig, mutig! Gala gab keine Meinung zu erkennen, weil sie noch keine hatte. Titti ignorierte ihn, Rupert wünschte ihn zum Teufel, Hansi Kottentrott, der Banker, schien belustigt. Sony beobachtete ihn mit einer Aufmerksamkeit, als habe er tatsächlich etwas Neues gesagt.

»Ich habe nur über die Börse gesprochen«, entschuldigte er sich bei Fleur.

»Das macht doch nichts –! Das ist doch gut! Die Börse ist wie das Leben. Es gibt Hochs –«

»– und Tiefs. Zum Wohl!«

»Wohl bekomm's«, rief Fleur.

Die Zunge war ihm wie verdorrt. Er leerte sein Weinglas. »Gibt's hier kein Bier?«

»Doch! Nach dem Essen, ganz bestimmt.«

***

»Sony will also Herzog werden.«

Hoppe saß neben dem alten Grafen Otterstedt, Carolines Onkel, auf dem Sofa; auf dessen gestreiften Stoffbezug

Tittis Australier sich nicht hatte setzen wollen. Es gab wieder kein Bier, sie tranken Kaffee aus winzigen Tassen.

»Das habe ich nicht behauptet«, widersprach Ott, denn so nannte ihn jeder. »Ich habe nur gesagt, er glaubt, er wird es, wenn Max Magnus nicht wiederkommt.«

»Warum ist Titti Prinzessin, wenn ihr Bruder Herzog ist?«

»Der älteste ist Herzog. Alle anderen sind Prinzen. Im übrigen sind die Starburgs dritte Abteilung.«

Mit der Auskunft konnte Hoppe nicht viel anfangen.

»Caroline ist eine Otterstedt. Die Otterstedt-Laarsens sind Grafen, allerdings reichsständisch«, fuhr Ott fort und gab damit zu verstehen: wir sind die bessere Familie. »Wir haben einen Marschall von Frankreich«, teilte er sachlich mit, der Hobby-Historiker dem Militärexperten.

Der Oberst verneigte sich leicht im Sitzen.

Vor ihnen standen die Gäste plaudernd herum und tranken den Kaffee im Stehen. Hoppe hätte es auch gern so gemacht, neue Leute kennengelernt und die Räume besichtigt; doch der alte Herr auf dem Sofa hatte ihm mit der Krücke gewunken und mit nach unten gerichtetem Zeigefinger auf den Platz neben sich gewiesen. Die Mühe eines Lächelns machte er sich kaum.

»Sie hab ich hier noch nie gesehen«, sagte er in einem Ton, der offenließ, ob dies nicht sogar als Kompliment gemeint war. »Sind Sie der Guru?«

»Ich? Der Guru? Nein. Warum? Ist heute einer da?«

»Wenn Sie nicht der Guru sind, dann sind Sie wohl der Oberst.« Hinter der altmodisch schweren Brille richteten sich bohrend, fast zornig kritische Augen auf Hoppe. Graf Otterstedt hatte keinen schönen oder besonders vornehmen Greisenkopf, aber ein, wie man hier sagte, »anständiges« Gesicht, anständig in einem rein äußerlich und materiell gemeinten Sinn, wie ein Koffer, wie ein Haus; es war schmal, bleich und fleischlos, ohne durchgeistigt zu sein, mit einer ziemlich langen Oberlippe.

»Entschuldigen Sie bitte. Meine Wißbegier ist vielleicht zu ausgeprägt«, sagte er, schon im vornherein gereizt durch die Mißverständnisse, die man erst beseitigen mußte, bevor es zur eigentlichen Unterhaltung ging. Bestimmt galt er als anspruchsvoll und schwierig, und deshalb saß er hier allein.

Jetzt überblickte er die Schar seiner Verwandten. »Hätten Sie während des Dreißigjährigen Krieges leben wollen, Oberst Hoppe?«

Hoppes Uhr zeigte halb zwei. Um eins begann der Handel in Hongkong, um zwei in Tokio, nur heute nicht, heute war Samstag. »Ohne Panzer –? Nein, warum?«

»Eine ganze Serie von Kriegen, alle Schlösser in Trümmern, Plünderungen, marodierende Soldaten, wie hätte Ihnen das gefallen –?«

»Ich war Berufssoldat. Ich bin kein Linker.«

»– und die Starburgs noch Protestanten. Heute sind alle wieder katholisch. Es ging immer hin und her.«

Er schüttelte eine winzige Tablette aus einer Dose und schluckte sie. Das Wasserglas behielt er in der Hand, wohl um sich einzuprägen, daß er das Mittel genommen hatte. Hoppe hatte auch solch uralte Verwandte gehabt. »Heute gibt es keine Religionskriege mehr«, fuhr Ott fort, »wenigstens keine bewaffneten.«

Er redet wirr, dachte Hoppe.

Ott stellte das Glas mit einem scharfen, ärgerlichen

Knall ab, oder die Tischplatte war höher als erwartet. »Dafür gibt es Konventionskriege. Nehmen Sie nur Carolines Schwager, Rupert. Haben Sie ihn kennengelernt?«

»Ich hatte die Ehre«, sagte Hope.

»Obwohl er nur ein zweiter Sohn ist – der jüngere Bruder von Carolines Mann – ist er ein Konventionsfanatiker, geradezu konventionsversessen. Und hat doch als Katholik zum zweiten Mal geheiratet.« Ott starrte ihn an, immer auf der Suche nach Urteilskraft und Kennerschaft.

Hoppe verneigte sich leicht im Sitzen, in Gedanken bei Caroline; die Offenheit ehrte ihn. Der spanische Botschafter schwankte vorbei und plumpste neben der Tür abrupt in einen Sessel.

»Sicher ist er sehr stolz auf die Herzogin. – Alle reden hier von einem Muhl«, sagte Hoppe. »Was ist denn das für einer?«

Der spanische Botschafter torkelte den Weg, den er gekommen war, zurück.

»Muhl«, überlegte Ott. »Manche hier meinen, er hätte wieder Interesse an Titti.« Er überlegte, wie er ihn am besten charakterisieren könne. »Er ist sicher ein guter Geschäftsmann.« Dann drehte er sich ganz zu Hoppe, um die Wirkung seiner Worte zu verfolgen. »Er sagt ›*Gestatten*‹, wenn er sich setzt.«

Seine unangenehm scharfen Augen blitzten, er lachte lautlos, voll Schadenfreude, die sich jedoch kaum auf seine, Hoppes, Person bezog, der selbst »Gestatten« gesagt hatte, wenngleich ironisch. Hoppe nahm den Kaffee vom Tisch und rührte darin herum. Sein Kommentar ließ auf sich warten, und Ott fühlte das Bedürfnis, ihn zu beruhigen.

»Titti will nichts mehr von ihm wissen. Sie muß ja ihre Erfahrungen mit ihm gemacht haben, wissen Sie.« Und befriedigt, weil ihm die vollständige Klarstellung der Lage gelungen war, lehnte Ott sich zurück und ruhte aus.

Der spanische Botschafter erschien zum dritten Mal, diesmal am Arm von Sony, und gelangte sicher durch die Tür.

»Da geht mein Großneffe Sony«, sagte Ott in seiner sachlichen Art so vernehmlich, daß jeder es hören konnte. »Finanziell macht er nichts als *Mist.*« Offenbar war Ott an Selbstgespräche gewöhnt.

Sony zwinkerte ihnen zu und wies mit dem Kinn auf den Botschafter, den er mit beiden Armen fest und sicher aufrecht hielt.

Nach Art alter Leute kam Ott von seinem vorigen Thema noch nicht los. »Mit Muhl kann man nichts anfangen. Er wird nicht eingeladen. Das werden Sie noch sehen, falls Sie öfter hier sind.«

Hoppe sprang auf die Füße, als die Hausfrau vorbeikam, und setzte sich wieder, als sie vorbei war. Ott war zu alt, um es ihm gleich zu tun, fand aber, Hoppe habe ausgezeichnete Manieren, und sprach es aus. Ab einem bestimmten Alter darf man alles sagen, das verstand auch Hoppe. Und auch er sagte einfach alles, weil er ja doch nicht wußte, was hier erlaubt war und was nicht.

»Hat Max Magnus denn etwas ausgefressen, weil er nicht hier ist?«

»Max Minus? Ich glaube nicht. Nicht mal dazu ist er imstande. Er ist zu faul für alles.«

Und Sie, wer sind Sie –? Was haben Sie getan? dachte Hoppe, und Ott antwortete sofort, die Frage war ihm selbst geläufig.

»Ich bin neunundneunzig Jahre alt geworden«, sagte er, als sei diese Tatsache neutral zu bewerten, aber wichtig zu wissen, wie wenn jemand Däne ist oder Schwede oder Sohn eines Beamten. »Der Wechsel ins nächste Jahrtausend wird wohl ohne mich stattfinden.« Er bewegte unruhig die langen, nebeneinander gestellten Beine mit den dünnen, spitz ragenden Knien.

»Dann wird sicher groß gefeiert, zu Ihrem hundertsten Geburtstag?«

»Im August. Wenn ich es noch erlebe.«

Wieder überblickten sie die Schar der flanierenden Gäste. Ott war bei weitem der Älteste hier. Er hob die Krücke und wies auf einen schlanken, recht gut aussehenden alten Herrn. »Da geht Paulibus. Paul Otterstedt, der Vater von Caroline.« Er hatte richtig vermutet, daß die Mitteilung Hoppe interessieren würde. »Er ist siebenundsiebzigeinhalb.« Die halben Jahre zählten wieder, wie einst im Kinderzimmer. Ott ließ den Krückstock, der in diesem Augenblick an einen Gewehrlauf erinnerte, langsam sinken. Hoppe hatte in seiner Kinderzeit nicht mit Stöcken auf Leute zeigen (oder zielen) dürfen.

Carolines Vater, der »Paulibus« genannte Graf Otterstedt, stand jetzt dicht bei Fleur. Er hob die Hand und legte sie auf ihre Schulter, strich über das Schulterblatt über den Rücken bis ins Kreuz und noch tiefer. Fleur ergriff die Flucht.

»Ich frage mich immer: ist es das, wofür ich so alt geworden bin?« Ott wies mit seinem Stock weitausfahrend um sich herum und hätte beinahe Schwester Anni mit einem Tablett voll Tassen und Gläser zu Fall gebracht.

»Noch einen Kaffee für Sie, Erlaucht?« fragte Schwester Anni, drall und apfelbäckig im Streifenkleid, und brachte die winzigen geblümten Tassen in Reichweite.

»Auf keinen Fall. Sie wissen doch, daß ich dann nicht schlafen kann«, sagte Ott empört.

Schwester Anni lächelte bloß und beugte sich zu Hoppe. »Noch Kaffee für Sie, Erlaucht?«

Hoppe lehnte nicht ab und probierte die Anrede, wie sie sich anfühlte und ob sie ihm stand; es wäre ihm aber lieber gewesen, er hätte es ohne Zeugen tun können.

Ott stellte die Dinge unverzüglich richtig. »Oberst Hoppe nimmt bestimmt noch einen Cognac. – Sie sollten nicht so schwer tragen, sonst sind Sie morgen wieder müde und gießen mir zuviel Wasser in den Porridge«, entrüstete er sich.

»Sie haben mich nach Sony gefragt«, nahm Ott das Gespräch dort wieder auf, wo es begonnen hatte. »Als er zehn Jahre alt war, ist seine Mutter mit einem Italiener davongelaufen.«

Und nun erfuhr Hoppe die Geschichte von Ruperta, der zweiten, und Alix, der ersten Prinzessin Starburg-Blemersheim als Teil der Kombination, die den Geheimschrank öffnete. Ott redete nicht wie einer, der den Klatsch liebt, sondern wie jemand, der ans Nachdenken gewöhnt ist und dem es egal ist, ob die Gedanken laut oder leise ausschwärmen. Sony war der nächste in der Reihe. Max Magnus (oder Max Minus) war weder debil noch kriminell, noch kam er als Erbe nicht in Frage; er zog nur das Leben in der Pampa vor, als Hobby-Hydrologe.

»Er studiert das Schmelzen der Eisberge«, sagte Ott.

Der Zweigstellen-Leiter der Kölner Kreditanstalt schlenderte in einem Smoking durch die Räume, der bei Hoppe die Vorstellung weckte, er verdanke seine Einladung einer übertrieben geweiteten Kredit-Linie. Im übrigen wird Bordeaux getrunken, nicht getragen. Der Zweigstellen-Leiter erblickte Hoppe (dessen Konten sich in Köln befanden) und versank in einer Verneigung, als sei etwas zu Boden gefallen. So auffallend dies war, Ott schien nichts zu bemerken.

»Ja, so ist das mit Max Minus. Er ist ziemlich unpraktisch veranlagt. Zum Glück hat er eine tatkräftige Mutter zu Hause.« Der alte Herr hatte jetzt den Krückstock zwischen die mageren Knie geklemmt und die Hände darauf gestützt, was eine angenehme Art des Sitzens für ihn darstellte, die Krücke griffbereit und die Arme gut untergebracht. »Vielleicht könnte Muhl was für ihn tun.« Er stellte die Füße etwas einwärts. »Wegen der Familie bräuchte ich nicht mehr zu existieren.«

Dies klang so bitter, daß es Hoppe die Sprache verschlug.

»Sie haben vorhin über Börsenkurse gesprochen«, nahm Ott das Gespräch wieder auf. »Können Sie mir sagen, warum am Tag eines Kriegsausbruchs die Aktienkurse jedesmal steigen –?«

»Weil sie vorher gefallen waren. Sie fallen, wenn man den Krieg fürchtet. Am Tag, wo er ausbricht, spekuliert man schon wieder auf Frieden, und daß er bald vorbei ist.«

»Ah, ja, das habe ich mir gedacht«, Ott war befriedigt, weil er es sich gedacht hatte. »Ich habe mir schon gedacht, daß Sie der Börsenguru sind. Es soll heute nämlich einer hier sein. Mit Geschichte beschäftigen Sie sich auch –?«

Geld als solches schien ihn weniger zu interessieren. Von seiner Hinterlassenschaft war wohl nicht viel zu erwarten. »Warum haben Sie das mit dem Opportunismus gesagt?«

»Mit dem –?«

»Es ist klar, daß ein Henker oder Räuber andere Prinzipien hat als wir.« Sein unangenehm forschender Blick richtete sich auf ihn. »Opportunismus wäre ja gut und schön, wenn man nur immer wüßte, was die richtige Seite ist«, höhnte er. »Mir gefallen nur die Millionäre, die mir auch imponieren würden, wenn sie keinen Knopf in der Tasche hätten.«

Er hatte die Verneigung des Bankdirektors genau gesehen.

»Mit einem Knopf kann ich nicht dienen«, scherzte Hoppe.

»Für uns hier ist es schon ein Erfolg, nicht betrogen zu werden.« Ott stieß die Krücke auf den Boden, unter dem Sofa knurrte es heraus. Ott beachtete das Knurren nicht, er schien kein Hundefreund zu sein. »Fremde müssen ins Haus gelassen und Handwerker herumgeführt werden. Aber die meisten sind ehrlich.«

»Wohnen Sie hier?«

»Ja. *Noch.*«

Was sollte man hierauf antworten? Es wurde keine Antwort erwartet. Ott war jedoch immer für Klarstellungen.

»Ich weiß nicht, wie lange wir uns – Caroline, genauer gesagt – Schwester Anni noch leisten können. Alles hängt von ihr ab.«

Er sprach so sachlich wie anfangs, als er sein Alter erwähnte als eine Tatsache, die man wissen muß: neunundneunzig. »Ich wohne noch hier. Aber wer von uns kann schon wissen, wer im August noch da ist?«

Dicht vor ihnen diskutierten Fleur, Titti, Sony und Mathias in einer Gruppe; und als der alte Herr sich an seinen Stock klammerte und ihn haltsuchend ins Parkett rammte, befielen Hoppe düstere Vorahnungen und Zweifel an seinem Trainingsplan. Wegen der Erft war er hierhergezogen. Der an sich beschauliche Wiesenfluß bot ganz in der Nähe seiner Villa eine Staustrecke und ein altes Steilwehr mit Schwall, Walze und Brechern zum Üben von Kentern und Eskimorolle in den ruhigeren Kehrwassern. Er kontrollierte die Pegel so oft wie möglich, auch heute war er durch die von der Frühlingsluft durchgewetzte Schneedecke hingestapft. Das recht verrottete Wehr bestand aus drei Teilen: dem mit einer schwimmenden Stange gesicherten Eingang zum Mühlkanal, der Fischsteige auf der gegenüberliegenden Seite des Flusses und dem dreifach unterteilten Wasserschwall, der in der Mitte zwischen den Betonpfeilern in die Tiefe schoß.

Die Erft führte Hochwasser, das Toben und Rauschen war weithin zu hören. Auf dem Gittersteg über den Fluß horchte Hoppe auf das dumpfe Poltern des breit und glatt drei Meter nach unten fahrenden Hauptwassers, auf das hellere Rauschen des flachen Stroms daneben und das scharfe Zischen außen, wo eine dünne weiße Flut durch die noch nicht geöffnete Schleuse drang. Es war alles in Ordnung, aber heute, als er zwischen den altertümlichen Zahnrädern und Stahltrossen stand und die Gewalt der aufgestauten Wassermassen unter sich spürte, die Holz und dicke Äste mit sich rissen, befiel ihn Furcht und plötzlicher Schwindel. Bevor er eine Passage suchte, mußte er herausfinden, was sich unter der Wasseroberfläche befand und ob es sich um eins der lebensgefährlichen Kastenwehre mit querliegenden Betonschwellen handelte.

»Seine Durchlaucht der Hund ist im Bügelzimmer eingesperrt«, hörte er jetzt Mathias sagen.

»Seine Durchlaucht der Hund –?!« staunte Hoppe.

»Sonys Hund. Seine*r* Durchlaucht der Hund. Er gehörte Max Magnus«, erklärte Ott. »Bei Feuerwerk brennt er immer durch. Nicht aus Angst, sondern um mitzumachen. Er glaubt, es wäre Jagd und man hätte ihn vergessen.«

»Er liegt hier, unter uns«, bemerkte Hoppe.

»Er tut, was er will. Einmal ist er durchs geschlossene Fenster gesprungen.«

Der Filialdirektor schlenderte den Weg, den er gegangen war, zurück, er hoffte wohl auf eine Unterhaltung mit Herrn Hoppe; sah, daß er immer noch mit dem alten Herrn zusammensaß, und ging enttäuscht davon.

Otto sah ihm nach. »Wo leben Sie, Oberst Hoppe?«

Hoppe gab Auskunft; und obwohl Ott sich die Mühe eines Lächelns wieder nicht machte, betrachtete er Hoppe nun doch mit anderen Augen. Als Mieter eines der herzoglichen Gebäude war er so gut wie der angeheiratete Vetter einer entfernten Verwandten, er gehörte dazu. Hoppe versuchte den Gedanken abzuwehren, aber bloßes Wunschdenken war es nicht.

»Kennst du schon Oberst-Hoppe-Tittis-Mieter?« die Krücke bohrte sich in den Rücken eines Vorübergehenden, und Hoppe zuckte zusammen, weil sich mit seiner neuen Bezeichnung ein unangenehmer Eindruck verband. Der Betreffende fuhr herum, erfaßte blitzschnell die Lage – Ott, wie üblich unbeschäftigt auf dem Sofa, auf der Suche nach Beachtung – und suchte das Weite. Diesmal war es Carolines eleganter Vater gewesen.

Mathias hatte inzwischen viel von der Majestät, mit der er serviert hatte, aufgegeben und saß mit aufgeknöpfter Livree neben Sony, um über die Details der elektrischen Anlage zu diskutieren, die nur er kannte und sonst niemand. Ein Koch im Wolkenhut zelebrierte seinen Auftritt, ließ sich feiern und blieb als Gast.

Unversehends ging das Licht aus, nach einer verblüfften Pause war ein erwartungsvolles Raunen zu hören, viele glaubten, ein weiterer, diesmal brennender Nachtisch, etwas mit Eis und Rum, würde aufgetragen. Statt dessen gab es eine gewisse Unruhe, jemand mit Taschenlampe fiel krachend über einen Stuhl. Er wurde auf die Beine gestellt und tastete nach einer Tür, die er offen stehen ließ; von draußen strömte eisige Kälte ins Zimmer. Caroline, die in der Dunkelheit unsichtbar dicht vor Hoppe stand, rief mit voller Stimmkraft: »Alle, die Öfchen in den Zimmern brennen haben, möchten sie bitte ausmachen –! Alle Öfchen bitte aus! – Öfchen aus!«

Kerzen wurden gebracht, während die Rufe: »Öfchen aus –« sich in den Tiefen der Finsternis verloren.

Bevor das Licht wiederkam, drängten alle zu den Fenstern, das Wasserschwein vorneweg, um ein Feuerwerk und dessen Spiegelung im Schloßgraben zu bewundern.

***

Ott machte sich nichts aus Feuerwerk, er mochte nur das Dauernde und ging zu Bett. Deshalb sah auch Schwester Anni, die ihm beim Ausziehen half, wenig davon, obwohl sie es gern gesehen hätte. Hoppe liebte Feuerwerk ebenfalls nicht wegen der liquiden Mittel, die verpulvert und für einen kurzfristigen Effekt verschwendet wurden (eine Erscheinung, die er kannte); er blieb aber, denn es war unmöglich, sich zu verabschieden, solange es dauerte. Sony erlebte eine triumphale halbe Stunde, er hatte die Vorbereitung übernommen und dieses Jahr eine Neuerung eingeführt: eine Unzahl kleiner glühender, von sprühendem Feuer angetriebener Ballons stieg und stieg in den Nachthimmel, bis sie alle ganz oben verbrannten. Das war schön –! Die Ballons kamen sehr gut an, Ruperta war stolz, und sogar Rupert fand sie originell. Dann zischten die Raketen. Paul war glücklich. Jag's hoch, hau's raus, dachte er, als ob es Geld sei, was es in gewisser Weise ja auch war. Er stand dicht hinter Fleur, wagte aber nicht, sie zu berühren. Er tat so, als würde er im Gedränge gegen sie geschoben. »Bessauberndes Mädchen«, murmelte er. Fleur wich aus. Neben ihr schlief der Archivrat im Stehen. »Na, Bruder, noch alles senkrecht?« erkundigte sich Ippi, bevor er schwer auf ihn fiel oder wenigstens lehnte. Immer auf die Kleinen, dachte

Schuller und wachte auf. Caroline hörte das nächste Dutzend Raketen krachen und explodieren. Das Fest war mißlungen, die Kosten rasten ihr davon. In der Küche befand sich niemand außer dem alten Hund. In den Abfallkübeln und auf den Tischen räumte er auf, bis ihm fast der Magen riß, und kratzte dann an der Tür, um zu den Enten zu gelangen, die nach dem vielen Geknatter draußen herabgeplumpst sein mußten. Er brachte es fertig, die Klinke zu drücken. Durchs Fenster sah Titti die zerplatzten Blüten sich erstaunlich lange oben halten. Im Bett neben ihr lag Ron. Er redete und redete in der Dunkelheit, ohne aufhören zu können, von sogenannten Naturfilmen, die er in Afrika drehte und für die er Preise und hohe Auszeichnungen bekam. Sein letzter hieß »Die Wanderung der großen Herde«.

Titti erinnerte sich an den Film. In einer Dokumentation ist das Zeigen von Grausamkeiten gerechtfertigt. Aber die Szenen, als die rundlichen glatten Zebras ins Flußbett zu den Krokodilen sprangen, armdicke Wasserstrahlen aus ihren Nüstern schossen und sie halbiert und auf Beinstümpfen das jenseitige Steilufer erklommen, waren nicht auszuhalten gewesen. Und nun berichtete Ron, welche Mühe man mit den Unterwasser-Kameras gehabt hatte und daß die Krokodile immer zu schnell satt gewesen seien und daß die Zebras, die man in Netzen fing, nicht ins tiefe, eigens aufgestaute Wasser springen wollten. Man mußte sie mit Schüssen aus der Vogelflinte und, unsichtbar fürs Publikum, mit Tiefflügen in Panik versetzen.

Am nächsten Morgen warf Titti Ron aus dem Haus.

***

Im Gartensalon von Laun saßen Hoppe und Caroline beim Tee. Sie saßen einander in großen Fauteuils am Kamin gegenüber, zwischen sich einen Messingtisch mit dem Teegeschirr und Petit Fours und kleinen Sandwiches, die ziemlich großzügig und wenig exakt mit Schinken, Ei und Käse belegt waren. Carolines von der Gartenarbeit rauhe und kräftige Hände stemmten die Kannen, die für ein Dutzend durstiger Gäste gereicht hätten, mühelos aus dem Gestell mit der Spiritusflamme.

»Mögen Sie Tee? Stark oder mit Wasser –?« und sie goß ein, ohne auf Antwort zu warten.

Hoppe mochte keinen Tee. Zu Hause trank er mehrere scharfe kleine Espressos über den Tag verteilt mit großen Gläsern Wasser, eine Gewohnheit, die er aus New York mitgebracht hatte. Doch er verstand wohl, daß mit der Einladung zum Tee ein Ritual gemeint war, das eine bestimmte Zeit, einen Ablauf und eine Dauer hatte und das im übrigen ohne Getue und Umständlichkeiten abgewickelt wurde, ähnlich einer Sonntagsmesse. Er bemerkte ein weiteres Gedeck, für Titti? Oder Sony?

Caroline schlug eine gefaltete Serviette aus wie ein Staubtuch und legte sie aufs Knie, den gestickten Fürstenhut nach unten. Sie kramte mit den Fingern zwei Zuckerstücke aus der Dose und schob ihm die Sandwichplatte hin, griff wiederum als erste zu, um anzudeuten, daß ihr Gast nach Zuckerzange oder Gabel nicht zu suchen brauche, und begann durstig ihren Tee zu trinken.

Hoppe folgte ihr in allem, so gut er konnte, trank den Schluck aus seiner Tasse aber vorsichtshalber bitter.

»Waren Sie schon mal in New York, gnädigste Frau

Herzogin?« Hoppe, ganz Respekt und Verehrung, wählte den pomphaftesten Titel. Unwillkürlich reizte ihn der Kontrast zwischen Caroline und einem Land, in dem silberne Teekannen eher selten sind.

»In New York, ich?« fragte Caroline ehrlich erstaunt. »Nein. Warum? Was soll ich da?«

Hoppe ließ die Blicke schweifen, von den Bildern und polierten Möbeln bis zu den Terrassentüren in den Park, ob einen diese Umgebung von einem Besuch in New York abhalten könne. Er selbst war ja auch nicht in New York geblieben. Sie hatte recht. Was soll man hier? Was soll man da?

Caroline trug Blazer und elegante Pumps und Hosen mit Schottenkaro, die ihr sehr gut standen. Hoppe trug ländlichen Tweed und Fliege (er teilte die Abneigung seiner ehemaligen Stabsärzte gegen die Krawatte, die beim Handwerk stört), graue Flanellhosen und Halbschuhe, die diesmal hoffentlich die richtigen waren. Jedenfalls hatte er geraume Zeit damit verbracht, sie zu wienern, zu bespucken und wieder zu polieren. Befriedigt streckte er sie vor sich aus. Später erst hörte er von Sony, daß man Schuhe beim Putzen mit Champagner besprengt und daß Champagner gut für alles ist, das beste Mittel gegen Grippe, Hunger und Verzweiflung. Hoppe war sorgfältig frisiert, das Haar glatt über dem Schädel, er drehte Caroline die bessere, die Seite mit dem Scheitel zu.

Carolines Begrüßung war wiederum sehr herzlich gewesen, zwar weniger begeistert, als sie es auf dem Fest (für jeden) gewesen war; dafür plauderte sie diesmal sofort drauflos, als sei Hoppe seit jeher in Laun ein und aus gegangen. Es kam keine Verlegenheit auf, Verlegenheit ist unangenehm für beide; und ein gehemmter und verschlossener Gast gibt nicht alles preis, was man von ihm haben will, das wußte auch Hoppe. Die Meisterin aufrichtiger Verstellung war am Werk, und wenn sie die Herzlichkeit übertrieb, war es doch gut gemacht.

Mit der schmalen geraden Nase, den geschwungenen Lippen und den Augen mit Lachfältchen war sie immer noch eine sehr schöne Frau, wenn auch insgesamt das Herbe stärker vertreten sein mochte als das Liebliche. Sie war eine überzeugende und überzeugte Witwe, selbständig und zufrieden, sie war zur Witwe geboren. Hoppe lächelte wehmütig. Er machte sich keine großen Hoffnungen.

Jetzt sah sie ihm mit gewinnender Freundlichkeit schnurgerade ins Gesicht, ohne Spur von Koketterie. »Sie haben in New York gelebt?«

Ja, das hatte er; er kannte die Wall Street sehr gut, hatte Freunde in New York und stand ständig in Verbindung mit Brokern; er erzählte und ließ die Blicke weiter wandern. Bei Tageslicht und Wochen nach dem Fest waren die Wände, die elektrischen Leitungen um keinen Grad besser; auf einem Fenstersims lag ein zusammengerolltes Wollplaid vor dem schadhaften Rahmen. Ohne die zahlreiche Gesellschaft von neulich traten aber auch die Schönheit und Symmetrie mancher Dinge, der hochschultrigen Vasen, der paarweise aufgestellten Lampen, stärker hervor. Auf den Kommoden tickten Uhren, die vergoldete Figuren trugen oder von ihnen getragen wurden – Jünglinge, Elefanten –, sie tickten nicht nur, sie schlugen, nicht eine, sondern alle; und wenn Hoppe auch von

Kunst nichts verstand und von Antiquitäten wenig wußte, ahnte er doch: nichts Falsches gab es hier, nichts Imitiertes stand herum; alles hier war echt, von der Oberfläche bis in die Tiefen, und bot sich in guter Form den Blicken offen dar.

Wenn Caroline in New York wäre, würde ihr das alles und der Garten bald fehlen; und er betrachtete die schluderig angefertigten Sandwiches mit einiger Rührung.

»In New York reizt mich überhaupt nichts«, erklärte sie gerade. »Außerdem – da, wo ich bin, ist immer Provinz.« Sie lachte triumphierend, es war eine Schachmatt-Behauptung, der man höflichkeitshalber weder zustimmen noch widersprechen konnte.

Hoppe lachte mit. »Da, wo Sie sind, ist immer Salon, Frau Herzogin.«

»Nennen Sie mich doch bitte nicht Frau Herzogin«, sagte sie mit Nachdruck, »ich heiße Caroline.«

»Gern, gnädige Frau. Dann nennen Sie mich bitte nicht Herr Oberst. Frauen kennen keinen Rang.«

»Frauen kennen keinen Rang –? Da kennen Sie mich aber schlecht«, und ihre schönen Zähne blitzten spöttisch.

»Ihr Fest damals war sehr gelungen«, sagte er dann. Hoppe bewunderte alles, was gut geplant und ausgeführt wurde, und Carolines Bewirtung unter beinahe feldzugmäßigen Bedingungen hatte ihm gefallen. Weder war ein Brand ausgebrochen noch hatten die Gäste zu sehr gefroren oder zu lange im Dunkeln gesessen.

»Haben Sie sich gut unterhalten?« fragte sie sofort, pflichtbewußt und eifrig; ein Fest in Laun war für sie kein Manöver, es war der Ernstfall.

Hoppe nickte und stimmte mit seinem zurückhaltenden Lächeln zu. Hätte er sie in New York auch respektiert –? Ja, vermutlich schon. Ja, er war fast sicher.

»Das Fleisch war kalt. Gar war es auch nicht. Der Koch hat sich bitter beklagt«, kritisierte die Gastgeberin, »Sie haben's ja gesehen, das Licht ging aus, und es war finster wie im Bärenhintern.«

Hoppe horchte auf. Finster wie im Bärenhintern? Wie durfte sie wissen, wie finster es dort ist? Und er stutzte über die eigene Entrüstung.

Caroline ließ ein Sandwich im Mund verschwinden und füllte die Pause des Kauens mit ausdrucksvollen Handbewegungen, damit die Unterhaltung nicht abriß. Über so viel Geschicklichkeit und Grazie verfügte Hoppe nicht. Er verschluckte seins in der fatalen Größe, das zum Abbeißen zu klein und zum Essen im Ganzen zu groß war, in einem Stück und spülte mit bitterem Tee nach.

»Der Koch war stocksauer«, wiederholte Caroline, »nächstes Mal kommt er bestimmt nicht mehr, er ist ein solcher Star.«

Sie machte ein geradezu grimmiges Gesicht, und es war nicht schwer zu erraten, was sie dachte: sie selbst in der Küche, Cocktails mixend und Zitronen pressend, bis Kübel und Kannen überschwappten und der Küchenboden schwamm, dem schlecht gelaunten Koch im Weg, und ihre Ehre als Hausfrau hing an der Zungenspitze des Redners, dieses Narren, an der Zungenspitze aller, die sie mit fünfzehn Rehziemern bestochen hatte, die man hatte *kaufen* müssen, weil auf der Jagd nur zwei Rehe erlegt worden waren. Und die Verwandten mit scheelen

Blicken, ob das Haus auch gut geführt sei –! Und dann diese Rede –!

Seltsamerweise vermied sie, auf seine Rede zu sprechen zu kommen. Eigentlich hatte er ein Kompliment erwartet.

»Die Leute sind so wahnsinnig verfressen heutzutage«, fuhr Caroline in ihrer offenherzigen Manöverkritik fort. »Und es kommen alle. Niemand sagt ab.«

Hoppe war auch gekommen. »Sie machen das ausgezeichnet. Kein Clausewitz könnte es besser.« Er mischte Liebenswürdigkeit mit Spott wie die Gastgeberin. »Sie haben ja auch Strategen in der Familie.«

Er meinte den Ritter des Maria-Theresia-Ordens im Stuckrahmen. Das Kreuz und die rot-weiß-rote Schärpe traten deutlich hervor, das Gesicht blieb im Dunkeln.

»Das ist Alexander Starburg«, sagte Caroline sofort, als habe sie ihn persönlich noch gekannt. »Er hat kein Glück gehabt, er ist im Siebenjährigen Krieg gefallen.«

»Das ist traurig, wenn man keine Fortüne hat«, murmelte Hoppe. Mußte man nach so langer Zeit noch kondolieren?

»Nach ihm heißt mein Neffe, Sie wissen schon, Sony, er heißt auch Alexander.«

»Wenn ich gewußt hätte, daß es Ihr Geburtstag ist«, Hoppe versuchte, ein Gespräch über Sony zu vermeiden, »dann hätte ich Ihnen etwas mitgebracht.«

Er hätte längst etwas schicken können, doch Oberst Hoppe war sparsam, sogar sehr, und fand dies auch in Ordnung so. Wohlhabende Leute geben nicht gern etwas aus, sonst wären sie bald nicht mehr wohlhabend.

Caroline winkte großzügig ab, lächelnd, als sei sie nicht

die Frau, die mit Geschenken rechnet; guckte in seine noch fast volle Tasse und schenkte sich Tee ein. Der Elfenbeingriff an der Kanne saß locker. Wenn es seine Kanne gewesen wäre, hätte er sie reparieren lassen. Wenn er eine vielleicht teure Reparatur nicht bezahlen wollte, hätte er seine Vermögensverhältnisse schnellstens neu geordnet. Caroline faßte den Griff ganz oben, so daß sie Tee ausschenken konnte, ohne etwas zu verschütten und sich nur sekundenlang und nicht zu schmerzhaft die Finger zu verbrennen, als wohl eine der gewohnten Unbequemlichkeiten ihres Lebens; und sie hob die Kanne mit Schwung zurück in das silberne Gestell mit der Flamme.

»Darf ich fragen – warum tun Sie sich das an?«

»Was denn?«

»Jedes Jahr dieses Fest. Das ist doch furchtbar unbequem. Wozu –?«

»Für die Familie«, sagte sie kurz, beinah abweisend, als sei dies einem Herrn Hoppe doch nicht begreiflich zu machen; und begann zerstreut und geistsabwesend auf einem Fingernagel herumzubeißen, als wäre sie allein. Das hatte Hoppe als Kind nicht tun dürfen. Sein Elternhaus war großbürgerlich, sein Vater Kieferchirurg gewesen. Er war mit zwei älteren Schwestern sehr behütet aufgewachsen. Als seine Eltern starben, brach er sein Studium ab und trat in die Bundeswehr ein, die ja auch so etwas wie eine große Mutter ist.

Caroline erhob sich auf ihre langen, elegant behosten Beine im Schottenmuster und knipste ein paar Lampen an, obwohl es noch hell im Zimmer war.

»Und wie gehen Ihre Geschäfte?« fragte sie mit einer

kleinen Grimasse, die andeutete, daß sie die Frage selbst etwas impertinent fand und sie trotzdem stellte.

Über Nacht war völlig überraschend Finanzminister Lafontaine zurückgetreten, der sich seit der Wahl entschieden für feste Wechselkurse und gegen das freie Spiel der Märkte eingesetzt hatte; die deutsche Börse haussierte sofort sehr heftig, und Hoppe, der wegen der Abwertung von Brasiliens Real short gewesen war, hatte Verlust gemacht und war im Hinblick auf Geschäfte schlecht gelaunt und schlecht zu sprechen.

»Ich habe Ihnen ein Wall Street Journal mitgebracht«, sagte er ablenkend.

»Mir –?! Wie reizend.«

»Es ist immer spannend an den Börsen. Ich gebe allerdings zu, die Wochenenden sind manchmal schwer zu überstehen. – Der Adel ist was fürs Wochenende«, scherzte er, denn heute war Samstag.

»Der Adel ist was fürs Wochenende?!« Die Herzogin war entzückt, hier hatte sie etwas zum Lästern für später.

Hoppe setzte noch eins drauf. »Und für Frauen. Adel ist was für Frauen.«

»Adel ist was für Frauen –?!« wiederholte Caroline geradezu triumphierend, und Hoppe wußte, sein Bon Mot würde die Runde machen.

Er betastete den zerschlissenen Damastbezug seines Sessels. »Ich meine diese geistreiche Tradition von Form und Kunst –«; ein Blick auf ihr Gesicht zeigte, daß er sich jetzt aufs Glatteis begab. »Dieses geistreiche Bewahren von Kunst und Form, das ist doch was für Frauen.«

»Das Bewahren von Kunst und Form – den Geist lassen

wir mal dahingestellt – ist doch auch für Militärs –? Und Sie haben sich pensionieren lassen.«

Hoppe lachte; sie war ihm gewachsen.

»Am Mittwoch kommt unser Launer Heimat-Dichter zum Tee. Möchten Sie kommen? Er ist ziemlich mühsam, er hat schlechte Manieren, er *insistiert.*«

»Taugt er was?«

»Ich weiß nicht. Es gibt ja Schriftsteller, die haben außer hohen Auflagen nichts produziert, zu denen gehört er nicht. Aber werktags können Sie ja sowieso nicht –«, und deshalb lade ich Sie ein, sagte ihr neckender Blick.

»Manchmal läuft die Wall Street auch ohne mich.«

Caroline guckte in seine noch volle Tasse. »Nehmen Sie eigentlich Milch?« Sie sagte Milch und meinte Rahm; sie hielt das Kännchen über seine Tasse und wartete offenbar auf »Halt!«, dessen Zeitpunkt Hoppe verpaßte, da er nicht gewohnt war, »Halt!« zu Frauen zu sagen. Sie fuhr mit Fingern, an deren Nägeln sie geknabbert hatte, in die Zuckerdose, in die Sandwichplatte. Er fragte sich, warum es keine Gabel gab – vermutlich wegen des Prinzips: zu mühsam, und: nur keine Umstände. Sie war wie ein Dressurpferd auf der Weide, das nicht piaffieren will. Ihr Schwager, Prinz Rupert, dagegen piaffierte immer.

»Ihr Schwager, Prinz Rupert –«

»Ach, Rupert –«, sagte sie mit einer wegwerfenden Handbewegung, als zähle er gar nicht; doch er zählte, und Hoppe war erleichtert, als sie hinzufügte: »Heute ist er nicht da. Titti ist da.« Ein neuer Gedanke kam ihr. »Spielen Sie Bridge?«

»Nein«, sagte Hoppe, der Skatspieler, entschieden.

»Möchten Sie es lernen?«

»Nein«, sagte Hoppe, schon mit weniger Entschiedenheit.

»Schade. Ich könnte es Ihnen beibringen.«

Hoppe verneigte sich dankend, anerkennend, ein wenig im Sitzen. Er lächelte zurückhaltend und schwieg.

»Was ist heute –? Samstag? Ich verbringe mein Leben mit Bridge und mit Warten.«

»Ich auch. Ich warte, daß die Wall Street wieder anfängt.«

»Ich warte, daß es Frühling wird und ich in den Garten kann und daß Max Magnus wiederkommt.«

»Max Magnus?«

»Mein Sohn.«

»Ah, ja.«

Und plötzlich, unerwartet, machten sich Hoppes Augen sozusagen selbständig und fragten: ist das alles, worauf du wartest –? Und Carolines Augen antworteten, ebenso schlicht und aufrichtig: Ja, das ist alles. Dies kam Hoppe ganz natürlich vor. Und laut sagte er: »Sonntags, ohne Kurse, bin ich orientierungslos«; der Vergleich mit einer sternenlosen Nacht war sicher zu poetisch für die Herzogin. Und »wir können ja mal so tun als ob«, sagten ihre spöttischen Augen, womit sie gleich zu erkennen gab, daß nichts war und nichts sein konnte, denn »zu mühsam« und »was soll ich da?« standen ja im Wege. Und Hoppe fragte sich, worin ihr Leben denn bestand, zwischen dem fetten Cupido und Magdalena und dem Lamm, denn diese drei zierten die Wände zwischen den Terrassentüren, und zwischen Tee und Garten. Hoppes Gedanken verwirrten sich, und zur Klärung trank er einen Schluck aus seiner kalten Tasse.

»Möchten Sie frischen –?« fragte Caroline sofort, nahm ihm die Tasse weg und kippte sie von ihrem Platz aus mit Schwung in den Kamin, wo die Glut zischte und ein Dampfwölkchen aufstieg. Sie hantierte mit den Kannen und gab ihm frischen Tee zurück. Hoppe verneigte sich im Sitzen. Gern hätte er sie um ein Glas Wasser gebeten, denn der Mund war ihm wie ausgetrocknet, als sei er im Gefecht; doch es wäre herzlos gewesen, sie zum Aufspringen zu zwingen, da er doch sah, wie gut der Tee ihr schmeckte und wie durstig sie schon die dritte oder vierte Tasse trank, während er die nächste kalt werden ließ.

Jetzt zog sie ihm die Sandwiches weg und schob die Petit Fours näher heran. Hoppe mochte Süßigkeiten und schaute wählerisch über die Platte hin. Caroline nahm eins, aß es und stellte eine direkte Frage.

»Bleiben Sie jetzt eigentlich da? Ich meine, sind Sie jetzt für immer hier?«

Was sollte er sagen – ja, nein oder kommt drauf an? Zum Glück brauchte er nicht mehr zu antworten. Rasche Schritte näherten sich von der Halle. Titti streckte den Kopf zur Tür herein, eine Pelzmütze über den Augen bis fast zur Nasenspitze, und überblickte den Teetisch, zu dessen uninteressanten Resten sie auch den Besucher, ihren Mieter, zu zählen schien. Diesmal erkannte sie ihn aber und begrüßte ihn wenigstens aus der Ferne.

»Hallo, Herr Hoppe. – Ich nehm' dann das Auto.« Sie nickte ihrer Mutter zu und zog die Türe hinter sich ins Schloß, bevor Hoppe Zeit gehabt hatte, auf die Füße zu springen. Er hatte sich allerdings auch nicht beeilt. Es wäre mehr für Caroline gewesen, um ihr zu zeigen, daß er wußte, was sich gehört.

Jetzt setzte er sich seitlich und schlug die Beine übereinander. Dies wurde ihm bald lästig, und er saß wegen seiner Korpulenz wieder mit bäurisch breit auf den Boden gepflanzten Füßen da.

»Ich muß abnehmen«, sagte er laut.

Caroline wurde aufmerksam und betrachtete ihn mit fast zärtlicher, spöttischer Nachsicht. Sie bemerkte sein kindliches Profil, das Profil des niedlichen, verwöhnten, charmanten und geliebten Kindes, das er gewesen war, und ihre Mütterlichkeit regte sich, Rührung stand ihr ins Gesicht geschrieben, Hoppe war ja nicht blind. Er lächelte innerlich.

»Liebster Herr Hoppe, bleiben Sie doch bitte, wie Sie sind«, sagte sie mit Betonung.

Sie hatte *Liebster* gesagt, wenn auch bloß spöttisch. Sie vergewisserte sich, daß er noch Tee in der Tasse hatte, und goß sich nach. Dann musterte sie ihn forschend, ob persönlichere Bekenntnisse schon opportun seien, und Hoppe wurde sofort ganz Ohr, er senkte den Blick einfühlsam auf das noch nicht gegessene Petit Four.

»Wenn man Kinder standesgemäß zu verheiraten hat«, sagte die leidgeprüfte Mutter (eine Tochter bürgerlich verheiratet und mehrfach geschieden, ein Sohn weg und in Patagonien verschwunden und dazu, falls er je wieder auftauchte, bestimmt mit einer südamerikanischen Schlampe im Schlepp), »dann hat ein Stadtpalais sicher einen Sinn. Bevor ich heiratete, hatten wir eins – in München. Unser Zweig im Hannöverschen trat nach 1866 in bayerische

Dienste. Kennen Sie es –? Es steht in der Kaulbachstraße, das Palais Otterstedt. Heute gehört es einer Versicherung.«

Hoppe kannte es nicht.

»Sony ist auch noch nicht verheiratet. Können Sie für meinen Neffen etwas tun?« fragte sie dann leichthin.

Hoppe streifte sie mit einem listig flinken Blick. Jetzt waren sie also beim Kern des Nachmittags; um diese scheinbar so beiläufig gestellte Frage kreiste die Einladung, die Liebenswürdigkeit der Gastgeberin und das *Liebster Herr Hoppe*.

»Leider nicht«, sagte er kurz, beinahe grob, wie auch Caroline vorhin »für die Familie« gesagt hatte, ohne weitere Erklärung.

»Und warum nicht?«

»Es wird nicht klappen.«

Caroline konnte Widerspruch vertragen, sie brauchte sogar Gegenwind wie ein Segelschiff, um zu großer Form aufzulaufen; doch diesmal hatte er sie falsch eingeschätzt. Sie nahm die Absage so gelassen hin, wie sie die Frage gestellt hatte – die Frage, die eine Bitte gewesen war. Sein Nein beeindruckte sie nicht. Einer Herzogin schlägt man eine Bitte, die man erfüllen kann, nicht ab. Sie ließ also für diesmal die Sache auf sich beruhen (Hoppe war eigensinnig, das sah man ja – »Überlaß' das nur mir, ich mach' das schon, ich geb' ihm einen Tee«, könnte Caroline zu ihrem Schwager Rupert gesagt haben) und verschob das Nachbohren, die Vertiefung, das Bearbeiten von Oberst Hoppe einfach auf später. Dagegen hatte er gar nichts einzuwenden. In der Sache allerdings wollte und mußte er hart bleiben, in Sonys Interesse.

Ein Hubschrauber flog aufdringlich laut und niedrig übers Dach.

»Das war Muhl. – Haben Sie Muhl schon kennengelernt?«

»Nein, noch nicht.«

»Möchten Sie ihn gern kennenlernen?« – bei mir wirst du ihn aber nicht treffen, sagte ihr ironisches Lächeln.

»Vielleicht. Muß aber nicht sein.«

»Ich hätte Sie zusammen einladen können, aber Muhl ist *zu* mühsam, so furchtbar präpotent. Muhl-Kultur – eine Kläranlage für den Geist. Brauchen wir das?«

»Ich dachte, Muhl ist ein Snob.«

»Muhl? – Ein Snob? – Muhl ist ein Suppenpinkler«, erklärte drastisch die Herzogin, und wieder empörte sich Hoppe. Wenn sie Frau Hoppe wäre oder er Herzog von Starburg, dürfte sie so etwas nicht sagen. Sie dürfte nicht und würde doch; so wie sie sich jetzt beim Nachdenken ungeniert (oder selbstvergessen) oben zwischen den drahtigen Löckchen kratzte: ich bin, die ich bin.

»Muhl ist kein Snob, er ist was Schlimmeres: Er erwartet, daß *wir* seine Snobs sind. Ich habe nichts gegen Snobs, sie haben eine ausgezeichnete Eigenschaft: sie sind nicht neidisch. Muhl ist auch nicht neidisch, er ist was Schlimmeres: er erwartet von *uns*, daß *wir* neidisch sind –!«

Hoppe hatte den Eindruck, daß die Starburgs es tatsächlich waren und deshalb Muhls Snobs nicht sein konnten.

»Um ein Snob zu sein, bräuchte er wenigstens gute Manieren, und nicht mal die hat er«, schloß Caroline.

Hoppe bemerkte ihren Blick und setzte sich wieder seitlich. »Aber gibt es nicht auch intelligente Snobs –? Ihr Schriftsteller, ist das keiner?«

»Schriftsteller leben von Illusionen.«

»Snobs auch.«

»Dann haben Sie wohl keine –?«

Hoppe lächelte nur. »Wenn ich Illusionen hätte, gnädigste Frau Herzogin, dann wäre ich morgen ein armer Mann.«

»Nennen Sie mich doch bitte nicht Frau Herzogin, das ist so *entsetz-lich* spießig.«

»Sie finden mich spießig –?!« fragte er mit gespielter Entrüstung. Diese erstaunliche Frau traktierte ihn mit Vertraulichkeiten, Hohn und Schmeichelei gleichzeitig; er begriff nicht, was er davon halten sollte.

»Titti war in erster Ehe mit Muhl verheiratet.«

Die Aufklärung kam zu spät, Hoppe fühlte sich hereingelegt.

»Es ging auch nicht lange gut, drei Monate, wenn ich mich richtig erinnere.«

Titti machte nicht den Eindruck, als suche sie ein wärmendes Herz oder eine Schulter zum Anlehnen; aber man weiß ja nie.

»Geld quillt ihm nur so aus den Fingern, wie der Schaum aus seinen Kläranlagen. Es ist einfach zu viel da.«

»Geld quillt ihm aus den Fingern –? Dann kann er kein guter Geschäftsmann sein.«

»Titti war auch keine gute Geldanlage.« Ihre Ehrlichkeit rührte ihn; entließ ihn aber auch kurzerhand aus der Reihe möglicher Kandidaten. Das war unfreundlich.

»Was wollte Muhl denn nur mit Ihrer Tochter –? Das

paßt doch gar nicht«, überlegte Hoppe laut und rebellisch.

»Sie liebt jetzt diesen Säufer, den Australier. Als Schwiegermutter bin ich bestimmt kein Snob, aber manche Sachen gehen einfach nicht, passen einfach nicht, wie – wie wenn man Küchenbesteck und Silber in derselben Schublade zusammenwirft.« Sie wartete auf Hoppes Reaktion, die nicht kam; und sie fuhr fort. »Es tut weh, das zu sehen, und man sagt sich: was für ein schlampiges Küchenmädchen in diesem Haus, und was für eine schlampige Hausfrau.«

»Aber angenommen, es würde Muhl hier nicht geben – wäre das nicht schade für die Gegend?«

»Überhaupt nicht«, sagte Caroline sofort, »dann wären *wir* wieder die Nummer eins«, und ihre Augen blitzten spottlustig auf. Sie behandelte ihn nicht von oben herab wie ihr Schwager, sie war unanfechtbar selbstbewußt, zusätzlich hinter Selbstironie verschanzt. Man konnte ihr auf keine Weise beikommen, und Hoppe bewunderte die Uneinnehmbarkeit dieser Witwen-Festung. Ihrer scheinbaren Herzlichkeit zum Trotz hatte Hoppe noch keine Frau getroffen, die weniger zugänglich gewesen wäre.

»Für einen so ehrgeizigen und dabei so unsicheren und verklemmten Mann wie Muhl war ich wohl kaum die richtige Schwiegermutter.« Ihre Blicke ruhten prüfend auf ihm. Es war so angenehm, beachtet, wenn schon nicht geachtet, zu werden; die Achtung mochte ja noch kommen. Auch er fragte sich manchmal, ob es nicht möglich sei, jemanden zu finden, der auch für ihn beispielgebend war; jemand, zu dem (oder zu der) er aufrichtig sagen konnte: Sie haben meine aufrichtigste Hochachtung. Er hatte einen General gekannt; man hatte es in der Bank zu ihm gesagt, wiederholt gesagt, wochenlang; und die Gelegenheit, bei der man es gesagt hatte, war vergangen. Respekt –! wie selten wird er gegeben! Respekt ist das Höchste, viel seltener als Liebe.

»Ich bin von zu bürgerlicher Wesensart, Herzogin Caroline, als daß ich – als daß ich mir hier ein Urteil –«

»Sie sind Soldat.«

Hoppe deutete eine zustimmende, dankende kleine Verbeugung an und stand auf. Schon längst war die Märzsonne im Park, vergilbt wie eine Zentifolie, in den Boden gesunken und verschwunden. In den Bäumen sammelten sich die Krähen und nahmen vielstimmigen Abschied vom Tag. Auch für ihn war es Zeit zu gehen.

»Ich habe eine Handynummer, warten Sie, ich schreibe sie Ihnen auf.« Sie suchte Papier und Stift. »Falls Sie es sich mit Sony noch einmal anders überlegen –«; sie lächelte ihn freundschaftlich an, ohne Versteckspiel, Koketterie oder Andeutung von irgendwas, beugte sich über ein lyraförmiges Tischchen, das mitten im Zimmer stand, und begann zu schreiben.

»Das ist nett von Ihnen.« Hoppe stand in einiger Entfernung und sah ihr beim Schreiben zu. Was schrieb sie bloß alles –? Ihren vollen Namen vermutlich.

Die Messinguhren tickten, die Sekunden verstrichen, im Zwielicht schimmerten die Pendel, die Jünglinge und die Elefanten; Hannibals Alpenüberquerung fiel ihm ein. Kameraden! Richtet euren Blick nach vorn, auf diese fruchtbaren Ebenen, die vor uns liegen. Wir werden sie erobern! Sie gehören uns. Doch Hoppe hatte keinen Elefanten zur Verfügung. Inmitten der schön geschweiften Möbel, der gewölbten Kommoden und runden Tische beugte Caroline sich arglos tief über das Papier.

Hoppe rückte vor, lautlos und schnell, mit einer Schnelligkeit und Gewandtheit, die ihm niemand zugetraut hätte, glitt an Carolines Rücken vorbei, zog den Bauch ein und strich mit seiner Vorderfront an ihrer Rückseite entlang, zügig und in ganzer Breite und ohne einen einzigen Zentimeter des eleganten Karomusters auszulassen. Dann stellte er sich in einiger Entfernung vor ihr auf und beobachtete, was sie nun machte.

Zunächst geschah gar nichts. Die Herzogin konnte sich weder aufrichten noch weiterschreiben. Sie starrte blind aufs Papier. Warum hatte er das getan –? War wirklich so wenig Platz da hinter ihr? Und – die peinlichste Frage von allen – warum war sie nicht ausgewichen?

Sie stand da wie gelähmt und konnte sich nicht rühren. Zum ersten Mal in ihrem Leben war sie völlig hilflos und wußte nicht, was tun. Ihre Gedanken jagten im Kreis. Wenn sie aufsah, mußte sie ihn strafen. Tat sie aber nichts, mußte er denken, sie sei einverstanden (einverstanden womit denn –?) und ich bin ja gar nicht einverstanden, sagte sich Caroline. Für was hält er mich –? Wofür mußte er sie halten? Wäre sie empört herumgefahren, hätte ihn geohrfeigt! Aber sie war nicht ausgewichen, keinen einzigen Zentimeter. Sie blieb einfach stehen, wie sie stand. Hatte jemand den Fernseher hinter ihr näher zum Tisch gerückt als sonst? Das war natürlich Unsinn. Sie befanden sich nicht in einem überfüllten Verkehrsmittel, sondern mitten im Salon von Laun. Sie harrte weiter tief beschämt in ihrer gebeugten Lage aus. Was mußte er jetzt von ihr denken –!

Und Hoppe dachte sich allerlei. Er wartete gespannt, was sie tun würde, und hielt sich völlig reglos.

Irgendein furchtbares Mißverständnis war passiert. Sie mußte es herausgefordert haben. In seinen Kreisen stellt man sich nicht so hin und schreibt gebückt, das gilt als provozierend, bei Bürgerlichen setzt man sich zum Schreiben hin – aber bei uns wäre gar nichts dabei, ich habe es immer tun sehen und selbst getan, sogar im Rock. So benimmt sich kein Herr einer Dame gegenüber, entweder betrachtete er sie nicht als solche, oder er war eben kein Herr oder nur manchmal und damit keiner – er, der so korrekt und zurückhaltend mit ihr Tee getrunken hatte wie Hunderte von Gästen vor ihm! Caroline starrte auf den Bruch in der Zeile. Er hat mir meinen Namen kaputtgemacht, erkannte sie plötzlich, als sei dies bereits geschehen oder werde noch kommen; wurde aber, was sie selbst als seltsam empfand, weder wütend noch zornig, noch auch nur ärgerlich; denn wieder war sie beim Ausgangspunkt angekommen: *warum* nur hat er das getan –?

Hoppe sah ihr mit Vergnügen zu, wie sie sich abmühte, den nächsten Buchstaben zu finden, und ihren eigenen Namen nicht mehr schreiben konnte. Da stand sie nun, verwirrt und ratlos, die Urenkelin so mancher Feldherrn, die mit Waffen im goldenen Rahmen saßen; nun war sie selbst zur Beute geworden und wußte weder ein noch aus.

Ja, da stehst du nun und wunderst dich, dachte Hoppe, so was ist dir noch nie passiert. Wundere dich nur, dachte er und verhielt sich ganz still, um sie von dem, was sie schließlich tun würde, nicht abzulenken. Mochte sie jetzt noch böse werden, mochte sie ihn hinauswerfen, er würde wiederkommen. Er hatte etwas, was ihm niemand mehr nehmen, wußte etwas, das auch Caroline, mochte sie leugnen soviel sie wollte, nicht mehr abstreiten konnte.

Caroline riß sich zusammen, um die so überaus peinliche Situation zu beenden und ihn mit dem verdienten Blick niederzuschmettern. Gleich ist er weg, sagte sie sich, los jetzt; und starrte weiter auf das Papier. Ich schreibe noch die Postleitzahl, dachte sie, konnte sich aber nicht darauf besinnen. Ihr Gesicht, ihr Mund gingen kläglich in die Breite, wie zum Weinen; einen Augenblick nur, aber er hatte es doch gesehen, und seltsamerweise machte es ihr nichts aus. Er hatte sie behandelt wie eine – wie eine Öffentliche; und nun weidete er sich an ihrer Verwirrung, denn mehr als Verwirrung spürte sie nicht; als ob es einen Grund gäbe, der, wenn sie ihn nur wüßte, dazu führte, daß sie unbefangen den Kopf heben und sich endlich aus ihrer mißlichen Lage hätte befreien können. Doch so sehr sie auch suchte – es gab keinen. Sie fand diesen Grund nicht. Was auch immer der Grund war, er warf ein äußerst schlechtes Licht auf sie, und, in minderem Maße, auch auf ihn. Hoppe hatte etwas falsch verstanden, sie hatte einen falschen Eindruck erweckt, und Hoppe hatte mit Casinomanieren (die ganze Truppe geht in den Puff – ihr Mann war auch kein Heiliger gewesen) darauf geantwortet. Um sie zu demütigen, weil man ihn in Laun gedemütigt haben mochte? Das schien noch die wahrscheinlichste Möglichkeit zu sein. Selbst jetzt noch, nach dieser wie gelähmt verstreichenden Minute konnte sie sich aufrichten und die Sache mit einem einzigen Wort in Ordnung bringen. »Hinaus -!«

Doch eben das konnte sie nicht – sie brachte es nicht fertig.

Caroline raffte sich auf, und ohne weitere Überlegung griff sie nach dem Papier, ging die paar Schritte zu ihm hin und gab es ihm in die Hand, als sei nichts gewesen – der nächste Fehler; denn in Hoppes Gesicht war von Zerknirschung nichts zu spüren, sondern, im Gegenteil, Jubel.

Das war zu viel. Caroline erstarrte. Ich bin ja gar nicht einverstanden, ich lasse es ja nur durchgehen, sagte ihr fassungslos zurückweisender Blick. Nebeneinander gingen sie zur Tür, und in seine triumphierende Miene hinein schleuderte sie die stumme Frage: *Warum* hast du das getan?

Hoppe prallte ein wenig zurück, als hätte sie ihn gestoßen, und seine Augen verteidigten sich: ich mußte das wissen, es ist wichtig, bitte versteh es.

Sie durchquerten die Halle. Caroline redete irgendwas, dessen Sinn sie beim besten Willen nicht hätte nennen können, Sätze, die jeder hätte hören dürfen, und dann gab es wieder eine kleine Pause, in der sie Front gegen ihn machte. Findest du Sex denn so wichtig? Freundschaft genügt mir doch auch, sagten ihre Augen, und seine antworteten sofort und so deutlich, wie Worte es nicht deutlicher hätten sagen können: Ja, es *ist* wichtig, du wirst sehen, das wird schön.

Dann redeten sie wieder belangloses Zeug – wie er den

Rückweg finden würde, den er längst kannte –, und die ganze Zeit über baten seine Augen demütig um Verzeihung: Bitte versteh es.

Caroline fuhr fort, über seinen Heimweg zu sprechen, denn die üblichen Abschiedsfloskeln paßten heute nicht. Sie siezten sich natürlich, während sie sich doch gerade erst, in ihrer so seltsamen, intensiven und lautlosen Unterhaltung geduzt hatten; und Hoppe antwortete irgendwas, worauf keiner von beiden achtete; und als sie gerade die Haustür öffneten, kam Titti von ihrer Besorgung zurück und schaute erstaunt von einem zum anderen.

Was war hier los? Warum war ihre Mutter so auffallend reserviert, und dieser Hoppe so ungewöhnlich unterwürfig?

Titti hatte ihre eigenen Probleme und hielt sich nicht weiter damit auf. Sie hatte volles Zutrauen zu den Fähigkeiten ihrer Mutter als Dame von Welt, sie war, so lange Titti denken konnte, noch von niemand in Verlegenheit gebracht worden.

Der Donner- oder Paukenschlag, der das Gefüge ihrer Vorstellungen erschütterte und durcheinanderbrachte – einem freilich völlig lautlosen Paukenschlag und ebenso widersinnig und widersprüchlich wie ein solcher – beschäftigte Caroline wochenlang: Warum nur, wozu hat er das getan? So viel konnte er ja davon nicht gehabt haben.

Eine Liebeserklärung konnte es nicht gewesen sein, aber eine Kriegserklärung war es auch nicht. Es war etwas Vorsätzliches, Gekonntes und taktisch Geschicktes an der Sache gewesen; keinesfalls hatte er sich von Leidenschaft hinreißen lassen, das wäre auch zu beleidigend gewesen.

Der einzige, den sie hierzu hätte befragen können, war Hoppe selbst. Sie sah ihn aber lange Zeit nicht mehr, denn: Strafe muß sein.

* * *

»Caro will wieder heiraten, einen Herrn Hoppe.«

»Wen –?!«

»Einen Oberst Hoppe.«

»Hoppe? Nie gehört. Wer ist denn das?«

»So ein kleiner Dicker, und er hat ein Paddelboot.«

»Oh Gott –!«

»Was sagt denn Titti dazu?«

»Titti – was soll Titti schon sagen.«

Niemand hatte es damals verstanden, daß Titti, die knapp zwanzigjährige gefeierte Schönheit so vieler Feste, diesen Kläranlagenbauer Muhl hatte heiraten können. Die einen hielten sie für eine Protestlerin gegen die Tradition, die anderen für opportunistisch und berechnend; die einen behaupteten, sie müsse sich in einer verzweifelten Lage befinden, andere, sie sei einfach dumm, und alle bedauerten schadenfroh ihre Mutter, Caroline. Und doch hatte Titti diesen rauhbeinigen Heinz C. Muhl monatelang innig, aufrichtig und von Herzen geliebt. Daß er grobkörnig war, sah sie. Doch er war ein Kämpfer, der sich und sie verteidigen konnte, er hatte die Mittel für das schöne Leben, den Luxus und die Freude. Titti fand einen zunächst versteckten, dann umwerfenden Charme; sie fand ihn »einfach süß«.

»Laß das sein«, mahnte ihre Mutter, »das wird nichts«; sie hatte sich für Titti etwas Besseres vorgestellt, einen Grafen mindestens; sie machte sich Sorgen wegen Muhls Roheit, die vielleicht die eines ungeschliffenen Diamanten war. Wegen seines Schliffs machte Muhl sich keine Sorgen, er ließ sich von Titti nicht erziehen, sondern delegierte die guten Manieren an seine Sekretärin und seine Ehefrau; und saß abends mit seinen Kumpels von früher (war er treu? Oder anspruchslos? Oder brauchte er das Überlegenheitsgefühl?) – saß mit seinen Kumpels, die Titti nach allen Regeln der Kunst bewirtet hatte, im Salon, der ein Wohnzimmer blieb, zog Krawatte und Jackett aus, stützte die Ellbogen breit auf den Tisch und legte los; verfiel in rheinischen Dialekt und erzählte Zoten; alle lachten brüllend, tranken Bier aus Flaschen – das war gemütlich!

Titti sah sich alles an, sie sagte nichts dazu und machte sich Gedanken. Vielleicht definiert sich eine Person nicht nur durch das, was sie ist oder noch werden kann, sondern auch durch das, was sie braucht und was sie bietet. Titti hungerte nach Eleganz und finanziellen Freiräumen. Der eine will Geld, der andere hat es; einer ist wißbegierig, der andere weiß alles; einer will reden, der andere versteht es. Die Natur findet immer einen Trick, damit das Paar sich fühlt wie Schlüssel und Schloß. Titti hatte diese Erfahrung inzwischen mehrmals gemacht. Sie hatten einen Sohn, Chipi, der bei seiner Mutter im Ausland lebte.

Muhl hatte den väterlichen Klempnerbetrieb in Meckenheim übernommen und kaufte ein, zwei Patente; stellte einen jungen Ingenieur und einen zweiten, erstklassigen Fachmann ein; entwickelte eigene Ideen und machte sich einen Namen in der Abwassertechnik. Als er Titti kennenlernte, gab es kaum noch eine Gemeinde ohne Muhls Kläranlagenbestandteile. Worin sie bestanden – irgendwas biologisches oder chemisches – wußte Titti nicht und wollte es nicht hören, denn Abwasserproblematik kann kein Stoff für Tischgespräche sein.

Nach der Scheidung kaufte Muhl wie zum Trotz das ehemals Launsche Anwesen Scherbenmühle, um daraus Schloß Scherbenmühle und aus dem Mühlteich einen Schloßteich zu machen. Den Teich ließ er ausbaggern und sanieren; im Haus ließ er Wände für einen Großen Saal herausbrechen, heiratete seine Sekretärin und gab Konzerte. Er hatte einen Hubschrauberlandeplatz; er hatte den Pilotenschein. Er fuhr Porsche; gelegentlich traf man ihn auch zu Fuß und joggend an, Muhl hielt auf Figur. Und ebenfalls zu Fuß, weil die beiden Parks aneinander stießen, gerieten manche Gäste von Laun auf sein Grundstück, angelockt vom Rauschen der Fontäne, die als Ersatz für den fehlenden Turm hoch wie in Genf zum Himmel schoß. Ein Teich mit Fontäne ist kein See, doch ein schweres Motorboot lag vertäut darin herum, wie ein Pferd in seiner Box. Die Starburgs, die Dankelwitz und Kottentrotts sahen es mit Erstaunen. Und wie manche Schlachtvieh-Händler sich einen wertvollen Turnierstall halten, so hielt Muhl sich seltene Koi-Karpfen, die besonders sauberes Wasser benötigten und teuer wie Pferde waren. Raffinierte Filteranlagen wurden installiert, Modder und Entenkresse wie im Burggraben nicht geduldet; statt der Bisamratten erfreuten die auf- und abtauchenden Vermögenswerte den Besucher. Zur feudalen Kulisse von Rhododendron, Unterwasserbeleuchtung und streng ausgewähltem Ziergeflügel gehörte auch ein Inselchen mit Tempel, das nie jemand betrat. Ein kurzer, scharfkantiger Zaun hielt selbst die Enten davon ab.

Gelegentlich verirrte sich einer von Launs Hausgästen in Muhls Konzerte. Das wurde nicht gern gesehen, bissige und sarkastische Kommentare begleiteten den Musikliebhaber. Doch hinterher horchte man begierig auf Beschreibungen. Gipsgöttinnen räkelten sich in den Nischen, rosa berüschte Wiener Kaffeehauslampen tauchten den »Großen Saal« in schummeriges Licht. In den Pausen wurden »Häppchen« über den dreifach geschichteten Perserteppichen »gereicht«, und manche der Konzertbesucher traten diese in jene, sobald sie sich aus den üppigen Häkelkissen erhoben. Und erst die Bilder –! Die Bilder hatte Muhl gekauft.

Während der Konzerte hielt Muhl sich gern im Hintergrund und saß unter dem Vorwand, arbeiten zu müssen, mit seinen Kumpels beim Bier, ohne falsche Prätentionen; denn wenn auch Händels Wassermusik auf Knopfdruck zu seiner Teichanlage gehörte, so hatte er neben allen anderen Eigenschaften auch etwas Knöchernes im Gemüt, etwas, das keine Resonanz gab und nicht in Schwingungen zu versetzen war. Er war, wie man ihm zugestand, zufrieden, diese spezielle Kultursache seiner Gattin und einigen seiner leitenden Angestellten überlassen zu können.

Titti wurde schnell ersetzt. Elfriede, geb. Krawuttke, die zweite Frau Muhl, gab sich alle Mühe, ihre fürstliche Vorgängerin zu übertrumpfen. Als unschlagbare Spitze der Gesellschaft nickte sie im Pariser Cocktailkleid einer Baronin im Wollstoff gnädig zu, übersah manche Bekannte oder winkte sie wohlwollend auf die hinteren Plätze. Sie selbst saß mit dem Landrat oder Vertretern der Lokalpresse immer ganz vorn; vergaß nichts, woran gedacht werden mußte; stellte sich, wenn alle saßen, auf ein Podest, denn sie war klein, und unter das Starburgsche Wappen, deren Bracken frisch gemalt wie Dorfheilige erstrahlten (die Augen wassergrün, die Lefzen rot, als trieften sie von Lungenblut, die Halsbänder, die beim verdienstvollen Hund den Heiligenschein ersetzten, vergoldet, alles wie es sich gehört) und wies auf die sicherlich willkommene Möglichkeit hin, die To–i–lette zu besuchen. Ja, sie konnte es besser als manche Geborene, toi, toi!

Muhl schien es zu genießen, daß endlich die Macht des Tatsächlichen (Geld) über die Macht des Fiktiven (Adel und adelige Geltungsansprüche) obsiegte, denn wie eine Lawine, wie unaufhörliche Lawinenabgänge überrollte Muhls Liquidität das Land bis in die kleinsten Winkel: keine Hühnerausstellung, kein Turnwettbewerb, keine Museumsstube ohne Muhls Sponsorentum.

Dies war es jedoch nicht, was man ihm übelnahm, es war der missionarische Impetus, mit dem er die Kindergärten, die Fußballclubs und die örtliche Feuerwehr unterstützte; mit hohen Beträgen und noch höheren Worten – Heinz C. Muhl sprach gern von Tradition und Verpflichtung, wenn die Lokalpresse zugegen war, und die Starburgs, die Dankelwitz und die Kottentrotts lasen es und fühlten sich getroffen, wie sie sollten und wie es Muhls Absicht war. Es war eine Demonstration, wie sie es hätten machen müssen, wenn sie es noch gekonnt hätten. Welche Tradition meinte er, und welche Verpflichtungen maßte er sich an –? Warum baute er sich kein modernes Haus? Wozu schmückte er sich mit fremden Wappen? Im Vergleich dazu fand man sein ungeschliffenes Diamantentum und die Dreistigkeit, mit der er sich den Großen Preis geholt und Titti den Starburgs abspenstig gemacht hatte, schon fast wieder imponierend.

Er hatte sie im Handstreich gewonnen, beide wußten es noch genau. Man hatte Muhl zum Tee gebeten (nach langem Widerstreben hatte man ihn wegen Titti bitten müssen), er landete ganz unerlaubt mit dem Hubschrauber auf der Terrasse hinter den gedeckten Tischen, ein verwegenes Manöver, das die abgerissenen Tulpenköpfe bis aufs Dach und die gestickten Servietten ins aufgepeitschte Wasser wirbelte. Da hatte er sich beliebt gemacht –! Da war das Blut der Schloßbewohner in Wallung geraten!

»Wissen Sie überhaupt, wie wütend meine Mutter ist –? Alle Servietten sind davongeflogen«, schrie Titti, um den Lärm der Alouette zu übertönen, die er damals flog, ein elegantes kleines Ding mit Glasboden. Er lud Titti ein und ließ die anderen stehen, er verzichtete auf den Tee. Wer hätte dieser Beinahe-Entführung widerstehen können –? Bestimmt nicht Titti. Als er sie Stunden später wieder absetzte (diesmal außerhalb der Burg und ganz manierlich), da waren sie verlobt.

An diesem Sonntagvormittag im Mai holte Titti Sonys Hund und ging mit ihm spazieren. An diesem selben Vormittag hatte auch Muhl das Bedürfnis nach frischer Luft. Spaziergang ist zwar Müßiggang, und Müßiggang ist Schande; aber der Mai schritt rasch voran, es war schon sommerlich warm, und pflanzliche Düfte, halb betäubend süß, halb muffig verwest, wehten ins Haus. Das war der Raps; kein Parfum für eine Frau. Muhl ging an seiner rauschenden Fontäne vorbei durch seinen Park und über seine Felder; eine Musterlandwirtschaft gehörte zum Betrieb, und Muhl bemerkte lebhafte Betriebsamkeit allerorten. Die Insekten summten, die Vögel sangen. Aus den hohen Wiesen schrillten die Grillen. »Besetzt!« schrillten sie, sobald er näherkam. »Besetzt! Hier sitzt schon jemand.« Um zu verstummen, wenn er vorbei war. Die Lerchen begleiteten ihn ein Stück weit. »Hier bin ich, ich, ich!« sangen sie, über dem noch kurzen Weizen. »Hier ist kein Platz für noch einen.« Ja, die Natur war ein Tyrann, zeigte sich heute aber in hübschen Formen. Muhl hatte Titti jahrelang nicht gesehen und wollte sie bestimmt nicht treffen; daß sie in Laun war, hatte er gehört. Irgendwie geriet er in den Launschen Park, was ihm sonst nicht passierte. Er folgte einem Umweg nach Hause. Da lag der Launsche Hundefriedhof tief im Schatten. Muhl war rasch gegangen; ihm war warm geworden. Nur Bürgerliche transpirieren, hatte es geheißen, unsereins schwitzt einfach – wie ein Schwein. Daß Schweine gar nicht schwitzen können, hatte nicht gestört; es ging nur um das Privileg saftiger Ausdrücke. Muhl klinkte das rostige Pförtchen auf und trat ein.

Es war sehr still, feucht, kühl und dämmerig, der Frühling noch kaum eingedrungen. Durch die Zweige schimmerte die Vorburg von Laun. Wenn man ein paar Bäume fällen ließe, hätte man einen hübschen Platz mit Aussicht, einen Bauplatz mit »Blick«. Er sah sich weiter um. Alles hier war so, wie er es von Laun in Erinnerung hatte: vernachlässigt, verfallen; einmal schön gewesen und nichts daraus gemacht. Auch Titti war damals ein junges und vielversprechendes Produkt gewesen. Und sein Sohn, Chipi, war jetzt wie seine Mutter damals: neu und vielversprechend, ein Zukunftswert.

Chipi lebte in Spanien, Chipi trug den Namen Prinz Starburg. Chipi schämte sich für seinen Vater. Mit seiner zweiten Frau Elfriede hatte Muhl andere Söhne und Töchter. Chipi war fast erwachsen und ganz und gar Spanier geworden, und das, obwohl in seine Erziehung und Ausbildung unerhörte Summen investiert worden waren; Summen, die Muhl ohne Murren zahlte; die Monatsbeiträge, die ein teures Internat verschlingen kann, nötigten ihm Respekt ab, und sein Sohn stieg in seiner Achtung. Prinz Starburg plante den Besuch einer Hotelfachschule.

Wenn Muhl auch einen fürstlichen Sohn erzeugt hatte, fand er seine Ideale (denn auch Ideale waren Bestandteil seiner Existenz) nicht in Laun oder bei den Dankelwitz in Dünstekoven oder bei den Kottentrotts im Dorf Kottentrott, sondern im alten Rom. Rein äußerlich betrachtet hätte seine Erscheinung in die Sammlung römischer Marmorköpfe und bronzener Gestalten in Köln und Bonn gut gepaßt. Auch in seinen Zügen (derentwegen er seinem Namen ein C für Cäsar angefügt hatte) zogen sich tief eingegossene Falten von der Nase bis zum Mund, auch in seiner nicht zu hohen Stirn lagen sie quergemeißelt, mit viel praktisch-energisch Zupackendem vereint. Jeder sah es; deshalb konnte er auf die Cäsarenfrisur verzichten – er war ja kein Intellektueller, wollte keiner sein; Intellektuelle hält man sich, wie andere sich Bullen halten – und fand sich mit sportlichem Stoppelhaar angemessener geschmückt. Er war das Vorbild aller mittleren Unternehmer, der prominenteste Mann im Landkreis; ein Titel, Konsul, war bereits vorhanden, Senator konnte er noch werden, ein Bundesverdienstkreuz gehörte zur Grundausstattung; und doch war er nicht überall anerkannt. Das wurmte ihn gelegentlich. Nützlicher als er mit Kunst und Klärwerken konnte niemand sein; kraftvoll wie eine Zange nahm er die Verbesserung des Daseins von zwei Seiten vor. Und doch – unternehmerische Taten und Erfolge sind eins, Prestige ist etwas anderes, genauer gesagt: Sein Prestige wäre weg, sobald er pleite ginge, und an den alten Namen blieb es kleben, obwohl sie längst pleite waren.

Es war kühl und dämmerig wie in der Kirche. Die Vögel wagten kaum zu zirpen. Ein Hundefriedhof. Geringschätzig sah Muhl sich um. Das war Laun, wie er es kannte, das war die Essenz davon, hier hielt man den Adel für übertragbar bis auf die geringsten Mitglieder des Hausstands; und dabei erinnerte Muhl sich noch genau an die Blicke, wenn er in Laun die Suppe aß. Warum setzte man den Kötern in der Umgebung mit dem strengsten Zeremoniell ein Denkmal? War es die Freude an der Narretei oder Seelenverwandtschaft –? Und dazu die Nachlässigkeit, falls es nicht nackte Armut war, mit der man den Obelisken in der Mitte (mit Fürstenhut und Wappen für die Hunde!) von

Frost, Moos und Feuchtigkeit zernagen ließ wie einen alten Knochen. Holunder wucherte in der Umfassungsmauer und sprengte die Steine. Die Findlinge sanken in die Gräber, umgeben von dürrem Buchs. Muhl strich sich über das Stoppelhaar. Auf einem Friedhof wird man melancholisch. Melancholie ging wie Winterbrodem von diesem Boden aus. Doch vielleicht sah er Gegensätze, wo gar keine waren. Anmaßung bedingt Verfall, und Verfall läßt sich nur mit Anmaßung ertragen. Muhl zog sich etwas zurück und setzte sich auf die feuchte Mauer. Dort unten, hinter den Fenstern, stand jetzt vielleicht Titti und schaute zu ihm herüber.

»– Meine Frau, die Prinzessin Antoinette, wird Sie gleich empfangen.« Das Erstaunen, die erstarrten Mienen seiner Geschäftsfreunde. Kleider aus der Haute Couture, ein großes Haus. Laun hatte ihn nur wenige Monate geduldet und dann aussortiert. Von seinem Namen war dort nichts geblieben. Auf dem Boden von Laun war er empfindlich und noch kritischer als sonst.

Er zählte die Grabsteine: dreiundzwanzig. Muhl mochte keine Hunde, er hielt sie für weit überschätzte, unhygienische Tiere (Elfriede hatte einen Zwergpudel mit in die Ehe gebracht), die sich leckten, wo sie nicht sollten, und Wind abließen, der nicht gut roch. Muhl war stolz auf seine feine Nase. Und seine Nase sagte ihm auch, daß unter den Grabsteinen Geld vergraben lag. Was für ein Platz zum Bauen, was für ein schmuckes Hotel hier stehen könnte! Ein Hotel für Tagungen und Kongresse; Kongresse über Kompost- und Abwassertechnik. Abends Konzert in Schloß Scherbenmühle, mittags Aperitif bei der Herzogin.

Wie dumm diese Starburgs doch waren! Dumm als Geld-Persönlichkeiten. Solch ein Projekt wäre, mit Baugenehmigung, Finanzierung und allem Drum und Dran, in zwei Jahren durchgezogen. Chipi war doch im Hotelfach und könnte es leiten. Er hätte ihn dann in der Nähe. Die Zufahrt müßte über sein Grundstück gelegt werden; darüber ließe sich reden. Doch da unten fehlte eben der Blick für das Wesentliche, das Potential.

Muhl war, was außer ihm niemand mehr wußte, als kleiner Junge das erste Mal in Laun gewesen. Einmal hatte er seinen Vater zu einer Reparatur begleitet und das ganze Schloß (oder einen Teil davon) durchquert bis zu einem bestimmten langen schmalen Raum; und auch hier war ein Kult getrieben worden mit witzig bedruckten Papierrollen und scherzhaften Stichen – meist Jagdszenen mit Hunden und allerhand Mißgeschicken, losgehende Flinten, Stürze über Zäune –, als sei die Verrichtung selbst ein Mißgeschick und nicht Anlaß zu optimierter Gesundheit, Technik, Umweltpolitik und Wirtschaftswachstum. Im Regal befand sich eine Witzbuchsammlung, ein roter Teppich führte bis zum Sitz; damit die Benutzer das wenige, was sie gezwungenermaßen mit dem Rest der Welt gemeinsam hatten, gebührend verhöhnen konnten.

Niemand hatte den achtjährigen Jungen damals beachtet. Sein Vater, der Sanitärklempner, war devot gewesen, und Muhl hatte sich für ihn geschämt (wie Chipi sich heute für ihn schämte); doch Muhl war ein Kämpfer, er hatte sich geschworen: ich komme wieder!

Nach den ersten Geschäftserfolgen kaufte er die Villa des Gerichtspräsidenten Rapp, deren Installation noch tiptop in Ordnung war, mit viel Stuck und Holzvertäfelung; eine prinzliche Villa, die er dann mit Titti bewohnte; doch Titti gefiel sie nicht. Sie fand das Haus überladen, eine richtige Kommerzienrats- oder Fabrikantenvilla, und Muhl empörte sich gegen das Wort und polterte los, er war kein Fabrikant, er war ein Unternehmer mit einer Philosophie. Und wie zur Strafe, daß sie die Villa nicht mochte, gehörte sie ihr jetzt, und dieser Hoppe saß darin, der sich Oberst nannte und von dem es hieß, er habe Absichten auf die Herzogin. Muhl lachte laut auf. Womit wollte er ihr imponieren? Mit seinem Paddelboot –?

Er beobachtete ein Eichhörnchen unter einer Fichte. In kurzen Sätzen, und als umarme es den Stamm, rannte es hinauf. Im Maul trug es einen Fichtenzapfen, den es oben in die Pfoten nahm. Es schwang die feinen Zähne wie ein Elfenbeinbesteck. Gute Manieren allerorten; gute Manieren für den, er sonst nichts hat. Die Wahrscheinlichkeit, daß ein Zapfen, der aus solcher Höhe herunterfiel, wieder hinaufgelangte, war gleich Null, und doch war es geschehen; freilich nur, um oben zerlegt und größtenteils ausgespieen zu werden. Die Schuppen rieselten herab, es folgte das Gerippe.

Titti hatte nach der ersten Ehe noch mehrmals geheiratet, als sei nach ihm, Muhl, jeder gut genug für sie gewesen; und so etwas wie – nein, nicht Sehnsucht, aber doch eine gewisse Lust und Hoffnung, sie wiederzusehen, bemächtigte sich Muhls wie eine Schwäche; nur ein vorübergehendes Sentiment, das mit der Stille des Ortes oder dem Gebimmel der Kirchenglocken zu tun hatte; es war ja Sonntag. Einmal hatten die Glocken von Laun auch für ihn geläutet, doch das war lange her; inzwischen hörte er kaum noch etwas von denen da unten, außer dem, was in der Zeitung stand; und was er las, erfüllte ihn mit Schadenfreude. Bei den wenigen Malen, als er seinen fürstlichen Sohn getroffen hatte und von ihm kühl und reserviert gemustert wurde, war er ungewohnt befangen, ja schüchtern gewesen.

Zur selben Zeit stand Titti am unteren Hang.

»Komm doch endlich, Opisso!« rief sie.

Opisso stellte sich taub, was ein Vorrecht hohen Alters ist, er nahm sich Zeit für seine Schnüffeleien, soviel er wollte, und warf einen Seitenblick auf sie, der besagte: Ich weiß doch, wo es hingeht, es geht hinauf. Die Schnauze schimmerte eisgrau, die unteren Augenlider klafften blaß und blutleer im Gegensatz zu früher, als sie feuerrot geglüht hatten; Opisso war immer ein scharfer Hund gewesen.

Er gehörte zur Rasse der Launschen Bracken, die bekanntlich nicht bellten, sondern schauerliche Brülltöne ausstießen; ein Brüllen oder hohles Heulen, das wie das Bremsen entfernter Güterzüge klang und manchen Treibern, die es erstmals hörten, das Haar zu Berge stehen ließ; imposante Hunde, um deren Mut und Tapferkeit auf der Saujagd sich viele Anekdoten rankten. Jetzt verließ er die schöne, seichte Pfütze und legte sich in die nächste, eine tiefe Fahrspur voll Wasserkresse, und schlabberte genußvoll darin herum, ein Feinschmecker auf dem Weg von einer Kostprobe zur anderen.

»Opisso!« rief Titti. Der Hund benutzte ein Gähnen, um ihr die Zunge herauszustrecken. Schrecklich, diese Alten, dachte Titti; wenn Ott sich im Badezimmer einschloß, dann auch jedesmal für Stunden. Sie wartete und sah dem zerstreuten Rüden zu, der schon wieder stehenblieb. Sehr bald würde er auch dort oben liegen, als vielleicht der letzte.

Der Hundefriedhof war ein Luxus, den man sich nicht länger leisten konnte. Der Ort war ein idealer Aussichtspunkt, ein idealer Bauplatz für ein exklusives Hotel, ein Tagungs- und Kongreßgebäude für elegante Seminare – für Kunstgeschichte, Möbelrestaurierung, Kunsthandel, Etikettekurse für Manager; gute Manieren als der letzte Luxus, wenn man sonst schon alles hat. Das Bild, wie Heinz Cäsar seine Suppe schlürfte, stand ihr noch vor Augen. Chipi, als Hotelfachmann, könnte später dann die Leitung übernehmen. Mittags Aperitif in Laun, abends Konzert in der Scherbenmühle. Chipi müßte das mit seinem Vater organisieren, auch die Finanzierung, die Baugenehmigung, die Zufahrt über die Mühle; wenn er es geschickt anstellte und seinen Vater daran beteiligte, würde er es ihm kaum abschlagen. Heinz Cäsar nahm übel, daß Chipi nicht seinen Namen trug, daß er Starburg hieß und nicht Muhl. Sie hieß ja auch wieder Starburg. Das Projekt brauchte, wenn es gelingen sollte, viel Diplomatie und Planung; sie selbst müßte sich möglichst heraushalten; und gemächlich, damit der Hund nicht zurückblieb, stieg Titti bergauf.

Muhl wandte sich gerade zum Gehen, er hörte Schritte und erschrak. Er war ein einzelner, da kamen zwei. Muhl war kein Feigling, aber selten im Wald und nicht oft allein; er befand sich auf fremdem Boden in einer Umfriedung, wo er nicht hingehörte, ein Eindringling; wer da auch kam – die Herzogin, ein Förster –, konnte ihm bedeuten, daß er hier nicht willkommen sei. Auf die Person, die da kam – Titti – war er, obwohl er gerade noch an sie gedacht hatte, nicht gefaßt.

Titti schlenderte den Weg entlang, tief in Gedanken offenbar, ohne ihn zu sehen, noch schlank wie je, aber deutlich älter und verhärmt (die Jahre ohne ihn waren ihr schlecht bekommen, und Muhl freute sich und war schon halb mit ihr versöhnt), das Haar strähnig, das Gesicht blaß und kaum geschminkt, ihr Kopfkissengesicht. Sie trug einen schilfgrünen Leinenrock und eine ebensolche, mit Eichenlaub bestickte Jacke; sie blieb stehen, um auf einen Hund zu warten, das gab Muhl Zeit zu überlegen, was er tun sollte.

Er konnte gar nichts tun. Der Fluchtweg war ihm abgeschnitten.

Titti klinkte das Pförtchen auf, trat ein und fuhr zusammen. Da stand ein Fremder – ein Fremder, der kein Fremder war, es war Heinz Muhl. Obwohl sie gerade an ihn gedacht hatte, erschrak sie, und sprachlos starrten sie sich an.

In einem Blick-Duell war Muhl noch nie besiegt worden. Titti zwinkerte, als sei sie neuerdings kurzsichtig und habe Mühe zu erkennen, wer da stand; und sofort stieg in Muhl Ärger auf. Er hatte doch ein Sentiment empfunden, sie beinahe herbeigewünscht, und sie war da; doch ihr Erstaunen war so groß, daß sie unmöglich an ihn gedacht haben konnte. Titti spürte eine Art von hilflosem Groll, ihre stachelige Außenseite kehrte sich hervor und gegen ihn. Warum jetzt? Warum hier? Er hatte sie ungeschminkt erwischt und ohne Chic ertappt, er, der bei seiner Krawuttke doch so viel Sinn für aufgedonnerte Eleganz bewies (und auch bei ihr bewiesen hatte) und dem sie unmöglich anders als mit allem Glanz und Glamour von Marbella ausgestattet hätte entgegentreten dürfen.

Doch etwas mußte jetzt gesagt werden. »Hallo!«, sagte Titti und wußte nicht weiter.

Muhl sah sie mit grenzenloser Verachtung an. Hallo, sagte sie, als ob nichts gewesen sei und sie sich gestern noch gesehen hätten. Wie oberflächlich diese Starburgs waren –! Und er vergaß, selbst etwas zu sagen. Seine Gattin, die richtige, Elfriede, nahm immer alles ernst, was ernst genommen werden mußte – zu ernst manchmal, aber das war eine andere Sache.

Titti sah, daß er pikiert war; er war immer schnell pikiert gewesen. Der alte Hund schritt gemessen an ihr vorbei nach vorn. Er witterte interessante Konsequenzen in der Tatsache, daß sich ein Fremder in die Umfriedung verirrt hatte, aus der er ohne Mühe nicht entkommen konnte.

»Komm her, Pisso!« rief Titti.

»Wie heißt er?« fragte Muhl, der glaubte, nicht richtig gehört zu haben. Was hätte er sonst sagen oder fragen sollen – wo kommst du her? Wo gehst du hin? Mit wem lebst du jetzt? Und: Warum hast du mich nicht angerufen –? Er hatte keine Angst vor Hunden.

»Ödipus heißt er.«

Sie griff nach dem Nackenfell, denn ein Halsband trug er nicht. Die Bracken von Laun wurden nie mit ins Dorf genommen, Halsbänder trugen sie nur zur Jagd. Sie waren Freunde, keine Sklaven, und als Freund nahm ihr Opisso auch die Entscheidung ab, was jetzt zu tun sei, er drängte vorwärts und zog sie mit. Er hielt aber auch ihre volle, ungeteilte Aufmerksamkeit von Muhl ab, auf die er bei dieser wichtigen Begegnung – nach so vielen Jahren die erste! – Anspruch hatte, und Muhl betrachtete den triefäugigen, greisen Hund mit Abneigung, wie etwas Unaufgeräumtes. Ein so alter Hund dürfte gar nicht mehr leben.

»Wie geht's Chipi?«

»Chipi geht's gut.«

»Ist er in Spanien?«

»In Spanien, ja.«

»Und wie geht's dir?«

»Mir geht's gut.«

Mit dem neuen, nervösen Zwinkern hob Titti den Kopf in den Nacken, sie hielt immer noch den Hund am Kragen. Opisso spürte ihr Zögern, ein Widerstreben, eine Spannung in der Luft.

»Mach Platz, Opisso!« befahl Titti. Opisso stellte sich wieder taub – er hatte hier immer frei herumlaufen dürfen.

»Wird der auch hier beerdigt?« fragte Muhl. »So ein großer Hund, das geht ins Grundwasser.«

Die Rückenbürste sträubte sich, der Schweif begann zu pendeln, die Augenlider röteten sich.

Drohte ihm dieses Vieh –? *Besetzt, hier ist kein Platz für dich.*

»Er muß einem Entsorger überlassen werden. Phosphat, Ammonium – er wiegt doch mindestens vierzig Kilo.« Wieder sprach er nicht das aus, was er eigentlich fragen wollte, nämlich: wann macht ihr endlich mal was Richtiges – aus euch und aus dem Platz hier –?

Aber Titti verstand ihn schon und nutzte die Gelegenheit. »Er wird noch hier beerdigt, als der letzte. Dann nämlich müssen wir – dann könnte hier – ich dachte, wegen Chipi. Es ist nur so eine Idee. Ich dachte an ein Hotel – für Tagungen und so –«, zum Teufel mit dem unterwürfigen Getue, dachte sie. Was stottere ich herum? Heinzi hat die Mittel und die Möglichkeiten.

»Ein Hotel –? Hier –?« staunte Muhl, als sei ihm dieser Gedanke nie gekommen. »Für Chipi?«

Die Worte klangen ihnen in den Ohren; die entzweiten Eltern starrten sich an.

»Habt ihr schon mal an eine Baugenehmigung gedacht –?« Muhl wuchs in die Höhe, er strich das Bürstenhaar nach vorn und überblickte mit der Energie des Sachverständigen den Hang. Schnell wurde die Unterhaltung angeregt, schon steckten sie die Köpfe zusammen, als eine ausfahrend herrscherliche Geste über Laun, den Park und Friedhof hin Opissos Aufmerksamkeit erregte. Der alte Hund faßte die Bewegung als Bedrohung auf, er stieß sein Gebrüll aus und fuhr los. Den einzig verbliebenen, scharf gesplitterten Reißzahn schlug er in Muhls Stiefel und hielt fest, hielt sein Opfer an der Schwarte fest gepackt wie immer.

Zwei Tage später flog Titti nach London, wo eine wichtige Party stattfand; und hatte vorher keine Zeit mehr (oder glaubte, keine Zeit zu haben), Muhl anzurufen und sich nach seinem Befinden zu erkundigen; es war ihm ja im

Gegensatz zu Opisso, für den der Tierarzt bemüht werden mußte, nichts geschehen. Natürlich war die Biß-Geschichte – wie Muhls verletzter Stolz zu einem Tumult geführt hatte; mit »stell dich nicht so an« oder »nimm dich nicht so wichtig, es ist ja nichts passiert« kam man bei Muhl nicht weiter, das wußte Titti noch genau. Muhl war auf den Hintern gefallen, man hatte ihn schreien hören, er regte sich auf und nahm entschlossen übel, er trat wild um sich und brach dem Hund den letzten Zahn – was man nicht gleich bemerkte, die Launschen Bracken klagen nicht –, die Biß-Geschichte also war, gebührend ausgeschmückt, von Caroline, Sony und Rupert ausgiebig belacht und weitererzählt worden; die grausamsten Bemerkungen verkniff man sich in Tittis Gegenwart. Dann flog sie ab, und langsam sickerte die Idee, daß man dort oben einen wertvollen Bauplatz besitzen könne, den man verkaufen oder verpachten und in eine ständige Einnahmequelle verwandeln konnte – Etikettekurse für Manager! Wo sonst, wenn nicht hier? – die Idee also sickerte in die Köpfe, faßte Fuß, schlug Wurzel und trieb Blüten.

Sechs Wochen vergingen, ein Plan entstand, Bürgermeisters wurden eingeladen –

»Wen sollen wir bloß dazunehmen?«

»Schnullers?«

»Bloß nicht schon wieder Schnullers. Sie schaut ja aus wie schon mal gegessen.«

»Hoppe?«

»Schon wieder Hoppe –?«

»Dann eben unseren Heimatdichter. Das wird schon irgendwie gehen.«

– um beim Abendessen vorzufühlen. Das Essen kam und ging; war so mühsam wie befürchtet; die Gespräche waren tranig und zäh wie die Wildenten im Blaukrautkranz. Der heldenhafte alte Hund schlief geräuschvoll in seinem Korb, die Behänge ungebügelt auf dem Rand. »Wie heißt er?« wollte die Frau des Bürgermeisters wissen. Opisso trug seinen Ausgeh-Namen, Ödipus; der Heimatdichter war entzückt und machte Caroline schöne Augen. Der Bürgermeister fand die Idee mit dem Hotel nicht schlecht.

Und als alles auf bestem Wege schien, da erreichte Caroline Post aus der Hauptstadt.

»Hiermit setzen wir Sie davon in Kenntnis«, schrieb das Kölner Landesdenkmalamt mit Datum vom 14. Juni 99, »daß das in Ihrem Besitz befindliche Objekt Hundefriedhof, Parzelle X, Markung Z, im Schloßpark von Laun, die Voraussetzungen erfüllt, als Denkmal eingetragen zu werden. Das Objekt ist ein Kulturdenkmal im Sinne von § 2 DSchG. Nach § 8 DSchG darf es nur mit Genehmigung der Denkmalschutzbehörde zerstört oder beseitigt oder in seinem Erscheinungsbild beeinträchtigt werden. Die Eintragung ins Denkmalbuch wird Ihnen hiermit kenntlich gemacht.«

Caroline saß beim Frühstück; sie hielt den Brief über dem Teller mit dem Honigbrot.

»Erläuterung: Im Landesbereich einmalige Bedeutung für die Geistes- und Mentalitätsgeschichte adeliger Familien … bemerkenswert vollständige Sammlung von Grabsteinen seit 1811 … jegliche Art der Weiterführung und Veränderung wäre ein kulturgeschichtlicher Verlust auf Landesebene«, las Caroline.

Seltsamerweise ärgerte sie sich weniger über den Inhalt des Briefes als darüber, daß das Papier in den Honig gefallen war. Sie reinigte das Blatt, so gut es ging. Kein Geld und kein Hotel, aber auch keine lärmende Baustelle und keine Fremden, die durch den Park spazierten und in ihre Terrassenfenster guckten.

Eigentlich hatte sie den Hotelplan zwar gut, aber auch *ziemlich mühsam* gefunden. Rupert und Sony würden enttäuscht sein, sie weniger. Geld ist nicht alles, Ruhe war ihr wichtiger.

»Die Eigentümer sind zur Erhaltung und Instandsetzung des Objektes in engem Kontakt mit den Denkmalschutzbehörden verpflichtet«, las sie. Also neue Kosten, Verhandlungen und Ärger. Das war Muhls Rache, er hatte den Hotelplan vereitelt. »Darüber hinaus genießt der Hundefriedhof wegen seiner besonderen Bedeutung Umgebungsschutz.«

Caroline ärgerte sich über Muhl, mehr noch über Titti. Sie hatte ihr doch damals gleich gesagt: Laß das sein, das wird nichts; warum konnte sie nicht in ihrer Schublade bleiben?

Wo sollte man die Hunde jetzt begraben – unter dem Wurzelteller einer umgekippten Fichte wie die Förster-dackel?

* * *

Der alte Graf Otterstedt, den in der Familie jeder nur Ott nannte, litt unter Schlaflosigkeit. Im Sommer schlief er besser, wenn die Nächte kurz waren und die Frösche im Halbdunkel um halb drei Uhr morgens zu quaken begannen.

Seit dem Juli schlief er bei weit offenen Fenstern, die tagsüber geschlossen wurden, und im Winter und bei Regen mit angelehnten und eingehängten Flügeln, die Schwester Anni mit einer eingeklemmten Packung Papiertaschentücher gegen Klappern sicherte. Wenn es zu windig wurde, kam sie geräuschlos von nebenan und schloß die hohen Messinggriffe. Ott bewohnte ein Zimmer im Ostflügel, das früher ein Gästezimmer gewesen war oder, präziser gesagt, immer noch war. Ab wann hört ein Gast auf, ein Gast zu sein –? Die Frage entscheidet sich daran, ob der Gast noch eine andere Wohnung hat.

Oft schlief er erst im Morgengrauen ein, wenn er sicher war, der neue Tag würde kommen, daß er schon da war und sich zeigte, wenn er wußte, der Schlaf würde kurz sein, nur ein, zwei Stunden, und als seien die zwei Stunden, um die es jetzt noch ging, eine Kleinigkeit und die Aufgabe des Einschlafens, an der er nachts gescheitert war, leicht. Im Halbschlaf begleitete ihn das Froschquaken und die anderen, gewohnten Morgengeräusche, es waren seit Jahrzehnten dieselben. Den Hunderten von Fröschen folgten vielstimmig die Vögel. Bevor es ganz hell war, schreckte ein Reh im Park, jemand war auf der Pirsch. Die Hunde bellten in den Zwingern, die ersten Sommerfliegen stießen an die Zimmerdecke, es wurde wärmer und heller, sonnig im Zimmer, und gegen sieben hörte man unter den Fenstern das volle Plätschern aus dem Gartenschlauch, mit dem das Wasser in die Blumenkübel floß, und der Rasensprenger auf dem Rondell begann seine tickende Fahrt. Nach einer gewissen Pause folgte das Streichen von Mathias' Rechen über den Kies, Hufschlag, falls ausgeritten wurde, Tennisgeräusche, Rufe und Gelächter am Pool, die Kinder hatten ihre Freunde mitgebracht, es waren Ferien. Er horchte auf die Frühstücksvorbereitungen auf der Terrasse. Die Geborgenheit in Carolines schönen kühlen Laken setzte sich zwischen Tischtüchern und gestärkten Servietten in den Tag hinein fort. Die Marmelade, die Eier, Mettwurst, der Rahm und die Milch stammten vom Hof, dazu gab es dicke, geröstete Weißbrotscheiben, Kümmel- und Rosinenbrötchen. Nach dem Frühstück ging jeder seiner Wege. Ott frequentierte die Hausbibliothek oder mit einem Buch den Liegestuhl, die Sonne rückte höher, es wurde Zeit für den Sherry, neue Gäste kamen an. Mit den Kindern aß man am Pool, es folgte die Mittagsruhe, der Tee; die Abfahrt der Gäste, die Ankunft der neuen, das Umziehen zur Jagd, zum Abendessen. Die Betten in den Gästezimmern wurden zweimal täglich gemacht, die Koffer ausgepackt, die Kleider gebügelt und aufgeräumt; und einige der Verwandten aus der Stadt gerieten deswegen in Verlegenheit. Die Angst vor dem Gespött im Bügelzimmer war fester Bestandteil mancher Besuche, und Ott wußte, lieber stürzte man sich in Unkosten, schaffte neue Wäsche, Nachthemden und Schuhe an, als sich dem Verdacht von Armut und Schlamperei auszusetzen. Schwester Anni, die aus dem Dorf stammte, war in ihrer Jugend im Bügelzimmer beschäftigt gewesen, bevor sie dann, viel später, zu seiner Betreuerin mit dem Titel »Schwester« und ihre hübsche hellblaue und weiß gestreifte Tracht zur Uniform avancierte. Die städtischen Verwandten stürzten sich in Unkosten, damit diejenigen, die Jäger waren, in Laun jagen konnten und die Kinder in regelmäßigem Kontakt mit der richtigen Lebensweise aufwuchsen. Ott hatte auch das erleichterte Aufseufzen gehört, mit dem die Verwandten verabschiedet wurden. Ott verehrte seine Nichte Caroline, hatte sie schon als junges Mädchen in München verehrt. Gerade deshalb war er zwar regelmäßig gekommen, aber nie länger als drei Tage geblieben. »Am dritten Tag stinkt der Gast«, hieß es bei seinen Eltern. Er war ein Onkel zweiten Grades von Caroline, ihr Vater, Paul, war sein Vetter. Und nun war er schon drei Jahre hier, und Schloß Laun war sein Zuhause geworden.

Inzwischen gab es freilich keine Pferde mehr, der Kies wuchs zu, Moos befeuchtete den Tennisplatz. Manche der friedlichen Morgengeräusche existierten nur noch in Otts Erinnerung. Ein anderes Mittel gegen Schlaflosigkeit in den Stunden um Mitternacht, wenn nichts zu hören war, bestand in der Planung seiner Beerdigung. Lange konnte es jetzt ja nicht mehr dauern. Er träumte oft von seinen Eltern, als stünden sie bereit, ihn zu empfangen, als sei der Tod kein großer Schritt. Von seiner Frau, Wendula, die seit vierzig Jahren tot war, oder seit dreißig, falls es nicht doch schon fünfzig Jahre waren, träumte er hingegen nie und hatte auch keine Lust dazu. Lieber beschäftigte er sich mit der Adressenliste derer, die von seinem Ableben verständigt werden sollten, hielt sie in Ordnung, strich diejenigen, die selbst gestorben waren, pünktlich aus und fügte die wenigen, die neu hinzukamen, ein. Dieser Hoppe war einer davon. Würde er zu seiner Beerdigung kommen –? Vielleicht. Er zählte gern auf, wer alles kommen würde, aus Eitelkeit, wie er sich eingestand, oder, wie dieser Hoppe sagen würde, aus Lust an der Spekulation. Ott wollte seine Dinge möglichst gut regeln, es machte ihm Vergnügen, er tat es penibel, exzessiv, um den Hinterbliebenen möglichst wenig zu tun übrigzulassen, möglichst wenig Mühe zu bescheren als letztes Geschenk oder, mehr noch, als letztes Zeichen von Überlegenheit. In jüngeren Jahren war er unordentlich gewesen; jetzt hingegen war er sehr genau, ja pedantisch geworden; es verschaffte ihm eine angenehme Illusion von Stärke.

Er feilte auch am Text des Partes, der Benachrichtigung. Modestus Graf zu Otterstedt-Laarsen, 1899–1999. Eine unselige Epoche! Der Kaiser ins Ausland geflohen, der Adel im Stich gelassen, verraten und abgeschafft; in Otts Familie hatte man den monarchistischen Versprechungen der Nationalsozialisten stets mißtraut. Der Kronprinz enttäuschte alle, und manche Standesgenossen veranstalteten dann glanzvolle Empfänge für die Parteispitze, andere beflaggten nur den Schweinestall mit dem Hakenkreuz. Viele traten bei, »um Schlimmeres zu verhüten«, wie es später hieß, manche »arrangierten sich«. Viele Familien waren damals wirtschaftlich am Ende, und heute wollten alle adelig sein, Geld- und Geistesadel hieß es nun. Was hätte man gegen die Bewegung tun sollen –? Protestieren, warnen, anklagen wie Kardinal Graf Galen? Erst in Paris als Dolmetscher der Wehrmacht hatte er einen Salon gefunden, den einzigen, in dem jeder frei und offen diskutieren und die Dinge beim Namen nennen konnte ohne Angst vor Verrat. Ein Salon ist eben keine Kanzel, man konnte sich darauf verlassen, daß nichts nach außen drang. Das war sein Beitrag zum deutschen Widerstand gewesen: Er hatte davon gewußt und geschwiegen. Ungenügen und Versagen, eine unselige Spanne, diese hundert Jahre, und wenn er Pech hätte, wäre es damit noch nicht getan; einer, der den Anforderungen des Lebens wieder nicht gewachsen ist, weil er den Ausgang nicht findet; einer, der nicht sterben kann. »Gott dem Herrn hat es gefallen« klang für seinen Geschmack zu konventionell, das pompöse »Sein Leben hat sich vollendet« lächerlich, er hatte ja wenig zu vollenden gehabt. In den Zeitungen las er die Todesanzeigen zuerst. Altersgenossen fand er selten, sie starben alle früher. »Habe meine irdische Laufbahn abgeschlossen« mutete unaufrichtig an, falls es kein Selbstmord gewesen war. »Plötzlich und doch langerwartet« war nicht witzig, »Gott dem Herrn hat es gefallen, mir gefällt es nicht,... für einen Imbiß ist gesorgt« verhöhnte jemand, vor dem Ott Respekt empfand, den Tod. »Bin a. P.«, ad Patres, und »Bin ripsch« gefiel ihm derzeit am besten. »Bin ripsch!« wirkte locker, bodenständig, souverän; »Er ist ripsch« heißt auf Kölsch: »Er ist R.I.P., Requiescat in Pace«. Wer Dialekt nicht verstand, der konnte fragen.

BIN RIPSCH! gefiel ihm im Augenblick am besten, ja, noch hatte er Zeit zum Feilen am Text.

Otts Schlafstatt war ein Wohnbett, ein Pfühl mit Mulden und Kuhlen für zusätzliche Decken und Kissen und Abstellflächen rings herum für das Radio, die Lampe, Brille, Bücherstapel und den Stift, ohne den er nicht lesen konnte; seine bissigen Kommentare, die er vorsichtshalber mit nicht ausradierbarem Tintenstift oder Kugelschreiber anbrachte, schmückten jeden Band, der ihm gehörte. In Reichweite standen die Medikamente, das Wasserglas, die Glocke für Anni, Kerze und Zündhölzer für Stromausfall, das Adreßbuch sowie das Telefon, das er von sich aus nicht benützte, sondern Anni benützen ließ, die es auf einem Drehgestell zu sich herüberzog; Ott verabscheute die

Störung, wenn es läutete. Unter dem Bett befanden sich weitere Stifte, Ersatzbrille und Ersatzkerze in einer offenen Schublade mit ein paar hart gewordenen Keksen, die er nicht mehr essen konnte, und die Fernbedienung für den Fernseher. Im Bett oder darauf, auf einem Schottenplaid als Tagesdecke, verbrachte er die meisten Stunden, hier las er, schrieb und ließ die Gedanken schweifen.

Als Ausgleich dafür, daß er nachts zuwenig schlief, nickte Ott tagsüber mehrmals kurz ein, bekam aber trotzdem alles mit, was um ihn herum vorging, oder glaubte es zumindest. Und das Neueste, was gerade vorgefallen war, etwas geradezu Unglaubliches, betraf seinen neuen Freund, mit dem er zwar seit dem Fest vor fünf Monaten nicht mehr gesprochen hatte, den er aber seither immer hatte zum Tee einladen wollen. Es war noch nicht dazu gekommen, denn so ein Besuch brachte den ganzen Tag, und nicht nur diesen, durcheinander; er hatte sich aber über ihn Gedanken gemacht und ihn angenehm gefunden. Die unglaubliche Geschichte – fast, aber nicht ganz unglaublich – betraf diesen Oberst Hoppe, der inzwischen bei Caroline öfters (manche sagten: zu oft) zu Besuch erschien. Es hieß nämlich, dieser Hoppe klaue silberne Zigarettenetuis. Ganz offen und ungeniert nahm er sie und steckte sie ein. Schwester Anni, die eine verständige und kluge Person war, hatte es aus der Küche von Mathias, dem sie beim Silberputzen half.

Ott bezweifelte die Geschichte. Es kam ja manches vor, aber Klauen –? Und dazu ganz offen –! Ein ehemaliger aktiver Offizier –!

Immerhin hatte man ihn entlassen, gab Schwester Anni zu bedenken.

Er besaß doch selbst genug – ein Millionenvermögen, das man vornehm mit »sehr zweistellig« umschrieb. Es konnte eine Intrige sein. Rupert mochte ihn nämlich überhaupt nicht. Ein Mann von peripherer Herkunft! Der die Familienehre tangierte, weil Witze über Herzog Hoppe und Carolines Zinnsoldaten im Umlauf waren. Jetzt nannte man ihn eben kleptoman. Es konnte ein böswilliges, gezieltes Mißverständnis sein, eine Verleumdung. Rupert gehörte zu denen, die mangels eigener Lebenserfolge andere herabsetzen müssen, um den Selbstrespekt zu pflegen, und manchmal, nachts, wenn man der Wahrheit und ihren dunklen Seiten allzu schutzlos ausgeliefert ist, konnte Ott nicht anders, er zählte sich auch zu diesem Typ. Dann graute der Morgen, der Tag beschönigt manches, und in der jungen Helligkeit, auf dem Höhepunkt des Froschkonzertes, kamen neue Einsichten und Ideen: es war doch gut, daß er mit der Einladung noch gewartet hatte. In seinem Zimmer lagen auch noch ein paar nette Kleinigkeiten herum, die er als Andenken vorgesehen hatte. Sollte man sie wegschließen? Gleichzeitig war er enttäuscht. Mit Oberst Hoppe hatte er oft in Gedanken diskutiert und sich sozusagen an ihn gewöhnt und mit ihm angefreundet; doch mit einem Dieb konnte er nicht befreundet sein. Und dabei hatte er ihn doch gerade noch bei Sony sitzen sehen –! Das Wiedersehen war sehr enttäuschend für Ott gewesen. Er mußte Schwester Anni noch einmal losschicken, sich genauer zu erkundigen. Ein Kleptomane, du liebe Zeit –! Er hatte noch keinen getroffen.

Ein weiteres erprobtes Mittel gegen Schlaflosigkeit bestand darin, die Stühle im Schloß zu zählen. Er zählte die barocken Polsterstühle in den Gängen, die Biedermeierstühle und die Sessel und Fauteuils in den Salons, die Hocker in den Bädern, die Puffs in den Gästezimmern, die gotischen Stühle in der Halle, die Küchenstühle, die Eßzimmerstühle im Saal und die Gartenmöbel auf der Terrasse. Er kam sehr weit damit in seinem Bett, denn wenn er durchs Haus ging, ging er langsam, stützte sich hie und da auf, ließ sich da und dort nieder auf den leder- und den stoffbezogenen, den lackierten und gebeizten, den harten und den weichen, den breiten und den schmalen Sitzgelegenheiten. Zu seinem hundertsten Geburtstag müßte Mathias sie zusammenstellen; denn die meisten Gäste waren alt. Vielleicht käme aber auch niemand. Wenn er still für sich saß, hoffte er manchmal, daß niemand käme. Er störte nämlich, sobald man ihn sah. Bevor er den Mund auftat, machte er schon Umstände.

»Ah, Onkel Ott! Brauchst du etwas? Willst du etwas? Wo gehst du hin? Soll ich was für dich holen? Dir was bringen? Wie geht's dir heute? Wo ist Anni?« Mit Fragen wehrte man ihn ab, als sei das Angebot, etwas zu holen, die beste Möglichkeit, ihm zu entkommen. Er brauchte nichts und wollte nichts; doch weil er so langsam unterwegs war, hielt man ihn für krank. Man hielt ihn für hilfsbedürftig, noch bevor er Gelegenheit gehabt hatte, überhaupt etwas zu sagen.

Sonntag nachmittag hatte er Lust verspürt, in der Sonne über den Hof zu spazieren und Sony ein Buch zurückzubringen, und seinen Plan auch ausgeführt. Stufe für Stufe erklomm er die Treppe zu Sonys Tür und drückte die Klinke. Er guckte ins Zimmer. Sony saß da und mit ihm dieser Oberst a. D. Wolfgang Hoppe – dieser Hoppe, den er so gern hatte sehen wollen. Sie starrten sich an, die Überraschung war groß, und wortlos machte Ott die Tür wieder zu und ging davon. Es war so unhöflich, es hätte nicht unhöflicher sein können, und Ott war furchtbar enttäuscht. Warum hatte ihm niemand gesagt, daß dieser Hoppe heute da war? Er hätte in Form sein, sich vorbereiten, sich die richtigen Fragen und Antworten zurechtlegen können – obwohl er seit Monaten nichts anderes tat. Bei Hoppe wollte er brillieren, und heute war nicht die Gelegenheit für Brillanz. Er hatte schlecht geschlafen, die Treppe war höher als er sich erinnerte, er war außer Atem und litt unter Schwindel. Langsam stieg er die Stufen hinunter. Das Buch, das er Sony zurückbringen wollte, legte er in der Garderobe ab. In einer Bodenvase standen Regenschirme und Sitzstöcke, die man eventuell zu den Stühlen hätte rechnen und zählen können, doch Ott beachtete sie nicht. Das mißglückte Zusammentreffen, sein für Hoppe unverständlicher Rückzug hatte auch Otts größtes Vergnügen, den inneren Dialog mit ihm, zerstört. Wenn er ihn jetzt einlüde, ihm schriebe, käme er vielleicht – aus Mitleid; und nichts verabscheute Ott mehr als das. Da war es ihm schon lieber, wenn er stahl. Mit einem Dieb konnte er nicht befreundet sein.

***

Hoppe und Sony standen im Wald, der beinahe ein Park war, in der Wegbiegung, von der aus Hoppe Schloß Laun, die schönste Wasserburg im Erfttal, das erste Mal gesehen hatte. Im paradiesisch sanften Wintergold der Lärchen im Januar war das gewesen. Da wohnen Leute mit Geschmack, hatte er damals gedacht; und heute gehörte er dazu – wenn er das wollte.

Über die Baumwipfel strich eine Ente, Sony riß die Arme hoch und übte das Mitschwingen mit der Flinte.

»Was machen Sie zur Zeit eigentlich beruflich?«

»Ich leite in Bonn die PR-Abteilung einer Internet-Firma, Consulting, Fusionen und Aquisitionen, strategische Zielsetzung«, erklärte Sony; und weil es prahlerisch geklungen hatte, setzte er hinzu: »Nur vormittags.«

»Wie viele Mitarbeiter haben Sie?«

»Nur mich.«

Hoppe hatte Sony sein Haus gezeigt, Sony hatte die Villa seit Tittis Zeiten nicht mehr betreten. Hoppe lebte bewußt spartanisch und kasernenhaft einfach zwischen den Stuckdecken und Holzvertäfelungen; alles im Haus war sehr ordentlich, sauber, peinlich genau an seinem Platz. Die Paddel lehnten neben der Tür, die Neopren-Anzüge hingen griffbereit in der Garderobe, Schwimmwesten, -blasen, Spritzdecken und Schuhe waren übersichtlich aufgestapelt. An der Ausrüstung hatte er nicht gespart. Manches Mal saß er in Schluchten im Treibholz fest oder mußte sich vor plötzlichem Hochwasser in acht nehmen; deshalb trug er in den Farben Gelb und Orange kaschierte Anzüge, die gegen Kälte schützten, mit eingearbeitetem Brustgeschirr und Rettungsring für die Bergung.

Hoppe hielt sich streng an die Regeln, die man bei riskanten Unternehmungen beachten muß, und mit derselben Disziplin ließ er nichts verkommen und verschwendete nichts.

Ein Lieblingsbuch besaß er auch und nahm es mit, für den Fall, daß auf seinen Fahrten im Wohnmobil einmal der Generator ausfiel, und für Schlechtwettertage (denn bei Regen paddelt niemand); ein Buch, das er in verschiedenen Ausgaben besaß, schwerere fürs Zimmer und leichtere fürs Camping; solche, die ins Wasser gefallen, stockfleckig und verklebt waren, deren Seiten an Lagerfeuern angebräunt, eingerissen waren oder fehlten. Er las langsam und befeuchtete gelegentlich den Daumen, wenn die Zeit zum Umblättern gekommen war. Sony hob den Band mit zwei Fingern hoch und warf den Ratgeber für alle Lebenslagen, in geschäftlichen wie privaten Dingen, zurück zum Feldgepäck: Clausewitz' *Vom Kriege*.

Als Ausgleich für die starke Spannung, die sein Börsenhandel mit sich brachte, besaß Hoppe eine reichhaltige Sammlung von Whiskysorten im leergeräumten Buchregal und eine kleine, feine Auswahl von Wildwasserkajaks in der Garage. In der Einfahrt parkte zugedeckt sein luxuriöses Wohnmobil mit Satellitenschüssel auf dem Dach. Jedes Jahr verbrachte er einige Wochen an alpinen Gewässern, meist in Südfrankreich, und wollte dann von den wichtigen Börsennachrichten nicht abgeschnitten sein.

Hoppe erklärte Sony seine Monitore und zeigte ihm das Aquarium, in dem die Fische gelassen zuversichtliche Runden drehten; ein Anblick, den er während mancher Stunden nötig hatte. Sony amüsierte sich über die Anzahl von Helmen auf dem Flurtisch, dort wo sich bei ihm zu Hause die Rehgehörne stapelten; Hoppe hatte das Training aufgenommen und experimentierte mit Eishockey-Helmen.

Hoppe führte ihn durch unbenutzte Räumlichkeiten, in denen Kanus verschiedener Farbe und Länge lagerten, und hielt ihn gerade noch davon ab, sich auf eins zu setzen. Sony konnte mitleidigen Spott angesichts der gesprenkelten Tapete und der Drucke schöner Damen nicht unterdrücken, und Hoppe wurde nachdrücklich auf Tatsachen gestoßen, die er zu wenig beachtet hatte. Das Haus war häßlich, Sony hätte es niemals gemietet; mit seiner Vorliebe für Paddelboote und gemusterte Fliegen galt er in Laun als Spießer. Aber für Titti war die Villa gut genug gewesen. Warum sollte sie ihn degradieren?

Der Finanzmarkt hatte Hoppe die Freuden und Leiden der Eitelkeit längst gründlich ausgetrieben. Mochte Sony also denken, was er wollte. Er gab sich unkompliziert, aber naiv war er nicht. Bei aller äußeren Munterkeit war Sony blasiert bis in die Knochen. Er sah über Geschmacksverirrungen beinahe, aber eben nicht ganz, hinweg. Bei Entgleisungen seines Freundes Hoppe würde er bald laut ausrufen: »Wie scheußlich –!« und dazu lachen, damit es weniger verletzend wäre; aber die Gelegenheiten, bei denen Hoppe sagen könnte: »Ich trinke lieber Bier als Rotwein« würden seltener, und er fragte sich, ob soviel Anpassung sich lohne. Er hatte seinen Charakter der Offizierslaufbahn angepaßt und sich dann die richtige Börsenmentalität angeeignet, ohne die man am Markt verloren ist; und nun müßte er sich nochmals neu ausrichten auf Kenntnisse und

Verfahren, ohne die man in Laun nicht auskam. Sony, der niemals über etwas klagte, war Experte für die Verwandlung von Bedürfnissen in Genüsse und alle raffinierten Vergnügen, zu denen man Freunde einladen kann. Statt Hoppes Tee zu trinken, dem er nicht traute, lud er ihn auf einen Drink zu sich. Er war zu Fuß gekommen, nun redete er über Autos. Hoppe fuhr BMW. Wenigstens das war in Ordnung, aber der Tag war schön, sie spazierten durch die Felder.

»Die Wall Street macht für uns die Jahreszeiten, wir schwitzen oder frieren immer mit«, sagte er unwillkürlich, zu Sonys Verwunderung, denn Sony sprach über Jagden, und Hoppe merkte, er hatte nicht zugehört. Hoppe war zuviel allein, er hatte das Alleinsein satt. Im Wind flutete der grüne Weizen, Wolkenschatten zogen darüber hin. Schon liefen für Hoppe die Jahreszeiten schneller, oder sein Gespür für einen Umschwung in der Luft, wenn man den Sog spürt, nur nichts zu verpassen, nur nicht zurückzubleiben, hatte sich verschärft. Als die volatilen Temperaturen die Trendwende ankündigten und das mürbe graue Eis unter den Hecken gut konserviert am Grund der Pfützen lag – da hatte ihn Dynamik und Momentum, die frische Luft zu frischen Taten aufgefordert, da hatte er seinen Tee bei der Herzogin getrunken und früh, als noch Rückschläge möglich waren, seinen Coup gelandet; und sich seitdem still verhalten, wie ein guter Spekulant im Glück sich still verhalten muß. Weibliche Entschlüsse müssen reifen, brauchen Zeit. Hin und wieder wurde Hoppe zu einem kleinen Essen eingeladen, und Caroline war herzlich wie immer, wenn andere zugegen waren, vermied es aber sorgfältig, mit ihm allein zu sein. Wie sehr sie ihn körperlich mochte und wie anziehend sie ihn fand, wußte er; der Beweis war immer noch eine Quelle stolzester Freude. Sie flirtete nicht, um ihn nicht noch mehr herauszufordern, sie blieb vorsichtig, und Hoppe wartete ab.

Nun erkundigte er sich nach dem alten Grafen Otterstedt. Ott hatte ihm gefallen, damals auf dem Fest, er hätte sich gern wieder einmal mit ihm unterhalten.

Ott? Ott verkroch sich wie eine Winterfliege in seinem Winkel und vertrocknete. Er kam immer seltener herunter und redete mit keinem. Es war ein Fluch, so alt zu werden.

Sony gefiel ihm auch. Er hätte nichts dagegen, einen Schüler zu einem Investor auszubilden, zu einem wirklich guten, zu einem Top-Investor; obwohl man noch nicht sagen konnte, ob gerade Sony die richtigen Voraussetzungen mitbrachte. Vielleicht nicht. Aber welches Vergnügen, statt der einsamen Entscheidungen vor den Monitoren in der Villa jemanden zu haben, mit dem man diskutieren, mit dem man streiten konnte –

»Jetzt geh'n wir rein.«

»Nein! Zu früh.«

»Wir sind durch den Widerstand gleich durch.«

»Paß auf! Du riskierst die Rundreise –«

– ein äußerst unangenehmer Zustand, wenn es mißlingt, nach einer qualvollen Verlustfahrt den Einstiegskurs wiederzusehen. In der Villa drehten nur die Fische ihre Runden, und ihnen war's egal, ob er gewann oder verlor.

Aber wenn er einen Schüler hätte – eine Familie, die von ihm abhing, deren Wünsche er alle erfüllen konnte; die auch dann nett zu ihm war, wenn der Markt gegen ihn lief und er schlechte Laune hatte, die ihn achtete und respektierte und für die er sorgen könnte – ein Anreiz zum Gewinnen –

Hoppe riß sich zusammen, Wunschträume sind gefährlich. Er hörte Sony weiter zu. Sony erzählte von seinen Gewehren, von denen er eine Menge besitzen mußte, und verglich die spanischen Flinten mit seinen englischen Purdys und die österreichische Büchse mit der deutschen. Hoppe stellte die richtigen Fragen, er war selbst ein guter Schütze, wenngleich kein Jäger, und Sony schilderte Spanien und die spanischen Hühnerjagden – »ich *liebe* das, ich würde alles dafür tun« –, und die Strecken, die in die Hunderte gingen, pro Kopf und Tag natürlich. Begeistert erzählte er von den kleinen Rothühnern, die so schwer zu schießen sind, daß ein in Deutschland guter Schütze sich dabei nur blamieren kann, so schnell und tief, einzeln und in Mengen, streichen sie, er müßte als Schütze schon hervorragend sein; und von seinem Büchsenspanner, Miguel, der zwischen den Treiben stumm und unbeweglich dasaß, um in wahnwitzige Tätigkeit geradezu zu explodieren, wenn er Sonys drei heißgeschossene Flinten alle gleichzeitig lud und zureichte. Sony nahm immer denselben durchgeschmorten Handschuh aus grüner Wolle mit –

»Als Amulett –?«

Caroline verbrannte sich beim Tee-Einschenken die Finger. War Sony abergläubisch? Er verpaßte die Antwort, er war zerstreut und hatte wieder nicht zugehört.

Die Jagd teilten sich Spanier, Deutsche, Österreicher und ein Franzose, doch deren Büchsenspanner waren lange nicht so gut wie seiner, wie Miguel. Sony geriet ins Schwärmen, und der Name Miguel stieg in den Rang einer Champagnermarke auf. Hoppe begriff, daß Sonys Schilderung und Aufzählung, die ganze Prahlerei als Einladung gemeint war: Hoppe konnte mitmachen, wenn er wollte; und dies aus Sonys Mund war durchaus nicht zu verachten. Denn ein in Spanien mitjagender Gast, auch ein zahlender, mußte wissen (oder zu schätzen wissen), welchen Champagner man trank, welches Auto man fuhr und welche Flinte man führte. Sony warf ihm einen Seitenblick zu. Aristokratische Verbindungen – war es das, was Hoppe wollte?

Hoppe lachte nur und sagte nichts.

Die nächste Ente stieg aus dem Sumpf, Sony riß die Arme hoch, den linken gestreckt, den rechten angewinkelt, und richtete die glänzend blauen Augen ohne Tiefe, die Wimpern hell wie Schweinsborsten auf Hoppe, ob er den Treffer mitbekommen habe. Glücksgefühle und Triumph hielt er für ansteckend, damit rechnete Sony.

»Waidmannsheil. – Wie kommen Sie eigentlich zu Ihrem Namen?«

»Ich hieß immer nur ›das Sohni‹, und dabei ist es geblieben.«

»Und was ist mit dem Herzog passiert, Carolines Mann?«

»Onkel Trappsi fiel vom Hochsitz. – Da geht ein Reh ab«, fügte er ablenkend hinzu. Hoppe sollte nicht soviel fragen.

»Rehe und Enten. Hier wird zu wenig gejagt«, neckte Hoppe.

»Jäger gibt's hier doch genug«, Sony lachte anzüglich, viel lauter als nötig.

Hoppe ging nicht darauf ein. »Im Frühjahr hat es ein

Fischsterben in der Erft gegeben. – Waren die Enten auch betroffen?«

»Ach, das ist lange her«, sagte Sony wegwerfend. War er leichtsinnig veranlagt?

Sie durchquerten den Torbogen in den Hof und betraten Sonys Junggesellenwohnung, die im östlichen Flügel der Vorburg über einer Scheune lag. Sony führte Hoppe in ein helles gemütliches Zimmer, öffnete ein Fenster zum Hof, schrie: »Ruperta –! Hast du ein bißchen Tee für uns?« und setzte sich zu Hoppe, ohne auf Antwort zu warten.

Ruperta drückte behutsam die Klinke, sie brachte ein Tablett mit Kanne und Keksen. Obwohl gefärbt, war sie eine echte Rothaarige mit den typisch hellen Sommersprossen und dem erhitzten Schimmer auf der Haut. Hoppe fand sie attraktiv, war aber froh, daß sie nicht blieb. Er wollte heute keine Zuhörer. Auch Tyrannus Rex war ausgegangen. Das war ein Glück. Sie wollten doch über Aktienkurse sprechen, und der Herr Papa mit den verfilzten Augenbrauen traute nur den unbewegten Dingen und Personen. In welche Kategorien-Schublade er ihn geschoben hatte, konnte Hoppe sich vorstellen: Finanzjongleur, Abenteurer, Snob.

»Die Küche haben wir gemeinsam. Mein Vater wohnt auf der anderen Seite vom Hof«, erklärte Sony.

»Ideal. Sehr hübsch und praktisch.« Das Teegeschirr war dasselbe, das Caroline benutzte. Die Muster der Sesselbezüge, der Vorhänge ähnelten den ihren. Auf Tischen und Kommoden standen Fotos in silbernen Rahmen. Eins zeigte Caroline, viel jünger, mit einem Mann im Vordergrund, der wohl der verstorbene Herzog war. Mit dessen äußerer Erscheinung konnte Hoppe auch noch mithalten. Er beugte sich über die Kommode, nahm eins der Fotos in die Hand und fragte im Bewußtsein, etwas zu tun, was man nicht macht: »Züchten Sie Pferde?«

»Nein, ich besitze – ein Viertel Rennpferd zusammen mit Hansi Kottentrott, dem Banker, und noch zwei Freunden«, sagte Sony mit dem selbstgefälligen Vergnügen dessen, der großzügige Geschenke zu verteilen hat, nämlich sich und seine begehrte, immer gutgelaunte Gegenwart. Er öffnete verschiedene Zigarrenkisten.

»Wie nett. Wann kann man Ihr Viertel Rennpferd laufen sehen?«

»Gar nicht. Es steht in Köln-Weidenpesch, aber zur Zeit ist es lahm.«

Hoppe, den Blick fest auf Carolines Bild gerichtet, stellte das Pferdefoto zurück zwischen die anderen, zu den silbernen Zigarettenetuis, den ledernen für Zigarren, den Zigarrenabschneidern und silbernen Aschenbechern. Er setzte sich wieder hin. Sony lebte glanzvoll. Von seiner Person ging ein Wohlgefühl, ein Leuchten aus, von ihm und von den Manschettenknöpfen, der Armbanduhr, dem gestickten Monogramm auf dem Hemd, den Schuhen, dem steinbesetzten Feuerzug und dem Siegelring am kleinen Finger. Hoppe war geblendet, das Wohlgefühl sprang über. »Ist Ihre Tante heute auch da?«

»Ich weiß nicht. Ich glaube nicht. – Vielleicht ist sie da«, setzte er hinzu. Er sah mit einem Vergnügen auf Hoppe, das er sofort verbarg, er wandte sich seiner Zigarre zu, als gelte sein Vergnügen ihr, einer Macanudo.

»Was machen Ihre Oracle und Cisco Systems?« erkundigte sich Hoppe.

»Verkauft. Und zwar sehr gut. Mein Jagdanteil für nächstes Jahr ist schon gesichert.« Er strahlte vor Zufriedenheit.

»Verkauft, wann?«

»Im März.«

»Im März –? Alle beide –? Wissen Sie, wie hoch die Oracle seit März gestiegen sind –?«

»Ja? Wieviel denn?«

»Von vierundzwanzig auf fünfunddreißig.«

Sony rauchte unbeeindruckt, sieghaft weiter. Hoppe hielt dem Zigarrennebel und insbesondere dem Winkel, in dem er zu ihm herübergeblasen wurde, mannhaft stand und gab aus seiner Partagas passend zurück.

»Dafür sind die Cisco gefallen, Herr Oberst.«

Damit hatte er recht. »Und die Yahoo –? Auch verkauft?«

»Auch verkauft«, bestätigte Sony. »Und die Intel, die Microsoft, die Motorola und die Texas Instruments.«

Hoppe war leicht verärgert, oder, wie man hier sagte, irritiert. Warum zählte er sie alle auf? Doch nicht wegen des schönen Klangs. Das spöttische, halb triumphierende Funkeln galt ihm, Wolfgang Hoppe: Da siehst du, was herauskommt, wenn man mich *nicht* berät.

Hoppe brummte nur und bewegte seine Fußspitzen. Sein Schuhwerk hatte sich seit März entschieden verbessert.

»Die Fed erhöht doch die Zinsen«, verteidigte sich Sony.

»Die Kurse laufen trotzdem.«

»Welche Aktien haben Sie denn im Depot?«

»Wenig. Aktien sind mir zu gefährlich«, behauptete Hoppe. Ihn interessierten mehr die Indizes, und über offene Positionen sprach er ungern.

Er hatte seinen Tee kalt werden lassen, sie waren zu Whisky übergegangen. Sony, äußerlich umnebelt, innerlich klar und ersichtlich kein bißchen betrunken, sog lange an seiner Zigarre, rollte sie um und um, blies den Rauch steil nach oben weg, musterte die Glut, als sei er sich über deren Qualität nicht schlüssig, und meinte dann: »Ich würde auch mit Derivaten gern was machen.«

Hoppe fuhr auf. »Derivate –! Sie meinen F&O-Geschäfte. Das ist nicht so einfach. Das muß man lernen. Das braucht Zeit«, er suchte den passenden Vergleich, »– wie wenn Sie als Kugelschütze auf die Entenjagd gehen und benutzen die Büchse wie gewohnt. Sie treffen nichts. Sie müssen üben. Sie brauchen eine Flinte. Man muß sich umstellen.« Hatte er nicht vorhin noch auf einen Schüler und auf Gesellschaft beim Traden gehofft? Um so dringlicher warnte er jetzt. »Ein Schrotschuß ist anders.«

Er begriff sein Widerstreben selbst nicht.

Sony, der hervorragende Schrotschütze, fingerte nur stumm an einer kleinen Repetieruhr, die er an einer goldenen Kette in der Westentasche trug; er verstand es, mit altmodischen Dingen das beste aus sich zu machen. Andere in seinem Alter waren allerdings schon Bankdirektor.

»Sie können ja nicht mal mit Aktien richtig mitschwingen«, meinte Hoppe und betrachtete ihn prüfend.

»Die Enten haben Schonzeit, bis August«, witzelte Sony. Beleidigungen prallten von ihm ab. Gegen diese zum Prinzip erhobene gute Laune kam niemand an. »Fünftausend könnte ich auftreiben.«

»Und noch etwas. Bei Anfängern geht die Munition viel zu schnell zu Ende. Mehr als fünf Prozent des Kapitals setzt man nicht ein.«

Sony hörte dem Großwildjäger der Finanzwelt ohne rechte Überzeugung zu. Unternehmungslust wie die seine brachte Frischfleisch an die Börse.

»Wer mit einer dicken Erwartung an die Märkte geht, wird von Kugeln durchsiebt«, warnte Hoppe. »Das wichtigste ist Disziplin«, predigte er. Er taxierte Sony pfiffig und mit Wohlwollen. »Wetten Sie bei Pferderennen?«

»Immer.«

»Hm, hm.« Hoppe achtete darauf, jetzt keine Spur von Spott oder Überheblichkeit zu zeigen. »Sie wollen also mit den Bullen tanzen. Und was möchten Sie aus den fünftausend machen –? Fünfzigtausend?« Die Worte waren schon heraus.

»Ja, gern«, sagte Sony einfach, so unkompliziert wie möglich.

Hoppe spürte die Herausforderung. Er überlegte. »Zehntausend wären vielleicht zu machen – aber nur mit sehr viel Glück und viel Zeit. Das wären hundert Prozent!«

»Am Neuen Markt gibt's doch jeden Tag hundert Prozent.« Hoppe war wieder der Finanzzauberer, der Magier der Märkte; man mußte ihn nur richtig bearbeiten. »Wenn Sie investieren, kalbt der Ochse.«

»Sie mögen Kursraketen?« Hoppe trank sein Glas aus und ließ es aus der Hand gleiten. Es sprang in Stücke.

»Macht nichts«, Sony sprang auf. »Ich hole Ihnen ein neues.« Schon stand ein identisch altes und wertvolles Glas vor dem Gast. Sony warf die Scherben in den Papierkorb und goß ihm frischen Whisky ein. Er schien sich nicht zu ärgern; aber ein Krösus wird immer nett behandelt.

»Den Einsatz verdoppeln, das geht nicht so schnell, das braucht seine Zeit«, wiederholte Hoppe.

Sony saß wieder im Sessel und spielte mit einem Zigarettenetui. Er schien zu glauben, daß Hoppe ihn jetzt hinhielt, weil er für seine Beratung oder Hilfe etwas haben wollte. Was wollte er wohl? Eleganten Umgang, gute Beziehungen? Partymädchen, Champagnerduschen als Tauschwert? Oder zielte er tatsächlich, wie manche behaupteten, auf seine Tante Caroline? Sony begann zu grinsen, die Idee war zu schön, um falsch zu sein; er musterte die Militärsocken, die Fliege, den Scheitel über dem Ohr, die quer gekämmte Zimmerfrisur, und feixte ganz offen über den kleinen Fisch, der ins Launer Goldfischbecken strebte und im Salon sein Glas nicht halten konnte.

Hoppe wies ihn scharf zurecht. »Wie ist das Dollar-Yen-Verhältnis? Wo steht der Dax denn heute? – Sie wissen nicht mal das«, schnappte er, ruppiger als beabsichtigt.

»Heute gibt's kein Verhältnis, heute steht nichts«, Sony lachte, als sei für einen viel besseren Witz die Lunte schon gelegt, aber noch nicht gezündet. »Heute ist Sonntag.«

Würde Sony auch noch witzeln, wenn ein wirklich schwerer Verlust ihn träfe?

Sony griff nach der nächsten Macanudo Petit. Von seinem optimistisch breiten Gesicht, den schon schwer werdenden

Wangen las man die Tatsache ab, daß er von allen guten Dingen mehr als genug bekam und die Sicherheit besaß, daß es immer so sein werde. Etwas Reiches, Verwöhntes, doch ohne Weichlichkeit, sondern im Wissen, wo und wie man alles, was man will, organisieren kann und daß der Preis nicht schmerzt, ja daß man einen hohen Preis als Qualitätsbeweis und zum Prahlen geradezu erwartet, war Teil von Sonys Wesensart und Ausstrahlung. Und Sony war unabhängig. Das zeigte sein Gelächter. Es zeigte nämlich auch, daß Sony mit Geld letzten Endes doch nicht zu ködern, zu zähmen und zu haben war. Das gefiel Hoppe und reizte ihn, es mit Sony zu versuchen und zu beobachten, wie er am Markt zurechtkam. Gerade öffnete er den Mund, um in dieser Richtung etwas vorzuschlagen, als er ihn auch schon wieder schloß. Hoppe war sparsam. Er ließ sich noch keinen neuen Smoking schneidern, er wartete erst die passende Einladung ab. Er war sogar geizig, er kaufte sein Rasierwasser am liebsten im Sonderangebot. Und gerade, als er den Mund öffnete, um zu sagen: »Ich könnte Ihnen etwas vorschießen, die Sicherheiten stellen, versuchen wir es doch mal zusammen«, da merkte er, wie sehr ihn die Wette darauf reizte, ob Sony es schaffte. Und das war sehr schlimm für ihn als Ausbilder und schlecht für Sony.

Sony reagierte taktisch nicht ungeschickt, weder devot noch gekränkt, er dachte wohl: Beleidigtsein lohnt sich nicht, das war keine schlechte Einstellung für die Börse. Falls ein Verlust keine persönliche Kränkung für ihn darstellte, konnte ein guter Trader aus ihm werden.

Sonys Blick ruhte auf Hoppes Fliege (die heute eine gepunktete war) und rückte höher, in Hoppes Gesicht.

»Sie sind der einzige, den ich kenne, der Fliegen trägt«, meinte er freundlich, hinter einer Rauchwolke hervor.

»Und Sie sind der einzige, der die Yahoo zum falschen Zeitpunkt verkauft hat.«

»Ich habe einen Freund in der Kölner Kreditanstalt –«

»Vergessen Sie's.«

»Wie bitte?«

»Tun Sie, was Ihre Berater Ihnen sagen?«

»Ich würde tun, was *Sie* mir sagen.«

Sonys Zutrauen, ob echt oder gespielt, rührte Hoppe.

»Die erste Derivate-Regel ist: Sicherheit«, mahnte er. Sony hörte ihm höflich zu. Alle predigten, sein Vater Rupert vermutlich am meisten. »Wenn es eine Wette ist, auch eine ganz sichere Wette, wohin die Kurse gehen, mache ich nichts.«

»Aha«, meinte Sony.

»Ich mache dann nichts«, wiederholte Hoppe mit Nachdruck. Sony stellte sich F&O-Geschäfte zu einfach vor. »Ich steige erst ein, wenn ich den Trend kenne, einen Trend, der sicher eingesetzt hat und zu zehn Prozent bereits gelaufen ist.«

»Jawohl, Herr Oberst.«

Sony nahm ihn nicht ernst, Hoppe war kein Standesgenosse. Bürgerliche hatten ihm noch nie wirklich schaden können über das hinaus, was lediglich lästig war – Schullehrer, Polizisten –, was zählte, war die Meinung, die die Kottentrotts, die Dankelwitz, die Otterstedts von ihm hatten. »Haben Sie das verstanden?« schnarrte Hoppe, ganz Vorgesetzter.

»Jawohl.« Sony spielte mit dem Zigarettenetui, rauchte

schwungvoll und kniff die Augen zusammen, den Blick wie immer nur aufs Nächstliegende gerichtet; ein etwas schwer gewordenes Husarengesicht oder das eines Meldereiters bei Gegenwind, im Eisregen und Qualm, der gerade dann das Unmögliche vollbringt, wenn niemand damit rechnet – eigentlich ein Wall-Street-Typ, risikobereit und wach, ein Angeber natürlich, aber auch kameradschaftlich und fair. Vielleicht schaffte er es, wenn man ihm half.

Hoppe kannte aber auch die schwer gezeichneten Wall-Street-Invaliden, die Gesichter mit Tics und Schlagseite, die kurzatmigen, herzkranken Makler; er hatte ja selbst hin und wieder mit Angina Pectoris zu tun.

»Und Sie dürfen nie, *niemals*, mit Terminkontrakten auf Kredit arbeiten. Das ist Selbstmord.«

»Nein, nein.« Sony legte das Zigarettenetui zurück auf den Tisch. Jetzt wurde Tacheles geredet, das verstand er. Er paßte jetzt genau auf.

»Und Sie brauchen ein System. Sie müssen eins entwickeln. Ich zum Beispiel bin Baissier. Sie würden wahrscheinlich Haussier werden.«

Er nahm das Zigarettenetui in die Hand. Es war leer. Er klappte es auf und zu. »A. S. – Sind das Ihre Initialen?«

»Richtig. Es stammt von meinem Taufpaten, dem Prinzen von Preußen.«

»Dem Prinzen von Preußen? Wirklich? Von welchem?« Beeindruckt strich Hoppe mit den Fingerspitzen über die goldene Zigarettendose. Die Unterseite fühlt sich wunderbar glatt an, ein Handschmeichler, die Oberseite war rauh von eingelegten Rubinen und Diamantsplittern in Form eines fliegenden Dämonen mit Krummschwert. Das

Muster stammte wohl aus der Zeit, als türkische Zigaretten in Mode waren. Eine großzügige Familie, die Prinzen von Preußen. Auch Sony würde es Freude machen, großzügig zu investieren.

Sony blies eine Menge Rauch nach oben weg. Und freundlich, damit die Erwähnung seines Taufpaten nicht zu angeberisch klang, setzte er hinzu: »Er hat mindestens fünfzig Patenkinder.«

Falls er Caroline heiratete, bekäme er Sony als Neffen. Er könnte ihn sogar adoptieren. Doch Sony würde nicht Hoppe heißen wollen.

Vor der Tür erklangen tappende Schritte, die Klinke senkte sich, ein knöchern bleiches Gesicht spähte ins Zimmer Und bevor Sony aufspringen und rufen konnte: »Onkel Ott! Komm herein! Du kennst doch Oberst Hoppe«, da hatte die Tür sich geschlossen, die Schritte verklangen zur Treppe hin.

Der Vorfall, so unbedeutend er sein mochte, hinterließ einen unangenehmen Eindruck. Da irrte jemand durch die Räume, machte fremde Türen auf und guckte in die Zimmer.

Hoppe nahm die Unterhaltung wieder auf. Er wog die Dose in der Hand. »Ich weiß so was zu schätzen. Sie wissen ja, ich bin auch Traditionalist.«

Er hielt das goldene Zigarettenetui in Augenhöhe, um es für alle sichtbar zu betrachten, lehnte sich dann zurück, streckte ein Bein aus, er machte sich lang, um an die Hosentasche heranzukommen, und steckte die Dose ein. Er beugte sich wieder nach vorn. Dank seiner Korpulenz blieb die Dose nun unerreichbar, selbst für ihn. Und die ganze

Zeit, denn er ließ sich Zeit und versenkte das Kleinod so umständlich wie möglich, sah er Sony bedächtig forschend ins Gesicht.

Beide unterhielten sich weiter, als sei nichts geschehen. Ein kurzes Stocken, eine kleine Unterbrechung mitten im Satz, ein frischer Ansatz bei dem, was Sony gerade erzählte, wäre niemandem aufgefallen. Sony redete im selben, gleichmäßigen Tonfall weiter von seinem Taufpaten und daß der Prinz von Preußen ein Vetter seiner Mutter sei und was er ihm noch alles und zum Abitur geschenkt habe; nur sein Gesicht war sehr rot geworden und wurde immer röter, als sei er mit Brand und Hitze konfrontiert. Hoppe genoß die Gültigkeit der alten Regel: Über einen Oberst Hoppe feixt man nicht. Sony hingegen weigerte sich entschieden, ihn anzusehen, und starrte nur auf die leere Stelle, wo nun nichts mehr lag, weder eine Zigarrenkiste noch Feuerzeug, einfach nichts mehr auf der blanken Tischplatte. So zornig oder ungläubig oder wütend Sony auch sein mochte – seiner Stimme war nichts anzumerken.

Hoppe erhob sich, um zu gehen. Erst in der Tür starrte Sony ihn an; doch einen Oberst Hoppe starrt man nicht nieder.

»Möchten Sie die Aschenbecher auch noch mitnehmen –? Es ist ein Set. Sie gehören zusammen.«

Hoppe verbarg ein Lächeln und wandte sich ab. Sony hatte gut reagiert, niemand hätte es besser gekonnt. Wohl hörte er den Sarkasmus in Sonys Frage, die ihm Gelegenheit gab, plötzliche Schusseligkeit vorzutäuschen und die Dose zurückzulegen; aber der Spott war Sony nicht vergangen, das war wichtig, er war *stabil.* Weder war er explodiert noch entrüstet oder ausfallend geworden, er ging ihm sogar mit dem gestelzt-breitbeinigen Gang, den er mit seinem Vater gemeinsam hatte, wie gerade vom Pferd gestiegen, die Treppe hinunter voraus; es war bewundernswert. Was mochte ein hemmungsloser Gast hinter seinem Rücken noch alles anstellen? Eine Miniatur von der Wand klauben?

Sony ging voraus zur Haustür, und im Vorbeigehen legte Hoppe die goldene Dose vor dem Garderobenspiegel ab. Dort würde er sie finden.

Der Abschied war kurz und frostig. Sony glaubte sich übers Ohr gehauen, ihm fehlte noch die geschäftliche Intuition, Gespür für das, was in der Luft liegt. Seine ausländischen Jagdfreunde, die Spanier und Franzosen, standen ihm allesamt näher als er mit seinen absonderlichen Sitten und Gebräuchen, das verstand Hoppe genau.

Hatte er zu hoch gepokert? Hatte er zuviel riskiert?

»Wenn Sie es mit mir versuchen wollen, Prinz Starburg, könnte ich Ihre Sicherheiten stellen, Ihre Margin. Wir sollten dann bald zur Bank. Sie brauchen noch Ihre Termingeschäftsfähigkeit, aber das ist bloß eine Formalität.«

Er drehte sich noch einmal um. »Ihre Dose liegt in der Garderobe.«

Wie auf Flügeln trieb es ihn durch den Park und nach Hause, der Tag war noch jung. Im Leben gibt es nur zwei Möglichkeiten: Stärke zu zeigen oder Schwäche; und Schwäche war nichts für einen Oberst Hoppe. Mochte

Sony außer sich sein, bis er die Dose wiederfand, deren Story würde reifen wie Whisky oder Wein und Jahre später erst richtig zu genießen sein, ohne Bitterkeit, als beste Anekdote. Hoppe machte einen Polkaschritt, er pfiff und hüpfte. *Er* war der fliegende Dämon der Brillantsplitter, er, der Löwe der Kapitalmärkte, hatte ein wenig die Krallen gezückt und Blutstropfen aufleuchten lassen, die im runden Deckel saßen wie in einem Schädel. Erst er, Wolfgang Hoppe, hatte aus der Dose den Prüfstein einer Sage und eine Familienreliquie gemacht, sie war auf immer mit seinem Namen verbunden. Auch das Set alter Gläser, von denen jetzt eins fehlte, gehörte mit dem heutigen Gebrauch zu den legendären Sehenswürdigkeiten von Schloß Laun, die künftige Besitzer ihren Besuchern zeigten: »Das ist das Set des Oberst –«

Er stand in der Biegung und sah hinunter auf das allzu stille Kehrwasser der Geschichte, auf die Geschlossenheit der schönen Gebäudeanlage in der Entengrütze. Binsen und Hasenställe säumten die Fundamente, Teichhühnchen ruderten im Schlamm, ein morscher Kahn lag vertäut halb unter Wasser, Feuchtigkeitsflecken zogen sich hoch in die kargen Ziegelmauern. Aber die Reihen rotweißer Schrägbalken auf den Fensterläden verliehen den düsteren Fassaden von Schloß und Hofgebäuden einen Anflug von Heiterkeit und Unternehmungsgeist. Eine erste, solide Brücke für Erntewagen führte durch das turmbewehrte Torhaus in den weiten, sonnigen Hof; der, seinerseits von Wasser umgeben, durch einen eleganten Brückenschlag mit dem Haupthaus verbunden war. Ja, die Bewohner brauchten jemand, der eine Brücke für sie baute, der sie aufrüttelte und wachküßte und ihre Fähigkeiten förderte. Sony, als der Stolz des Hauses –

»He's worth one million.«

– das Staunen der Broker, mindestens einmal mußte Sony mit nach New York und an die Nyse. Sein bescheiden-stolzer Blick auf seinen Zögling. »He's my pupil-«

Und Caroline! Von Phantasie getrieben, im Doppelschritt voran, malte er sich die einfache, ländlich-schlichte Zeremonie im Rathaus aus – denn Geld muß man knapp halten, sonst wird es verschwendet; er dachte an sein fürstliches Hochzeitsgeschenk, einen gut erhaltenen BMW für Caroline – er wußte, wo man ihn günstig herbekam; ja, mit einer solchen Gattin am Arm, da war es vorbei mit Tittis Hochmut, mit Ruperts Verachtung!

Vor der Villa schwenkte er noch einmal ab und kreuzte durch die Felder. Das Zuschauen würde seinen Schüler bald langweilen, er müßte deshalb schnell die Sicherheiten stellen und dann in Urlaub fahren, im August war an der Börse nicht viel los; damit sie dann, Ende des Monats, wenn Bewegung in die Kurse kam, gleich zuschlagen konnten, der Herbst ist Prime Time für Baissiers; und Hoppe vergaß den Pegelstand von Erft und Wehr, und daß er zum Training hierher gezogen war. Der Tag war zu schön, um zu kentern, ein Tag wie dieser, der soviel für die Zukunft, der alles versprach.

***

In der Rückschau als in der für Archivrat Dr. Schuller einzig korrekten Betrachtungsweise hatte das sonntägliche Mittagessen in Schloß Laun am achtzehnten Juli die Besonderheit, daß gar nichts Besonderes vorfiel; und das, obwohl er diesmal ohne seine Frau erschienen war und damit eine spezielle Angriffsfläche bot. Sie war bei ihrer Mutter, und Schuller konnte sich die Pfeile, die auf ihn hätten niederprasseln können, vorstellen –

»Wann kommt sie zurück? – Bald? – Oder gar nicht? – Gefällt es ihr in Köln besser? – Sie macht sich nichts mehr aus Herrn Sütterlin? – In Köln gibts ja auch weniger Staub als bei Ihnen im Archiv.«

– ein Opfer mußte immer her, doch diesmal wurde er verschont. Das letzte sonntägliche Mittagessen in der gewohnten Form folgte in allem dem üblichen Ritual mit der an sich unbedeutenden Ausnahme, daß der alte Graf Otterstedt anwesend war und damit als Zielscheibe für die Neckereien und Scherze diente.

»Als Mann der drei Jahrhunderte bist du schon bald Legende, Onkel Ottifant«, hieß es.

»Ich habe nicht den Ehrgeiz, das nächste zu erleben«, wehrte der alte Herr ab, und »Du wirst noch weit bis ins dritte Jahrtausend hineinleben« und »Du wirst die drei Nullen noch von oben küssen«, rief man, weil Oberst Hoppe verkündet hatte: »Bald küssen wir die Sechstausend von unten«, etwas zweideutig, die beiden, er und Sony stritten sich über die Börse.

Schuller konnte also in Ruhe den Braten essen, das scharfe Ping Pong ging über seinen Kopf hinweg mit den Gästen, die zur Bockjagd gekommen waren und neben der Herzogin saßen, dort wo er auch Oberst Hoppe schon oft hatte sitzen sehen; bis er zusammenzuckte, weil jemand rief: »Der Blick in den Rückspiegel ist schlecht für die Leber, fragt nur Herrn Schuller«, denn die Karaffen am Tisch folgten sich in schneller Reihe wie die Wellen am Strand und plätscherten in die Gläser, und wehe, man trank nicht! »Schuller trinkt nichts«, hieß es sofort, und Schuller, der Angst vor Mathias' Stehenbleiben hatte, bis er nachschenken konnte, trank und überließ sich dem warmen Dunst im Hirn, der seine Schwerfälligkeit gegenüber dem springenden Witz noch verstärkte und ihn dem Zausen, den Fouls und Rempeleien der Meute hilflos preisgab. Was sollte er tun? Es war nicht fair, er war Untergebener. Vielleicht war es doch gut, daß seine Frau nicht dabei war.

Endlich machte der Erdbeersorbet die Runde, Prinzessin Ruperta brachte den Kaffee auf die Terrasse, wo die steinernen Urnen von Blumen überflossen; im Wassergeflimmer begannen Schuller die Augen zuzufallen; und endlich, gegen drei, halb vier stellte die Herzogin die ersehnte Frage: »Machen wir noch einen Spaziergang durch den Park?« – Zeichen zum Aufbruch für diejenigen, die sich zurückziehen wollten, und Schuller verabschiedete sich und hielt zu Hause den letzten ungestörten Mittagsschlaf für lange Zeit.

Den Damm entlang der Erft hatte der erste Herzog Starburg Mitte des neunzehnten Jahrhunderts anlegen lassen. Hoppe, sonst für jede Wasser- und Überschwemmungsgeschichte zu haben, wirkte heute zerstreut.

»Morgen fahre ich in Urlaub.«

»Davon habe ich gehört. Wo fahren Sie denn hin?«

Caroline trug ein einfaches Hemdblusenkleid, das ihr ausgezeichnet stand. Hoppe trug die Tracht der übrigen Gäste, einen heufarbenen Leinenanzug; nur an der Fliege als Zeichen selbständigen Denkens hielt er noch fest.

»Zuerst in die Schweiz. Ich weiß da ein Wässerchen, von dem ich ein paar Strecken ausprobieren will.«

Caroline merkte, daß Hoppe jetzt ein ›Wie schade, daß Sie wegfahren‹ oder ›Ich werde Sie vermissen‹ hören wollte; doch an einem Ort wie diesem – auf dem verschwiegenen Weg am Damm, das folgende Paar gut außer Hörweite –, sagte sie bloß: »Bitte seien Sie vorsichtig mit Ihren Wässerchen.«

Sie lachten beide, denn Sony hatte beim Mittagessen von Hoppes gut bestückter Whiskysammlung erzählt.

»Werden Sie mich besuchen in der Schweiz?«

»Bestimmt nicht. Wozu? Was soll ich da?« Sie lachten wieder. Welche Antwort hatte er denn erwartet –?

Auf der Erft war am Sonntag nachmittag reger Betrieb, Flotten verschiedenfarbiger Kanus und Gruppen von Paddlern, fast alle nackt bis zur Taille, schwammen ihnen entgegen. Rufe und Gelächter schallten übers Wasser, die Paddel flogen hoch und blitzten gleichmäßig auf, aber nicht alle im selben Takt, so daß Caroline ganz durcheinander kam wie als junges Mädchen, wenn sie beim Tanzen anderen Paaren zusah.

Sie näherten sich Hoppes Haus. Seit er darin wohnte, hatte sie es noch nicht betreten. Sie hatte es auch heute nicht vor. Auch das berühmte Wohnmobil hatte sie noch nicht gesehen. Sie begleitete ihn nur ein Stück weit, weil er morgen verreiste.

Der Pfad auf dem Damm wurde lehmiger, feuchter und enger. Da sie nicht hintereinander gehen wollten, rückten sie näher zusammen.

»Ich mache mir die Schuhe schmutzig.« Caroline blieb stehen. »Ich kehre um.«

»Ach was, das ist nur ein kurzes Stück. Herzogin Caroline –«

Also doch. Jetzt kam's. Sie wollte aber nichts hören. Sie drehte sich nach den anderen um, doch die waren außer Sicht. Hoppe hakte sie unter und schob sie mit sanfter Gewalt nach vorn.

»Alte Traditionen brauchen neue Anfänge. Finden Sie nicht?«

»Doch, schon.«

»Können Sie sich eine gemeinsame Zukunft mit mir vorstellen?«

»Lieber Herr Hoppe! Soll das ein feindliches Übernahmeangebot sein?«

»Mögen Sie mich nicht?«

»Doch, ich mag Sie.«

»Selbstverständlich mögen Sie mich. Ich *weiß*, daß Sie mich mögen. Und ich mag Sie, und ich mag Sony. Ich will wissen, für wen ich in Zukunft arbeite.«

Wenigstens wurde er nicht sentimental und redete von Liebe und solchen Sachen. »Ich hab schon gehört, daß Sie Sony jetzt duzen.«

»Und? Stört Sie das?« Er sah sie scharf von der Seite an, als stecke mehr dahinter; aber so wichtig war es ja nicht.

»Überhaupt nicht, das stört mich ganz und gar nicht.«

Die Paddler lachten und schrien.

»Na also.« Hoppe nahm die Schultern zurück, um ihre schöne Stärke zu zeigen, und mit einem rührend kleinen schiefen Lächeln gab er seinen Worten einen neckenden Klang. »Sie könnten eine eigene Gärtnerei haben.«

Eine eigene Gärtnerei! Ein Gärtner, ein Treibhaus. Orangenbäume in Kübeln und Ananas in der Orangerie. Statt der alten Rosen selbstgezüchtete Dahlien einer flammend neuen Sorte *Herzogin Caroline;* sie selbst hieße ja dann anders. An einer frisch sanierten Hauswand Weinstöcke und Spalierobst; aber genügten Weintrauben als Ausgleich für Hoppes dionysische Ausbrüche? Freilich mochte sie ihn und respektierte ihn, fand ihn attraktiv, so vital und brummend vor Leben, fest und stämmig, charmant und schlau; trinkfest war er auch, und nützlich – wußte, wie man Vermögen schafft. Mit seinem bieder treuherzigen Gesicht war er selbstbewußt und gerissen, ein Bonvivant, raffiniert und arglos, ein Bauer im Sonntagsstaat. Doch wollte sie ihn wirklich als Hausherrn haben, wie es der Klatsch, der so vieles vorwegnimmt, seit langem behauptete? Wolfi und Caro, Caroline Hoppe. Vielleicht war er launisch, kommandierte herum. Ruppigkeit konnte sie mit Anmut ertragen (und unterlaufen), aber Hoppe trug Unterhemden. Und für diese leicht verschwitzte Männlichkeit die Freiheit aufgeben, die schöne Unabhängigkeit perdü? Und dabei hatte sie vorhin beim Mittagessen noch Lust verspürt, dieses Doppelkinn zu küssen. Es war so niedlich –!

»Herr Hoppe! Das ist wirklich eine Überraschung. Ich muß erst Max Magnus fragen. Und Titti.«

»Titti! Max Magnus! – Weil sie nicht da sind?«

»Und Rupert.«

»Rupert! Warum nicht Sony?«

Ratlos sah sie sich um, auf die Aussicht vom Damm, auf Wiesen, Obstbäume, Gebüsch; in diesem Jahr gesetzte Apfelbäume, ein abgestorbener wie ein langer Stiel; die Erlen vermischten ihre Kronen, die Wolken trieben aufeinander zu und schoben ihre Wänste aufeinander.

»Warum bleiben wir nicht einfach Nachbarn?« Sie sah sein Gesicht. »Und gute Freunde?«

»Sie stufen mich von Kaufen auf Akkumulieren zurück?« Hoppe lachte. Er klopfte zärtlich-derb ihren Arm und blieb seinerseits stehen, um auf das folgende Paar zu warten. Er wirkte keineswegs entmutigt.

»Warte noch! Laß denen da vorn ein bißchen Zeit.«

»Warum?«

»Wir müssen noch auf Opisso warten. Opisso! Wo bleibst du nur, du alter Köter?«

»An den Namen kann ich mich einfach nicht gewöhnen.« Ruperta lachte, obwohl ihr nicht danach zumute war.

Der alte Hund trottete heran, die Hinterbeine knickten weg, er fing sich und blinkte ihnen aus gelben Augen zu: Nun straft mich, wenn ihr könnt! Er überholte sie gemächlich.

»Opi, du Armer! – So ein edles Tier und ohne Herrn.«

»Nenn ihn bitte nicht Opi, das klingt ja schrecklich. Und wieso armes Tier? Er hat doch mich.« Sony drückte ihren Arm.

Rupertas Lächeln mit herabgezogenen Mundwinkeln wirkte kläglich; das war Hannelore, wie sie zu hören bekam. Caroline und ihre Verwandten lachten frei heraus und zeigten offen, was sie hatten, ob schöne Zähne oder krumme.

»Du bist aber nicht Max Magnus.«

»Zum Glück nicht. Übrigens hat Wolfi mir neulich –«

»Wolfi? Welcher Wolfi?«

»Wolfgang Hoppe. Er ist jetzt mein Kompagnon. Er hat mir ein eigenes Konto eingerichtet mit fünfundzwanzigtausend Euro.«

»Fünfundzwanzigtausend Euro!« staunte Ruperta. Sie hatte noch nie einen Euro gesehen. »Wieviel ist das? Warum hat er das gemacht? Er kennt dich doch kaum.«

»Er ist an schnelles Handeln gewöhnt. Wenn er eine Chance sieht, schlägt er zu. Es ist die Margin zum Traden. Und er hat es gemacht, damit ich es dir erzähle. Damit Caro es hört, es soll ihr imponieren. Ich kann es zurückzahlen, wann ich will – wenn ich es verdoppelt habe, zum Beispiel. Dieses Jahr bekommen wir noch einen eigenen Butler.«

»Fabelhaft.«

Die Paddler kreischten und johlten und schlugen aufs Wasser, um sich gegenseitig naß zu spritzen, die Boote schwankten und drehten sich.

»Und im Zimmer ganz hinten neben deinem, unserem, da stellen wir ein Billard auf.«

Die Erft gluckste und murmelte. Unter den verflochtenen Erlen, als im Lehm die feuchte Stelle klaffte, gingen sie enger nebeneinander und stießen mit den Schultern zusammen.

»Ein Billard! Hoffentlich muß ich das nicht auch noch spielen lernen.«

»Ein Billard ist nur was für Männer, du Dummchen. Aber für dich wird auch gesorgt. Du kriegst –«, es fiel Sony nicht schnell genug etwas ein. Eine Perlenkette? »– etwas Tolles. Aber nicht gleich. Ende Juni hat die Fed die Zinsen um fünfundzwanzig Basispunkte erhöht, und passiert ist gar nichts. Die Erhöhung war in den Kursen schon enthalten.«

»Die Fed?«

»Die Federal Reserve. In den USA. Mr. Greenspan.«

»Ach ja.«

»Jetzt fahren alle Trader in Urlaub. Ende August legen wir los.«

»Sicher. Und was macht ihr dann?«

»Dann schicken wir die Euros in den Einsatz, damit sie sich verdoppeln.«

»Sie dürfen nicht einfach liegenbleiben.«

»Genau. Jeder Euro ein Soldat. Um gute Soldaten zu sein, müssen sie sich im Einsatz befinden.«

»Sei nur vorsichtig.«

»Ohne Krieg verfault die Welt.«

»Sony, bitte sag das nicht.«

»Das stammt nicht von mir, das stammt von Moltke, Ruperta, du Dummchen.«

Ruperta blinzelte ins Glitzern des Wassers. Wenn Sony Tränen sah, fing er automatisch an zu spotten. Aber ihr Stiefsohn konnte nichts falsch machen, er war jedes Opfer wert, und wenn er ein Billard haben wollte, mußte eben eins her.

»In der Sonne krieg ich Sommersprossen. Ich kehre um.«

»Ach was, das kleine Stück. Sonst dreht Caro auch um.« Sony hakte sie unter und zog sie nach vorn.

* * *

Am selben Nachmittag ärgerte sich Ott über den geselligen Exzeß. Er ging selten zum Mittagessen nach unten, es wurde ihm zu anstrengend und mehr noch den anderen, er verstand manches nicht und mußte nachfragen. Nach dem ersten Glas Wein stellte sich eine vorübergehende Schwerhörigkeit ein, er gab dumme Antworten und erntete erstaunte Blicke. Nachmittags trank er dann gegen Geistesträgheit zu starken Tee und durfte einer weiteren schlaflosen Nacht entgegensehen; und Eindrücke, die sich aufgedrängt und Worte, die er selbst gesagt, und Bemerkungen, die er gehört hatte, schwirrten ihm im Kopf herum, die er alle erst noch sortieren, bewerten, deuten und zuordnen mußte, bevor er sie als erledigt abtun konnte – was immerhin ihm und Schwester Anni, die in der Küche mitgeholfen und dann am Tisch mitgegessen hatte, Gesprächsstoff bot und wenn man es geschickt anstellte, für eine ganze Woche; und darin bestand, neben anderen Gesichtspunkten wie dem der Höflichkeit, einer der Gründe dafür, daß er sonntags manchmal noch hinunter ging. Jetzt mußte er dafür büßen. Mit dem Rest des Tages ließ sich nämlich rein gar nichts mehr anfangen.

Und gerade, als er ein Buch nach dem anderen zuklappte und weglegte, weil keins ihn fesselte und er die Leselampe aus- und wieder anknipste und die Jalousien gegen die Hitze höher zog und tiefer stellte, gab es schon wieder eine Störung. Es wurde laut und alarmierend kräftig an die Tür geklopft. Caroline kam einfach herein, der Arzt war nicht bestellt. Bevor Ott rufen konnte: »Wer ist da?« stand ein Fremder schon im Zimmer.

Es war halb fünf. Halb fünf ist, wenn man einen Besuch abstatten will, keine schlechte Zeit. Ein Gast war es aber nicht, Schwester Anni hätte davon gewußt; ein Handwerker auch nicht, es war Sonntag. Ott verharrte regungslos, die Tasse auf halbem Wege.

Ein *Herr* war es ebenfalls nicht, er trug einen braunen Anzug. Er war groß und ohne Brille, gegen Haltung und Physiognomie ließ sich wenig einwenden, besonders, wenn man den alten Schmiß am Kinn in die Betrachtung miteinbezog. Ott schätzte ihn auf etwa sechzigjährig, wußte aber, er schätzte Gesichter meist zu jung ein; denn ein Sechzigjähriger von heute, auch ein wettergegerbter wie dieser, ließ sich mit einem gleichaltrigen aus Otts Jugend nicht vergleichen. Ott zog an der Jalousie und ließ mehr Licht ins Zimmer.

Der Mann glich jemand, den er kannte, er glich dem Bergsteiger Luis Trenker; nur kennt Luis Trenker heute keiner mehr. Er brachte einen Hauch von Fels- und Gipfelluft von draußen mit. Die Treppen hatten ihn ein wenig außer Atem gebracht, doch reden konnte er, der Gipfelstürmer; was er sagte, war soweit ganz sinnvoll. Selbstverständlich hätte er schreiben und sein Erscheinen ankündigen sollen, erklärte er; trotzdem hoffe er, nicht allzu ungelegen zu erscheinen. Dies wurde gut und flüssig vorgebracht, insbesondere das Telefon nicht erwähnt, und diese Tatsache stimmte Ott gleich milder. Natürlich hätte er schreiben sollen, natürlich störte er; aber weniger, als wenn er geschrieben hätte, das hätte Vorbereitungen erforderlich gemacht, und an diesem Tag störte er weniger als an einem anderen. Ott trug den anständigen Anzug von mittags und auch die guten Schuhe noch; es gab Tage, da hätte ihn ein Fremder zahnlos, unrasiert im Bett ertappt.

»Sie möchten bestimmt zu Paul Otterstedt«, meinte er in versöhnlichem Ton. »Das bin ich nicht. Ich bin sein Vetter.«

Der Mann wollte jedoch nicht zu Paul. Er gab ihm eine Visitenkarte. Ott verschwendete keinen Blick darauf, er spürte ein in Reliefdruck geprägtes Ding, vermutlich ein Wappen, unter den Fingern. Das war kein Standesgenosse, das mußte ein Firmenvertreter sein.

»Möchten Sie vielleicht zu Schwester Anni?« suggerierte Ott. »Sie müssen ein Firmenvertreter sei.«

»Ich vertrete keine Firma. Ich bin Adelsforscher.«

Ott lebte auf.

»Wie bitte –? Sie sind –? Interessant. Schwester Anni! Sie trinken doch Tee? Bitte setzen Sie sich.« Vor fünf Minuten noch hatte er sich gelangweilt. Ein *Adels*forscher –! Jetzt nahm er die Brille ab, putzte sie und setzte sie wieder auf.

Der zum Gast avancierte Eindringling nahm auf dem abgeschabten Gobelinsitz Ott gegenüber Platz. Er saß, ohne sich anzulehnen (was, ohne Qualen zu erleiden, auch nicht möglich war) und sah sich im Zimmer um. Auf eine gewisse sportliche Art sah er nicht schlecht aus, gebräunt, zerfurcht; mit grauem Haar, das sich eigensinnig sträubte.

»Ich dachte, Sie wären Bergsteiger – und Sie sind Adelsforscher.« Ott fand den eigenen Witz sehr komisch.

»Finsterbusch. Mein Name ist Finsterbusch. Edler von Finsterbusch eigentlich. Das ›von‹ haben wir abgelegt.« Er war völlig humorlos und inspizierte Ott in seinem Sessel ungeniert genau.

»Und was beforschen Sie speziell? Den Briefadel?«

Der Liebhaber von Höhenluft überlegte sich die Antwort, als Schwester Anni mit dem Tablett die Tür aufstieß. Der Fremde zog den Fuß für Schwester Anni viel zu spät zurück und hätte sie fast zu Fall gebracht. Er trug weiches Wildleder mit dicker Kreppsohle, was zu seinem kernig harten Äußeren nicht recht passen wollte. Ein *Herr* war das nicht.

»Ja, manchmal ist es bequemer, das ›von‹ abzulegen«, kommentierte Ott. »Sie haben den Adel wohl recht bald wieder abgelegt?«

»Man kann nicht immer die Füße im Kopf haben«, begütigte Anni und stellte die Ordnung auf dem Teetablett wieder her.

Finsterbusch ließ es schweigend geschehen, daß ihm eingegossen wurde, und beachtete Anni nicht weiter.

»Wie darf ich Sie ansprechen?« erkundigte er sich dann.

»Schwester Anni!«

»Erlaucht?«

»Dieser – hm – ist Adelsforscher. Er möchte wissen, wie man mich anspricht.«

Schwester Anni lächelte anzüglich. »Das kommt drauf an, wer man ist, Herr Graf.« Sie schloß die Tür hinter sich.

»Das kommt drauf an, wer man ist«, wiederholte Ott höchst befriedigt mit der Wendung, die der Nachmittag genommen hatte; denn wer es wirklich wissen will, fragt andere – vorher.

Der Gast wirkte durch die Anspielung darauf, wer er sei, aus dem Konzept gebracht. Ein Hochstapler! Es konnte ein Hochstapler sein. Oder ein Pressemann. Sein Interesse war kein wissenschaftliches, davon war Ott überzeugt.

»Ältere Herrschaften wie Sie haben doch bestimmt viel zu erz –«

»Ich bin nicht älter. Ich bin *alt.*«

Finsterbusch schien ohne weiteres eine Textzeile zu überspringen. »Die Otterstedts hatten doch ein Palais in München?«

»Allerdings. In der Kaulbachstraße. Ich bin noch dort aufgewachsen. Kennen Sie es?« Otts Stimmung hellte sich auf.

»Für Geschichte interessiere ich mich auch«, meinte Finsterbusch vage. »Sie sind Ende August 1899 geboren –«

»Ach, Sie lesen den Gotha. Das ist sehr selten geworden heutzutage.« Nun war Ott bereit, sogar die glanzgraue Krawatte mit Spange zu entschuldigen. »Sie möchten bei mir die Finsterbusch nachschlagen?«

Der Gast winkte ab. »Wir stehen nicht mehr drin.«

Das glaubte Ott auch.

»Ich dachte mir, Sie könnten noch Page am Hof in München gewesen sein.«

»Das stimmt. Das war ich noch, ganz recht.« Unwillkürlich wanderte Otts Blick zu dem Schrank, der so groß war wie das Zimmer klein. Oben waren eine Menge Koffer gestapelt, als beabsichtige er, jederzeit abzufahren.

Finsterbusch war seinem Blick gefolgt. »Existiert Ihre Pagenuniform noch?«

»Allerdings. Sie ist noch da. Schwester Anni –! Der Herr hier möchte in meinen Koffer schauen.«

Schwester Anni schaffte einen Stuhl heran und kletterte hinauf. Der sogenannte Adelsforscher blieb seelenruhig sitzen, als eine Dame, oder Frau, sich mit dem schweren Gepäckstück für ihn abmühte. Der volle Lederkoffer prallte auf den Boden, Schwester Anni wischte ihn flüchtig ab und öffnete die Schnallen. Unter Lagen angebräunter Zeitungen, Servietten, Tischdecken und Küchenhandtücher kam zuunterst die in Seidenpapier gewickelte Pagenuniform zum Vorschein. Schwester Anni hob das Kleidungsstück an den Schultern hoch und schüttelte es aus. »Oh je! Das sieht ja traurig aus.«

Der Samt schimmerte in allen Farben des Inkarnats zwischen weißlich, rot und rosa, mit gelblichen Flecken und verblaßten Goldlitzen und Serien von Mottenlöchern. Ott, der den Anzug scharlachrot in Erinnerung hatte, war für Finsterbusch enttäuscht.

»Dazu gehören Escarpins«, stellte Finsterbusch fachmännisch fest. »Und ein Jabot.«

»Und Schnallenschuhe«, ergänzte Schwester Anni. »Ich werde sie ausbürsten, wenn Sie möchten, und aufdämpfen, Erlaucht.«

Nach wie vor nahm Finsterbusch keine Notiz von ihr.

Falls er wiederzukommen beabsichtigte, war das zumindest ungeschickt.

»Es ist ein Jammer«, sagte er nur. »Man kann so was aber wiederherstellen. Ich kenne Stoffrestoratoren in Amsterdam.«

»Dazu bin ich zu alt«, meinte Ott. »Nehmen Sie sie mit. Sie können sie haben, wenn Sie wollen.«

»Immer so impulsiv, diese jungen Leute«, tadelte Schwester Anni und ließ die Uniform zurück in den Koffer sinken.

»Sie glauben, Sie sind zu alt –?« erkundigte sich der Stoffliebhaber beiläufig.

»Beten Sie darum, nicht so alt werden zu müssen«, sagte Ott gallig. »Ich will nicht klagen, das wäre sehr ungehörig, ich bin gesünder als die meisten. Aber in unserer Familie, die ja sehr langlebig ist, hieß es immer: älter als achtzig sollte man nicht werden.«

»Na, dann gute Nacht.« Schwester Anni zog sich ein weiteres Mal zurück.

»Wie alt wurde Ihr Vater?«

»Sechsundneunzig.«

»Da sind Sie also schon vier Jahre darüber.«

»Ja, wenn hohes Alter eine Strafe ist, dann hat es mich hart getroffen. Haben Sie mit Antiquitäten zu tun?«

Finsterbusch lächelte zum ersten Mal. »Nein, so kann man das nicht nennen. Ich bin Angestellter von Herrn Muhl. Er plant ein großes Projekt.«

»Von Muhl, so so. Na, das macht auch keinen schlanken Fuß«, überlegte Ott laut.

Finsterbusch versuchte, den schlechten Eindruck zu verwischen. »So ein schönes altes Stück! – Es müßte Ihnen eigentlich noch passen.«

»Wieder passen, meinen Sie wohl. Damals mit achtzehn war ich dünn wie eine Hopfenstange. Ich bin sehr geschrumpft.«

»Sind Sie noch Monarchist?«

»Sie erwähnten vorhin Amsterdam. Sind Sie Holländer?«

»Nein, ich habe einen Schweizer Paß. Warum?«

»Wenn Sie Holländer wären, würden Sie verstehen, warum ich kein Monarchist mehr sein kann, bei der Barbarei, die sich im Land abspielt. Und die Königin schweigt dazu. In Belgien ist es genauso. Dagegen sind die Possen bei den Royals in England Kinderkram, finden Sie nicht?

Finsterbusch schnüffelte ein wenig, die Luft im Zimmer war mit Schwaden von Kampferduft gesättigt und roch nach einem leicht faulig riechenden Medikament, das dreimal täglich zu je vierzig Tropfen abgezählt werden mußte. »Würde es Ihnen etwas ausmachen, wenn ich das Fenster öffne?«

»Lassen Sie es bitte zu, wegen der Hitze. Nachts ist es offen. Und die Königin schweigt dazu. Wie kann die Königin eines christlichen Landes es zulassen, daß ihre Landsleute sich gegenseitig umbringen, ganz legal, die jungen die alten, die gesunden die kranken? Warum sagt sie nichts, wenn diese Schändlichkeit ›Mitleid‹ und ›Nächstenliebe‹ genannt wird? Die Verfassung verbietet ihr das Reden, aber zur Homosexuellen-Ehe hat sie auch etwas gesagt. Als christliche Königin muß sie, wenn die Grundlagen des christlichen Abendlandes gebrochen werden, abdanken, oder sie muß die Verfassung brechen und reden.«

»Sie sprechen von Holland?«

»Ich spreche nicht nur von Holland, ich spreche auch von Belgien. Als moralische Instanz sind Monarchien doch noch da, und was tun sie, außer mit Pomp zu heiraten, eine Ehe unstandesgemäßer als die andere? – Die Spanier haben diese Probleme nicht, aber die Spanier sind ja auch sehr nett zu ihren Alten.«

»Sie haben ja diese berühmte Nichte in Spanien.«

»Meine Großnichte.«

»Wie alt ist sie?«

»Das möchten viele gern wissen.« Aber dieser Finsterbusch las ja den Gotha. »Nein, ich bin kein Monarchist mehr.«

»Waren Sie Nazi?«

»Niemals.«

»Was haben Sie denn beruflich gemacht?«

»Mich mit französischer Literatur beschäftigt. Übersetzt, zum Beispiel, und manches herausgegeben. Ich bin sogar Mitglied in der Académie des Incriptions et Belles-Lettres in Paris«, sagte Ott mit einem stolzen Seitenblick; aber dieser Klotz hatte keine Ahnung von der Ehre, die eine solche Auszeichnung bedeutet. Für Bildung war er, so seltsam es klang, zu humorlos. »Und Sie? Sie haben mir noch immer nicht verraten, was sie eigentlich hierher treibt.«

»Ich helfe den Alten und Kranken.«

»Sie helfen? Wie schön. Ich wußte noch gar nichts von Muhls caritativer Ader. Und woher kommen Sie heute?«

»Aus Euskirchen. Haben Sie meine Karte nicht gelesen?«

»Ich habe sie nicht gelesen, nur gefühlt.«

»Sie lesen Blindenschrift? Sehr klug und vorausschauend. Demnächst werden Sie ja Ihren hundertsten Geburtstag feiern.«

»Allerdings«, sagte Ott nur. Dieser Geburtstag drohte, ein Fiasko und eine nicht wiedergutzumachende Blamage zu werden. Wenn er Glück hatte, dachten vielleicht der Sekretär der Académie und die zwei, drei nächsten Verwandten daran. Eine Tasse Tee, ein, zwei Telegramme und ein paar Blumensträuße in seinem Zimmer, das wäre das ganze Fest. Und diese Peinlichkeit rückte unaufhaltsam näher. Er sah sich schon in seinem dunklen Anzug vor dem Kuchen sitzen und die Zimmertür anstarren, die sich nicht bewegen wollte, während Schwester Anni den Tee warmhielt; und mehr als den Tod, vor dem er wenig Angst hatte, fürchtete er das Urteil, das dieser Tag über ihn fällte: eine unbedeutende, schon zu Lebzeiten vergessene Existenz.

Finsterbusch beobachtete ihn, schwieg und machte ein nachdenkliches Gesicht. Nachdenkliche Leute gefielen Ott, und er begann zu wünschen, daß sich der Gast entgegen dem Anschein doch noch als Herr und damit potentieller Freund, wenn auch nicht allererster Wahl, zu erkennen gäbe. Finsterbusch befühlte den Samt, und plötzlich kniete er vor Ott auf dem Boden und nahm Otts Hand in seine beiden. Ott zog seine Hand sofort weg. Was fiel ihm ein! Ein Verrückter. Ott befürchtete alles, sogar, der unmögliche Mensch könne versuchen, ihm die Hand zu küssen. Du liebe Zeit, was für ein Auftritt! Zum Glück war Schwester Anni nicht im Zimmer, sie hätte nicht gewußt, was von diesem Ausbruch von Gefühl zu halten war, und alles nur wegen einer alten Stoffruine, die niemand haben wollte.

»Stehen Sie auf!« befahl er barsch.

Doch Finsterbusch kniete weiter vor ihm auf dem Fußboden neben dem Samt und dem offenen Koffer, ein Knie in den Servietten, wie im Theater. »Ich kann Ihren Geburtstag organisieren, ich kann Sie bekannt machen. Ich kann Sie berühmt machen, wenn Sie das wollen.«

Die grauen Augen flammten und sprühten Gefühle – Dankbarkeit und Begeisterung für das alte Textil oder irgendwas; wie bei einem guten Schauspieler; aber als solcher würde er längst andere Bretter beknien, nicht bei ihm das Parkett. Wahnsinn war ausgebrochen, nur eines war sicher: Umgang für ihn war das nicht.

»Stehen Sie bitte sofort auf.«

Der exaltierte Mensch saß wieder auf seinem Sitz und versuchte sich anzulehnen; die hart geschnitzte Rückseite bohrte sich in sein Rückgrat und schickte ihn wieder nach vorn. Ott beeilte sich, seine Aufmerksamkeit von sich abzulenken.

»Wie heißen Sie eigentlich mit Vornamen? – *Herr*-mann vielleicht?«

»Nein, Walter. – Und Sie heißen Modestus, das weiß ich.« Er las ja den Gotha.

»So nennt mich keiner.«

»Verständlich. Es paßt ja auch nicht.«

Nun wurde er auch noch verspottet. Das war die Strafe, weil er sich über einen stillen ungestörten Nachmittag geärgert hatte. Und der verkehrte Mensch dachte nicht daran, sich zu verabschieden.

»Ich verstehe ja, daß Sie empfindlich sind, ich will Ihre Dignität nicht verletzen –«

»Meine was –?«

»– ich kann Ihren Geburtstag für Sie organisieren, Herr Otterstedt.«

Ott wurde störrisch. »Nicht nötig, sehr freundlich, Herr Edler von Finster.«

»Ich heiße Finsterbusch –«

»Ich weiß, wie Sie heißen.«

»Sie möchten doch sicher ein großes, schönes Fest, eins, das Ihrer Bedeutung angemessen ist und sogar Aufsehen macht?«

»Das ist nicht möglich.«

»Einen hundertsten Geburtstag, der in der Öffentlichkeit gebührende Beachtung findet, in der Presse.« Er sah sich neuerlich um. Da stand der Apparat am Bett. »Und im Fernsehen – ein wunderbares, ein beispielhaftes Fest.«

»Beispielhaft?«

»Für den Adel, für die Öffentlichkeit«, Finsterbusch deutete ein verschwörerisches Lächeln an, als verspräche er ein Betthupferl.

»Womit sollte ich das verdient haben? Sie meinen eine Veranstaltung mit Raketen und allerhand Zeug, das man in den Himmel schießt? Aus Feuerwerk mache ich mir nämlich nichts. Ich zahle auch nichts.«

Finsterbusch antwortete hierauf nicht direkt, sondern meinte nur: »Sie haben ja noch Zeit, bis Ende August.«

An dieser Stelle schloß Ott die Augen und nickte für eine

Minute ein, wie es ihm in letzter Zeit öfter geschah; der Tag war ja auch inhaltsreich genug gewesen; und als er aufwachte, da stand dieser unmögliche Mensch über ihn gebeugt und starrte ihm mit humorlosem Funkeln angestrengt forschend ins Gesicht. Was suchte er in den Zügen Schlafender?

Ott erschrak, er hob den Stock und wies mit ihm in die Richtung des Pagenanzugs. »Nehmen sie ihn mit. Ich glaube nicht, daß Schwester Anni oder irgendwer hier Verwendung dafür hat, Herr –«

»Finsterbusch. Vielen Dank, nächstes Mal nehme ich ihn mit.«

Er hatte sich selbst zum Wiederkommen eingeladen. Das war kein Gentleman, das sah auch Schwester Anni so; und Ott, wiewohl erschöpft, grübelte die ganze Nacht, ob er wiederkäme und was der Besuch bedeuten sollte.

Er brauchte nicht lange zu rätseln. Schon am Tag darauf, am Montag gegen elf, ertönte das bekannte Klopfen an der Tür. Finsterbusch traf Ott wie befürchtet im Pyjama und in einem alten, wenngleich elegant gemusterten, krawattseidenen Schlafrock und neuen Saffianpantoffeln an (Geschenk von Caroline). Ott war mürrisch nach einer schlaflosen Nacht; er hatte sich Sorgen gemacht wegen Anni, wie lange würde sie noch bleiben? – Sie war so drall und jung neben diesem Finsterbusch, das war ihm gestern aufgefallen, vielleicht heiratete sie noch; Caroline konnte ihr nicht viel zahlen. Und wenn Max Magnus zurückkam, falls er zurückkäme, und Ott noch lebte – würde er ihn weiterhin hier wohnen lassen? Denn der Schrecken aller Schrecken bestand für ihn in einem Mehrbett-Zimmer im Altenheim.

Ott begrüßte seinen Besucher ohne Begeisterung, sein Bedarf an Geselligkeit war gedeckt. »Der Kaffee ist ausgetrunken, Schwester Anni hat ihren freien Vormittag. Ich kann also leider nicht den Gastgeber spielen.«

Er hatte auch gar keine Lust dazu. Aber da Gereiztheit allemal besser ist als Melancholie und Langeweile, setzte er hinzu: »Und was beforschen Sie heute, außer der Ablegung von Prädikaten und Titeln? Sie wissen, daß der Adel seit 1918 formal abgeschafft ist.«

»Ich weiß, daß Ihre Anni heute frei hat.« Unaufgefordert setzte sich Finsterbusch, im braunen Anzug von gestern, auf den Gobelinsitz. »Ihr Geburtstag muß geregelt werden.« Heute trat er geschäftsmäßig auf, ganz der effiziente Angestellte des tüchtigen Herrn Muhl.

»Das ist unbequem.« Ott meinte den Sitz.

»Egal, es muß sein. Es wird ja wohl Ihr letztes Fest werden«; Finsterbusch kramte in seinen Taschen nach irgendwelchen Papieren, vielleicht weil man etwas zu tun braucht, wenn man unangenehme Wahrheiten sagt. Er blickte auf.

Ott war sprachlos. Er dachte ja dasselbe – sein letztes Fest; aber es von einem Fremden ins Gesicht gesagt zu bekommen, das war doch ziemlich roh und rüpelhaft.

»Wie groß möchten Sie es haben? Wie viele Leute sollen kommen?«

Das ging zu weit. »Hören Sie mal, wenn Sie ein Eventer

sind oder wie das heute heißt und ein Happening veranstalten wollen – dafür bin ich nicht der Richtige.«

Finsterbusch rückte seinen Sitz näher, bis ihre Knie zusammenstießen, und starrte ihm in die Augen. Ott schrak zurück. Nur vor dem Augenarzt saß er so dicht. Er wich aus. Finsterbusch rückte nach. Ott bewahrte entrüstet eine peinlich ernste Haltung. Doch Finsterbusch plante diesmal keine Gefühlsausbrüche.

»Der Adel soll doch Vorbild sein? Für Tradition und Herkommen und gute Sitten.«

»Schon. Aber alt zu werden«, gab Ott schroff zurück, »da ist nichts Heldenhaftes dabei.«

»Sie mögen es heldenhaft, Graf Otterstedt?« Finsterbusch atmete auf. Er rückte ab, setzte sich seitlich und schlug die Beine bequem übereinander, als beginne endlich der gemütliche Teil. »Was haben Sie im Krieg gemacht?«

»Im Ersten Weltkrieg bin ich durchgebrannt und habe mich als Freiwilliger gemeldet, als Sechzehnjähriger. Meine Eltern haben mich zurückgeholt. Mit achtzehn wurde ich Soldat. Ich habe den Krieg als Fähnrich beendet.«

»Sie waren ein wilder Knabe? Und im Zweiten?«

»Im Zweiten war ich Dolmetscher in Paris, wegen meiner schlechten Augen.«

»Ah, Frankreich.« Finsterbusch seufzte sehnsüchtig auf, falls es kein Asthma-Anfall war. Die Fenster waren wie am Sonntag gegen die Hitze fest geschlossen. »Was haben Sie in den letzten fünfzig Jahren gemacht?«

»Das haben Sie mich gestern schon gefragt. Ich war von allem ein bißchen, Übersetzer und Liebhaber und Lektor –«

Der Dummkopf nahm alles wörtlich. »Sie waren ein begabter Dilettant? Dann hätte ich eventuell eine Aufgabe für Sie.«

»Vielen Dank, ich brauche nichts.«

»Darf ich fragen – falls es nicht zu indiskret ist – was haben Sie im Dritten Reich gemacht? Waren Sie beim Widerstand?« Der flegelhafte junge Mann von sechzig war systematisch ungezogen.

»Allerdings. Mein Bruder auch.«

»Haben Sie Beweise?«

Ott hob die Schultern, die Arme, den Stock. Er ließ alles wieder fallen. »Wir mußten sehr diskret sein damals. Geheimhaltung war nötig.« Jahrelang hatte er nicht darüber gesprochen. »Ein Foto gibt es, von meinem Bruder und mir, im Kreisauer Kreis. – Aber wozu das alles? – Was wollen Sie eigentlich?«

»Ich versuche mir nur ein Bild zu machen wegen der Presse. Sie möchten doch vermutlich Ihren Nachruf noch lesen?«

»Meinen *was* –?«

»Ihren Nachruf. Er ist bereits geschrieben. Ich habe ihn hier.« Er klopfte auf seine Jackentasche.

»Da haben Sie sich sehr beeilt.«

»Ich dachte, Sie wollten nicht mehr lange leben.«

Sie starrten sich an, Ott sprachlos, Finsterbusch auf seinem Gobelin-Thron hoch aufgerichtet, herrscherlich und fordernd.

»Das sind die adeligen Tugenden«, rief Finsterbusch, Feuer blitzte ihm aus den Augen, promethisch anmutende Gefühle, die Ott nicht verstand. »Tapferkeit, Furchtlosigkeit, stoischer Gleichmut, wie beim Ritter gegen Tod und Teufel. Das Bild ist von Dürer. – Kennen Sie es?«

Ott verneigte sich steif ein wenig im Sitzen, wie es Hoppe gern machte; es war eine so kluge, weil ironische und ganz unverbindliche Geste; nur wirkte sie im Schlafrock weniger souverän. Und da er nicht angezogen war, fügte er streng hinzu: »Sie sind ein Schwärmer.«

»Der Adel muß der Allgemeinheit die Richtung vorgeben und zeigen, wo es gesellschaftlich langgeht«, meinte der Wirrkopf etwas abgekühlt. »Sie haben doch Bücher?«

»Wie Sie sehen.«

»Nach Ihrem Ableben könnten sich Briefe darin finden, die beweisen, daß Sie Nazi waren – Antisemit von Anfang an – Nazi bis heute.«

»Diese Briefe wären gefälscht.«

Finsterbusch verneigte sich schweigend ein wenig im Sitzen, wie Ott es ihm vorgemacht hatte.

Es gibt Worte, die hat man auch in hundert Jahren noch zu niemandem gesagt. Ott sprach sie aus. »Was wollen Sie –?! Sie sind ein Schwein.«

Du liebe Zeit, wohin war er geraten? Wer *Schwein!* sagt, prügelt sich auch bald herum. Er klopfte mit dem Stock auf den Boden. Dieser Mensch war ein Erpresser. Er bedrohte seinen guten Ruf. Ott wurde wütend, vergessene Lebensgeister regten sich, Kampflust und fiebrig aufgeregter Zorn.

Der *Schwein!* genannte Besucher lächelte verachtungsvoll, und wurde wieder freundlich. »Es ist für die gute Sache, verstehen Sie doch.«

Wenn Ott jünger gewesen wäre, hätte er aufspringen

und den Kerl hinauswerfen können; hätte wenigstens auf- und abgehen können, um aus der Reichweite dieser Knie und Augen zu kommen. Und der Rüpel ging nicht, wie es jeder andere, der auf sich hält, nach der Bezeichnung Schwein! sofort, und zwar für immer, und türenschlagend, getan hätte.

»Lieber Graf Otterstedt«; ›lieber‹ hieß es jetzt schon, nun wurde Briefstil geredet –, »hier gibt es eine Aufgabe für Sie, die niemand besser erledigen könnte. Sie gehört zu einem Projekt, das nützt der ganzen Welt. Mit Kleinigkeiten gibt Herr Muhl sich nämlich nicht ab. Es soll nichts weniger als der Tod gezähmt werden, unterworfen, verschönt, umgestaltet in ein Fest«; wieder flackerten die Blicke dieses Wahnsinnigen, und gerade heute war Ott zu schwach, um ohne Hilfe aufstehen und sich entfernen zu können. Das war die Strafe für seine Undankbarkeit, er hatte oft bedauert, über diese Dinge mit Anni nicht reden zu können; ihre Meriten lagen anderswo. Nun war er hilflos und zwang sich zur Ruhe.

»Den Tod bezwingen, bändigen, verschönern – haben Sie das aus einem Kirchenlied?«

Dem Besucher mochte dämmern, daß seine selbstgestellte Aufgabe sich schwieriger gestalten könne als gedacht, er rang nach Luft.

»Sind Sie Asthmatiker?« höhnte Ott. »Das kommt vom Druck. Sie müssen sich vom inneren Druck befreien.« Er unterdrückte selbst das Zittern von Mund und Händen mit aller Kraft.

»Herr von Otterstedt – wir leben bald im dritten Jahrtausend, da gelten neue Regeln. Wir sind nicht mehr unterworfen, wir unterwerfen. Wir sind selbstbestimmte, emanzipierte Bürger.«

»Ihre Selbstbestimmung ist mir zu vulgär. Wir haben immer einen Herrn über uns gehabt – nicht nur geduldet, sondern gebraucht. Das ist für Sie natürlich ein Grund, um auf uns Otterstedts herabzusehen.«

»Vielleicht. – Aber Sie haben mir doch gestern erst erklärt, daß die Monarchie nichts mehr taugt.«

»Ich spreche nicht von der Monarchie. – Und jetzt habe ich zu tun.«

Die Mittagstropfen waren noch nicht abgezählt. Ott griff nach der Zeitung und blätterte sie mit heftigem Geraschel um. Finsterbusch rührte sich nicht.

Ott warf die Zeitung beiseite, streifte den Ärmel hoch und tastete zwischen Tuben und Gläsern auf dem überfüllten Tisch nach der zweiten Brille. Er setzte sie über die erste, und nahm sie wieder ab. Das Zählen von vierzig Tropfen ist eine heikle Angelegenheit, dabei sind Zuschauer nur hinderlich. »Paul Otterstedt kann Ihnen bestimmt helfen, er ist viel jünger als ich, erst Ende siebzig.«

Paul war Weltmann genug, um mit solch übergeschnappten Weltverbesserern fertig zu werden.

»Für uns sind Sie gerade richtig.«

»Mein Lebenstrieb ist nicht mehr stark entwickelt. Ich bin wie ein Lakai, der sehr spät noch in der Küche döst. Ich warte nur noch auf die Erlaubnis, endlich nach Hause gehen zu dürfen.«

An den Banausen mit dem Schmiß am Kinn, falls er jemals Corpsstudent gewesen sein sollte, war ein derartiger Wink Verschwendung, er kam ja ungerufen und blieb sitzen wie ein Klotz. »Für jemanden wie Sie sind Lakaien als Vorbild natürlich unakzeptabel.«

»Sie haben ja auch die Hunde im Wappen.«

»Das sind die Starburgs. Sie reden dauernd von Sachen, von denen Sie nichts verstehen, junger Mann.«

»Ich heiße Walter. – Darf ich das für Sie erledigen?« Er nahm ihm das Glas weg und ließ die Tropfen hineinfallen. Er zählte gar nicht oder kaum. »Wie viele nehmen Sie? – Vierzig? – Warum nehmen Sie sie überhaupt noch, wenn ich fragen darf? – Hier bitte.« Er gab ihm das Glas zurück. »Noch etwas Wasser?«

»Schütten Sie sie weg«, sagte Ott.

»Wie bitte?«

»Wo gehen Sie eigentlich zum Mittagessen hin?«

»Haben Sie Selbstmorde in der Familie gehabt?«

»Das hat es gegeben.«

»Für Sie kommt so etwas nicht in Frage?«

»Nein.«

»Herr Otterstedt, wenn Sie mitmachen – wenn Sie sich entschließen könnten – wenn Sie auf unserer Seite wären, würde Herr Muhl Ihnen etwas bieten – eine Summe, daß nicht nur Sie persönlich saniert wären, sondern auch Ihre Familie, die Starburgs und Laun –«

»Wovon reden Sie?«

»Wir finanzieren alles. Wir übernehmen alles. Wir organisieren die Presse, das Fernsehen, den Videomann, das Essen, die Blumen, die Partymusik, die Einladungen nach Ihrer Liste. Eine Liste existiert doch wohl?«

»Hier hält man nicht viel von Herrn Muhl. Selbstverständlich existiert die Liste.«

»Sie müßten aber was dafür tun.«

»Das ist mir klar.«

»Was ich meine ist: mit sich geschehen lassen.«

»Sie wollen mit irgendeinem Mittel den Tod überlisten. Das haben schon viele versucht. Und manchmal, für kurze Zeit, gelingt es auch.«

Finsterbusch schnaufte, verzweifelt oder asthmatisch, auf.

»Könnte es sein, daß ich gesünder bin als Sie?« Ott zwang sich weiter zur Geduld. »Für Experimente stehe ich nicht zur Verfügung.«

»Was wir von Ihnen wollen, ist auch kein Experiment mehr.«

Was Ott hierzu einfiel – und mit eisigem Prickeln die Kopfhaut spannte – und kalt bis ins Mark drang – war etwas so hanebüchen Unmögliches und völlig Unglaubliches, daß man es kaum aussprechen konnte. Ott tat es trotzdem. »Ich habe sicher etwas falsch verstanden.« Er war ganz ruhig geblieben. »Reden Sie von der sogenannten Todesspritze?«

Finsterbusch atmete wiederum tief auf, diesmal erleichtert, und rückte ein wenig ab, um Ott mehr Freiheit zu lassen. Er lächelte ihn kleinlaut und erwartungsvoll an.

»Für Sie kommt so etwas nicht in Frage?« meinte er schließlich.

»Für mich?!« schrie Ott. »Das steht im Widerspruch zu allen Grundsätzen. Mich braucht man nicht einzuschläfern wie das unvernünftige Vieh, ich weiß, wohin ich gehe.«

Finsterbusch wartete den Ausbruch schweigend ab.

»Hinaus aus meinem Zimmer – Sie Verbrecher!« schrie Ott.

Finsterbusch saß mit niedergeschlagenen Augen da.

»Um die Leute, die durch Ihre Spritze sterben, ist es nicht schade«, schrie Ott. »Die tun mir nicht leid. Das sind nämlich Leute wie Sie – Leute ohne Selbstachtung. Ich bin ein Otterstedt und sterbe nicht wie ein Prolet.«

»Das wird sich noch zeigen«, versprach Finsterbusch. »Sie sagten doch, Selbstmorde habe es gegeben.«

»Ich habe größten Respekt vor Selbstmord. Aber Sie sprechen ja nicht von Selbstmord, Sie sprechen von *Mord*.«

Finsterbusch schnappte sofort und völlig ein, wie eine Tür ins Schloß fällt. »Könnte es sein, Herr Graf, daß Sie ziemlich rückständig sind?«

»Nennen Sie mich nicht Herr Graf, für *Sie* genügt Erlaucht.« Ott suchte nach neuen und kräftigen Beschimpfungen, es fielen ihm keine ein, er war zu wenig in Übung. Wütend packte er den Krückstock. »Christ sind Sie wohl nicht –?!«

Finsterbusch erhob sich im Gefühl beleidigter Würde und zog sich vorsichtshalber vom Fenster zurück. »Ich bin Post-Humanist.«

»Was ist ein Post-Humanist? Ein Erpresser, der mich noch posthum fertig macht? Haben Sie Ihre Scherze jetzt weit genug getrieben?«

»Ich biete Ihnen Sicherheit.«

Ott antwortete nichts, die Kampflust war vergangen; er war nur noch erschöpft und merkte, daß er einschlief; er kniff die Augen zusammen und riß sie gewaltsam wieder auf.

»Was ich brauche, ist Sicherheit vor Ihrem Größenwahn.«

Er hatte sich hinreißen lassen, es war gefährlich gewesen, diesen Fanatiker zu reizen, vielleicht wurde er sogar jetzt schon ermordet; ihm war's egal, solange er nicht einverstanden sein mußte, er hatte seine Meinung dazu gesagt. Die zornigen Augen fielen zu, er wurde wehrlos; und als er aufwachte – denn er wachte wieder auf – da war der wahnsinnige Menschenverächter weg, und hatte einen Zettel hinterlassen.

Ott nahm den Zettel, las ihn, zerriß ihn und warf die Fetzen in den Papierkorb. Den Rest des Vormittags verbrachte er damit, seinen Zorn zu schüren, seine Antworten zu rekapitulieren und stolz auf sich zu sein. »Bleiben Sie ehrlichen Leuten, die auf sich halten, vom Leibe.« Hatte er das wirklich gesagt oder nur gedacht? »Ein anständiger Mensch braucht so was nicht.« Er sagte es laut, manche Worte sind so wichtig, daß sie nicht ungesagt bleiben dürfen, es genügt nicht, wenn sie nur gedacht oder geschrieben werden. Man wollte ihn töten, man wollte, daß er sich töten ließ. Das war ja unglaublich. »Das ist eine Kriegserklärung«, rief Ott. Er zitterte, sein Augenlid zuckte. Hier lockte Kampf. Das Bewußtsein, recht zu haben, quoll mit Macht in seinem Innern auf. »Sie sind eine Null«, rief er. »Sie glauben, Sie könnten sich an einem Grafen Otterstedt vergreifen. Aber da haben Sie zu hoch gegriffen.«

Er stieß die Krücke aufs Parkett. »Ich brauche einen Herrn, der meinem Leben ein Ende setzt, aber Sie werden das nicht sein, Herr Finster.«

Er wünschte, Schwester Anni käme zurück. Er wünschte, Hoppe wäre da. Aber Hoppe war ja gerade erst in Urlaub gefahren. Wenn er selbst doch dreißig Jahre jünger wäre! Aber ein jüngerer war für diese Leute uninteressant. Sie hegten die Vorstellung, ein gutes Lebensende ließe sich mit Gift und Geld erkaufen. »Mich kauft man nicht. Ein Otterstedt ist nicht verfügbar.«

»Ein Graf Otterstedt steht für Sie nicht zur Verfügung«, schrie er, »nicht tot und nicht lebendig. – Sie beuten die menschliche Feigheit aus.«

Er stieß das Glas mit den schlecht gezählten Tropfen vom Tisch. »Vielleicht haben wir damals im Dritten Reich etwas falsch gemacht«, überlegte er. »Wir waren zu vorsichtig. Wir waren zu diskret. Wir haben zuviel Rücksicht genommen. Heute stimme ich ein Geschrei an, so laut ich kann, ich schreie, bis man mich hört. Wenn Königinnen schweigen, schreie ich.«

Er wünschte, Hoppe wäre da. »Ich bin keine moralische Instanz, aber schreien kann ich.« Seine Stimme war schrill vor Zorn. »Man wird mich noch hören.«

Er lachte höhnisch auf und schwang den Stock. Ein Otterstedt war sogar der Bewunderung von Mördern und Narren gewachsen. Man wollte, daß er sich vor laufender Kamera töten ließ, zu Reklamezwecken – er, der einer Aufnahme in die Académie des Inscriptions et Belles-Lettres würdig gewesen war; es war eine Aufnahme auf Lebenszeit, und er war der einzige Ausländer. Selbstverständlich hatte man vorher seine politische Laufbahn durchleuchtet; sie war einwandfrei sogar für die Franzosen. Nun streckten neue Nazis die Hand nach ihm aus. Nun sollten Briefe gefälscht werden.

»Fahren Sie zurück nach Holland!« schrie er ins Zimmer. »Und bleiben Sie ehrlichen Leuten, die auf sich halten, vom Leibe. Ich gehe nicht ungerufen. Ich habe nämlich einen Herrn – auf den ich höre.«

Als Adelsforscher hatte er sich bei ihm eingeschlichen, um ihn erpressen zu können. Wer tötet, fälscht auch, lügt und betrügt. Sogar auf die Knie gefallen war er. »Zu Ihnen paßt die Dackelspritze, nehmen Sie sie mit. Fahren Sie nach Hause und spritzen Sie da herum, wo Sie hingehören. Ich will kein hündisches Verenden«, rief er. »Wir sind keine Hunde, wir haben sie nur im Wappen.« Das waren aber die Starburgs. Nun wurde er selbst schon verwirrt. »Ich habe einen Herrn, auf dessen Ruf ich warte. Mit Ihrer ordinären Selbstbestimmung schieben Sie die Verantwortung nur anderen Leuten zu, das ist das Richtige für feige Straßenköter.« Er lachte, lachte krampfhaft, bis er merkte, daß er weinte. Der Barbar hatte ihn ganz durcheinander gebracht.

Als er seinem Peiniger gegenübersaß, war er kaltblütig gewesen; abends, seinen Gedanken hilflos ausgeliefert, begann er sich zu fürchten. In der Sommerhitze fror er. Schwester Anni zog ihm warme Socken an.

»Was ist los? Warum zittern Sie und essen gar nichts?«

Die Geschichte war so absurd, nicht einmal Schwester Anni konnte er sie erzählen, sie würde glauben, er phantasiere. Man hatte ihm mit Mord gedroht, schon am Donnerstag um halb vier konnte es soweit sein. Flehend sah er Schwester Anni nach, wenn sie für zwei Minuten das Zimmer verließ. »Bitte kommen Sie sofort zurück.«

Den Dienstag verbrachte er in ängstlicher Erwartung. Schwester Anni war stark, aber Finsterbusch war stärker, und jemand wie er könnte sich sogar an einer Frau vergreifen. Vielleicht trug er die Spritze schon in der Tasche und stach wild um sich. Er verlangte, daß Schwester Anni das Zimmer zusperrte. Die Lampe brannte die ganze Nacht, das Fenster blieb geschlossen. Das graue Feuer aus den Augen des Menschheitsbeglückers flammte ihn an; kniend schwang er seine Spritze. »Schwester Anni, ich bin ganz durcheinander«; er, der niemals klagte, jammerte jetzt.

Am Mittwoch war er von all den vorweggenommenen Gefahren so erledigt, daß ihm keine einzige gute Antwort auf Finsterbuschs Argumente mehr einfiel. Ängstlich und fiebrig erregt wartete er auf den Donnerstag. Würde er am Abend noch am Leben sein –? »Ich komme am Donnerstag um halb vier«, hatte Finsterbusch geschrieben. Am Donnerstag wurde Schwester Anni vor der Zimmertür und Mathias, den man eigens von den neuen Bisamfallen hatte wegholen müssen, am Hausportal postiert, um den gefährlichen Menschen abzufangen, sobald er sich zeigte. Pünktlich um viertel nach drei und korrekt mit hellgrauem Sommeranzug und Weste angezogen saß Ott am Fenster, dem Gobelinsitz gegenüber, obwohl er sich vor

Schwäche kaum dort halten konnte. Doch Finsterbusch kam nicht.

Er kam nicht um halb vier und nicht um vier. Er kam überhaupt nicht an diesem Donnerstag und auch nicht später in der Woche. Ott begriff, daß er zermürbt werden sollte, und daß dies gelang. Diese erste Partie ging an Finsterbusch, er gewann und Ott verlor – an Lebenskraft, aber auch an Achtung und Ansehen. Seine Glaubwürdigkeit war unterminiert worden, er las es an der verächtlichen Miene von Mathias und an der zweifelnd nachdenklichen von Schwester Anni: Wurde er jetzt senil? Zeigte sich die Altersparanoia?

Diesmal war sein Verfolger nicht gekommen, aber möglicherweise kam er ein andermal; und die ständige Angst und Wachsamkeit peinigten Ott. Die holländische Grenze war so nah. Tagelang blieb er im Bett und befahl Schwester Anni, jedesmal hinter sich abzuschließen, wenn sie aus dem Zimmer ging; die Haustür stand ja tagsüber offen. Sobald er eindämmerte, fuhr er erschrocken hoch. Hatte er ein Geräusch gehört? – Hatte es an der Tür geklopft? An Schlaf war nicht mehr zu denken. Die Befürchtung, er könne im Schlaf überwältigt und zur Beute dieses Menschenschinders werden und verleihe ihm die Macht des Tötens über sich, war unerträglich.

Er magerte ab, verschüttete sein Essen wegen Anfällen unkontrollierbaren Zitterns; sein Gesicht spitzte sich zu und nahm die Farbe von Friedhofsmarmor an. Schwester Anni konnte es nicht mehr mitansehen, wie er verfiel. Opissos Hundekorb wurde gebracht und vor die Zimmertür gestellt. Opisso, obgleich alt und zahnlos, konnte doch noch bellen. Er hörte auch noch gut. Nachts drang das Knarzen des Weidenkorbes, das Knurren geträumter Kämpfe, regelmäßiges tiefes Seufzen durch die Tür mit dem zweimal herumgedrehten Schlüssel. Otts Panikattacken ließen nach. Er beruhigte sich und hoffte auf Hoppe. Er begann zu zählen – wie viele Militärpersonen er persönlich kennengelernt hatte –, er zählte und zählte, wieder war die Bürde des Lebens um einen Tag erleichtert, er schlief ein.

***

Zwei Kanus reisten oben auf dem Dach, das neue, sehr kurze hing hinten. Hoppe blinkte und schnitt einem heranbrausenden Lieferwagen die Vorfahrt ab, sein Wohnmobil war schneller. Links neben der A 61 blitzte der See von Maria Laach in der Sonne. Die Mosel erschien grau und glanzlos, in viele Staustrecken unterteilt. In seinen sportlichen Anfängen hatte Hoppe sie befahren, aber die Strömung fehlte, und zu oft saß ein Paddler in der Schleuse auf strudelnden Wassern fest, neben sich die haushohen Schiffsrümpfe und nichts zum Festhalten als glitschigen schwarzen Beton. Bald glitzerte tief im Tal die Nahe mit Niedrigwasser als dünnes Band. Eine langgeschwungene Steigung führte hinauf nach Boppard, und Hoppe reckte den Hals, aber mehr als einen schmalen braunen Streifen zwischen den Leitplanken gegenüber sah er derzeit nicht von seinem Lieblingsfluß, dem Rhein.

Gegen zwölf an diesem zwanzigsten Juli verspürte er ein starkes Bedürfnis nach einem zweiten Frühstück und aß im Rasthof Rührei mit Speck, trank Bier und Kaffee; seine eigene Küche schonte er noch. Nach zwei Uhr vertrödelte er eine volle Stunde beim Mittagessen. Er begab sich zurück zum Parkplatz (den er nicht aus dem Auge gelassen hatte), braute Espresso, las die Bildzeitung zu Ende und legte sich unter dem als Lampe kopfunter am Haken baumelnden, mit künstlichem Efeu bepflanzten Kanutenhelm zehn Minuten lang aufs Ohr.

Bei Speyer überquerte er den Rhein. Er fuhr wie immer auf der rechten Spur, so langsam er konnte, als eine Art Ehrenbezeigung und zur genauen Kenntnisnahme von Wasserstand und Schiffsverkehr. Auch den Rhein hatte er streckenweise schon befahren, damals hatten die Bugwellen imposanter Lastkähne sein Interesse für Wildwasser geweckt. Nach der Brücke beschleunigte er wieder; ein schneller BMW schob sich noch vorbei und verfehlte eine tief fliegende Ente ganz knapp. Am Kreuz Walldorf hörte er Nachrichten, ein von John F. Kennedy jr. gesteuertes Flugzeug war bei Massachusetts ins Meer gestürzt, nach den Leichen fahndete man noch. Hoppe suchte Tanzmusik; der Fahrtwind und die Bewegung beflügelten sein Gemüt, er stellte die Stereo-Anlage leiser und drückte bei Karlsruhe die längst gespeicherte Nummer.

»Hallo, ich bin's.«

»Ach, Sie sind's, Herr Hoppe.«

Caroline war nicht allein, das hörte er. Er wollte wissen, was sie tat. »Sie schneiden Blumen für die Vasen.«

»Nein, wir spielen Bridge.«

»Ach ja, freilich.« Er hätte gern gewußt, mit wem. »Sie spielen mit Rupert.«

»Rupert, Deddi, Hansi und ich.«

Deddi? Warum schon wieder Deddi? »Deddi gewinnt natürlich.«

»Deddi Dankelwitz verliert immer, egal mit wem. Er läßt alle auf ihren Reizen sitzen.«

Er hörte Deddis Protestschrei im Hintergrund. Erleichtert suchte er nach etwas Unsinnigem, damit sie zusammen lachen könnten. »Haben Sie von mir geträumt?«

»Nein.«

»Aber ich.« Er wagte nicht, mehr zu sagen.

»Sie von sich? Wie reizend.« Sie lachten zusammen.

»Caro ist natürlich Trumpf. – Seien Sie vorsichtig mit Ihren Stichen, Caro-Dame.«

Sie lachten wieder. Er legte auf. Sie war nicht leicht zu gewinnen, aber an das leicht Gewonnene entwickelt man keine Bindung; er wußte das von seiner ersten Million. Er drückte die Nummer seines Paddelkameraden.

»Hallo, Herr Meisel.«

»Ach, der Herr Oberfeldmarschall. – Na, schon unterwegs mit der Logistik?«

Er war nicht allein, das hörte man. »Hast du Zimmer bestellt?«

»Im Hilton in Interlaken, für heute nacht. Hast du die Karten und die Streckenstrategie?«

»Bring ich mit. Wie ist das Wasser?«

»Flüssig. Wie macht sich das neue Kajak?«

Hoppe hatte es an verschiedenen Wehren, auch an der Rur, ausgiebig ausprobiert. »Das Richtige zum Herumtoben, sitzt wie ein Handschuh. Ein bißchen nervös und knubbelig, aber dreht auf den Druck aus der Hüfte. Und die Mädchen?«

»Nicht schlecht. Besser als die Dicke vom letzten Jahr.«

»Die war ja auch –. Wie wenn man mit der Faust in der Badewanne herumfuchtelt. Ist deine Frau in der Nähe?«

»Nein, Kundschaft. Ich kann nicht jede Strecke, die du bepaddeln willst, zur Probe befahren, mein Lieber. Wo bist du jetzt?«

»Kurz vor Freiburg.«

»Bis du ankommst, sind die Weiber in der Bar. Ich komme nach, so schnell ich kann. Hast du was gegen Rothaarige?«

»I wo. Wenn man mal raus hat, daß alle Mädchen innen rosa sind, dann ist das Drumherum egal.«

»Wenn das jetzt deine Meinung ist, Wolfi-Boy, dann ist es Zeit zum Heiraten. Das ist doch besser als Hinternkneifen im Kasino.«

»Du kannst dir nicht vorstellen, wie dringend ich jetzt eins brauche.«

»Wir können ja mal Boote tauschen.«

»Ja –! Die Boote auch.«

Franz Meisel hatte sich in Frank Meisel umbenannt und lebte als BMW-Vertreter in Konstanz. Beim Befahren der Verdon-Schlucht hatten sie sich kennengelernt und seither jedes Jahr mindestens eine Woche zusammen verbracht. Frank war mehrfacher Familienvater und verdiente ausgezeichnet; er hätte ein fast gleich guter Wildwasserfahrer sein können wie Hoppe – er war ein paar Jahre jünger, kräftiger und ausdauernder –, wenn er ein besserer Taktiker gewesen wäre. Hoppe bezog seine BMWs von Frank und revanchierte sich mit Aktientips. Frank konnte damit umgehen; wenn er einen Tip bekam, griff er augenblicklich zu. Derzeit konnte man allerdings nicht viel falsch machen; kaufen, kaufen, kaufen war alles, was man tun mußte. Im Spind hinter Hoppe klirrten und klingelten die Flaschen, ein Teil der Whiskysammlung reiste mit, denn auch Frank Meisel langte hin.

»Du – Wolfi.«

»Was?«

»Meine Neoprenanzüge passen mir nicht mehr.«

»Ach was, die sind elastisch.«

Auch bei Hoppes Generalprobe saßen die Signal-Markierungen ungewohnt weit vorn, der Rettungsring unter der Brust stand ab, das neue Boot war ihm schon zu eng.

»Arbeiten wir's uns eben wieder runter.«

Hoppe bremste scharf, weil alle scharf bremsten, und entging gerade noch einer Radarfalle.

»In den Booten –?«

Sie lachten und legten auf.

Hoppe öffnete eine neue Schachtel und begann den Süßigkeitsvorrat zu dezimieren, in der Schweiz gab es bessere Schokolade. Nach dem Tanken sah er aus der Warteschlange zu, wie die Leute ihre Beträge auf die Theke brachten. »Ach, da ist er ja, mein Hunderter«, und der Hagere vor ihm verabschiedete den Schein, nach dem er in den Taschen gekramt hatte, wie einen guten Bekannten, von dem man nicht weiß, wann er wiederkommt. Das Finanzgebaren einzelner Leute ist undurchschaubar wie deren andere, speziellere Vorlieben, man muß sie gesehen haben, um sie zu kennen; und Hoppe nahm eine Großpackung gefüllte Waffeln Marke Herzogin aus dem Regal, die sich im Sonderangebot befand.

An der Kasse schob sich jemand an ihm vorbei. »Ist eine Dame mit Rauhhaardackel und Raucherbein dagewesen?«

»Dame mit Rauhhaarbein und Raucherdackel? Nein«, sagte Hoppe und steckte das Wechselgeld ein, Silber und Kupfer sorgfältig getrennt. Die Ahnungslosigkeit der Verkäuferin, die ihm die Herzogin-Waffeln aushändigte, fand er köstlich.

Hoppe fuhr weiter Richtung Basel und dachte an Frank Meisel auf Besuch in Laun, denn wenn er heiratete, würde er kommen. In Blazer und Jeans, mit T-Shirt und Kupferarmband am Gelenk, in Mokassins ohne Strümpfe und die Brille in die dauergewellten Haare hochgeschoben, ginge sein breites, faltiges Gesicht beim Anblick von Caroline, Titti und Ruperta noch mehr in die Breite. »Hallo, Mädels!« Ein anerkennendes Nicken für Hoppe, ein Rippenstoß, ein lautes Flüstern. »Werde du nur herzig, Herzog meine ich«; und Hoppe müßte ihn auf die Seite ziehen und aufklären. Eine Beförderung war nicht geplant, die Stellung eines Herzogs bereits von Carolines Sohn besetzt. Er hätte einen Stiefsohn, den geheimnisvollen Max Magnus. Nach dem Süßen brauchte er etwas Salziges und öffnete die Erdnußdose. Er bekam Lust, Caroline nochmals anzurufen und ein bißchen mit ihr herumzuschimpfen, aus keinem anderen Grund, als weil sie ihm Kopfzerbrechen bereitete. Nach einem Absturz naß und im Wildwasser kämpfend konnte er sie sich vorstellen, aber nicht im Paddelboot, sie war keine schwankende Natur. Ein neuer Fahneneid wollte gut überlegt sein. Im Bogen umfuhr er etwas Zerfetztes, um es nicht nochmals zu überrollen, und drückte eine weitere Nummer.

»Ah – Wolfi, der Flußnomade. Na, sind dir schon Seebeine gewachsen –? Wo schiffst du jetzt herum?« Sony klang stark angeheitert.

»Auf dem Weg nach Interlaken. Ab morgen paddeln wir im Berner Oberland, ich hab's doch erzählt. Was macht der Markt?« Es war zehn nach sechs.

Seit er ihm ein Margin-Konto eingerichtet hatte, zählte er Sony zu seiner Truppe. Sony erstattete Bericht über den Tag. Hoppe hörte nur mit halbem Ohr zu, seine Positionen waren glattgestellt, er hatte eine andere Frage im Sinn.

»Wie geht's Caroline? – Kann sie eigentlich mit Geld umgehen?« erkundigte er sich möglichst beiläufig.

»Caro?« Sony lachte auf. »Sie nimmt ihr Portemonnaie in den Park, wenn der Kuckuck ruft, schüttelt es dreimal und nickt, und wehe, du unterbrichst sie! Damit sie immer was drin hat. Es ist so peinlich.«

Hoppe sah die Szene vor sich und hörte das Rufen des Kuckucks. Aus ihr wird nie eine Geschäftsfrau, dachte er zärtlich. Und laut sagte er: »Ein bißchen Aberglaube schadet nie. – Und du? Was machst du?«

Sony berichtete, und Hoppe fuhr auf. Er konnte nicht mehr auf die Straße achten. »Wer hat dir die Puts verkauft?« fragte er scharf.

»Die Derivateabteilung von der Kölner Kreditanstalt, diese Frau Fink, bei der ich den Wisch für die Termingeschäftsfähigkeit unterschrieben habe.«

»Was hast du für die Puts bezahlt?« Hoppe rechnete nach. Hier war ein Granatenfehler gemacht worden.

»Und ich habe Futures verkauft«, prahlte Sony. »Weißt du, was ich heute verdient habe –? Der Dax-Future ist unter die 5600er Marke gefallen.«

Hoppe bremste abrupt, sein Bierfaß kollerte durch den Wagen. Mit einem gewagten Manöver erwischte er noch die E 25 Richtung Bern. Die Derivateabteilung der Kölner Kreditanstalt schloß um sechs. »Morgen früh stellst du sofort alles glatt«, befahl er, »und du wartest mit dem Traden, bis ich zurück bin.«

»So eine Gelegenheit wie jetzt gibt es nur einmal im Leben«, widersprach Sony. »So überkauft wie jetzt war der Markt noch nie. Die Kurse *müssen* fallen, und zwar saftig.«

Mit diesen Puts, auch wenn sie optisch sehr günstig waren, und den Future-Kontrakten zusätzlich hatte Sony die gestellte Sicherheit um einen hohen Prozentsatz überzogen. Er, aber auch die Dame in der Bank mußten in Schwierigkeiten kommen. »Verdammt noch mal! – Ich habe keine Lust, jetzt dein Kindermädchen zu spielen.«

»Du hast doch alle Marktdaten im Auto. Schau doch jeden Tag aufs Laufband«, schlug Sony vor, »dann weißt du doch, wie gut es läuft.«

»Wie sollte ich –? Ich bin die Hälfte der Zeit unter Wasser, und da soll ich ein Handy mitnehmen?!« rief Hoppe hitzig.

»Abends bist du zurück.«

»Es braucht nur irgendein Hindernis aufzutauchen, es muß nur einer kentern, dann sitzen wir fest.« Was für ein

Narr war er gewesen! »Ich habe Disziplin verlangt! Gelegenheiten gibt es immer wieder.«

Er beugte sich, Handy am Ohr, zum Handschuhfach und fischte nach dem Mittel gegen Angina Pectoris. Ein Angeber mit Skiern auf dem Dach hupte und blinkte von hinten.

»Mach dir keine Sorgen, genieß' deinen Urlaub«, sagte Sony. Der angebliche Gletscherfahrer stob vorbei, Sony legte auf.

Am Thuner See kurz vor Interlaken ärgerte sich Hoppe immer noch. Morgen in aller Frühe mußte er die Sache in Ordnung bringen. Aber wenn die Kurse tatsächlich fielen –? Wäre es nicht herzlos, Sony von einer Glückssträhne sofort wieder abzuschneiden? Es wäre klüger, ihn die Sache selbst ausbaden zu lassen. Er hatte Sony mit einer für seine Verhältnisse recht hohen Summe alleingelassen; um Caroline zu beeindrucken, denn Sony würde reden. Sony hatte denn auch keine Zeit verloren und sofort die Schleusentore geöffnet; am heutigen Tag mußte eine schöne Menge Cash hereingeströmt sein. Eine derartige Situation am Aktienmarkt hatte es noch nicht gegeben. Die Angst vor dem sogenannten Millenium-Bug, also vor Umstellungsschwierigkeiten der Rechner beim Jahreswechsel 99/00, begleitete die Märkte seit Monaten; man befürchtete Katastrophen durch außer Kontrolle geratene Kernkraftwerke, Atomraketen, Flugzeuge; Pannen bei Autos, Haushaltsgeräten, Bankautomaten, Dateien. Weltuntergangspropheten trafen ihre Vorbereitungen und zogen sich, von den Medien vielbeachtet, in die Berge zurück, Überlebensstrategen horteten Lebensmittel und Bargeld. In dieser Lage überschwemmte die amerikanische Fed die Märkte mit Liquidität, die natürlich sofort in Aktien weiterfloß; alle glaubten an eine Hausse, falls das Debakel ausblieb, wollten rechtzeitig dabei sein, und die Börsen haussierten schon jetzt. Einige Indikatoren deuteten auf eine Konsolidierung hin, aber Korrekturen gingen derzeit schnell zu Ende.

Hoppe bog in die Hotelauffahrt ein und fuhr leutselig winkend am Türsteher vorbei, er brauchte einen sicheren Parkplatz. Sein Zimmer lag im achten Stock mit Blick auf die Seen. Einzelne Boote tuckerten behaglich und schäumten durchs Wasser, als sei es Sekt. Hoppe öffnete die Zimmerbar und schaltete den Fernseher ein. Der Dax war am heutigen Dienstag um 2,36 Prozent gefallen. Hoppe spürte einen Stich von Neid. Der Junge hatte hingelangt –! Ihn brauchte man nicht zum Jagen zu tragen. Was Sony heute verdient hatte, hätte er auch verdienen können.

***

Dienstags fiel der Dax um einhundertdreiunddreißig Punkte auf 5491, und Sony verdiente mit drei verkauften Future-Kontrakten auf den Dax neuntausendneunhundertfünfundsiebzig Euro. Mit Hoppes Sicherheitsbetrag von fünfundzwanzigtausend Euro hätte er nur zwei Kontrakte handeln dürfen, die Derivateabteilung der Kölner Kreditanstalt machte aber keine Schwierigkeiten, als Sony dort anrief. Das wäre ja auch noch schöner gewesen, denn am Mittwoch fiel der Index, wie er vorhergesehen hatte, weiter und spülte ihm mit siebenundsiebzig Minuspunkten zu Handelsschluß fünftausendsiebenhundertfünfundsiebzig Euro ins Depot. Am Mittwochnachmittag verdoppelte Sony die Anzahl seiner Kontrakte auf sechs. Das war goldrichtig, wie ihm der Bankmitarbeiter am Telefon bestätigte; donnerstags verlor der Markt weitere vierundsiebzig Indexpunkte, die sechs Kontrakte brachten ihm elftausendeinhundert Euro ein. Der letzte Handelstag schenkte ihm weitere dreißig Minuspunkte und viertausendfünfhundert Euro. In der Woche vom 19. Juli war der Markt um dreihundertvierzehn Punkte gefallen und hatte ihm in vier Tagen einunddreißigtausenddreihundertfünfzig Euro Cash down beschert; dazu kamen noch dreißigtausend Euro Buchwert der Put-Optionen, die er noch hielt. Er hatte sie für zehntausend Euro gekauft, und sie hatten ihren Preis verdreifacht.

»Chapeau!« hieß es in der Kölner Kreditanstalt, deren Kunde er, wie auch sein Vater und Caroline, seit Jahrzehnten war. »Chapeau, Prinz Starburg.«

In den Worten hörte Sony mehr als Respekt, etwas wie Ehrfurcht. Seine Freunde in der Bank – denn aus mehr oder weniger unbekannten Bankangestellten waren sie in den letzten Tagen schnell zu Freunden, wenigstens am Telefon, geworden – tatsächlich hatten sie keine Ahnung vom Geschehen im Finanzmarkt. Wie sollten sie auch, Tag ein, Tag aus mit langwierigen Kundengesprächen beschäftigt, ob das Risiko eines Pfandbriefs derzeit höher anzusetzen sei als das eines Rentenfonds. In der Bank gab es keine Möglichkeit, sich dem Börsenfernsehen zu widmen und schon gar nicht dem englischsprachigen. Sony konnte es; er nahm Urlaub. Und für die englisch-amerikanischen Sender genügte es eben nicht, nur die Vokabeln und Slangausdrücke zu kennen, Sony hatte sich längst mit den Eigenarten der wichtigsten Analysten vertraut gemacht, die als Angestellte einer Bank oder als Fondsmanager nicht alles preisgeben durften, was die Moderatoren ihnen vor der Kamera zu entlocken versuchten; aber sie wollten mit Prognosen doch richtig liegen. Dem Zuschauer blieb es überlassen, zwischen den Zeilen zu lesen, die Sätze zu deuten. Sony hielt mit Erkenntnissen nicht zurück, das wäre auch ganz widersinnig gewesen, und wurde in der Kölner Kreditanstalt rasch populär.

Daß er ein Händchen für Aktien hatte, war bewiesen. Der Ölpreis, die Zinsen, Devisen und die Antwort der Börse auf wirtschaftliche, politische und sonstige Ereignisse waren ihm lieb und teuer; die Börse verhielt sich in der Bewertung der Dinge unfehlbar und zeigte sie nur zu früh und mit rätselhaften Übertreibungen an, so daß viele dachten, sie irre. Daß die Börse immer recht hatte, zeigte sich in der Rückschau. Bisher hatte sich Sony nur als Hobby mit dem Markt beschäftigt und immer wieder Glück damit gehabt; obwohl er seine Gewinne nicht als »Glück« bezeichnen mochte wie bei einer Pferdewette (denn auch bei Pferderennen hatte er »Glück«. Aber das Wort »Glück« traf es auch beim Wetten nicht ganz; auch beim Wetten verstand er etwas von der Materie und wußte manches und konnte die Kondition der Wettbewerber nach Augenschein beurteilen. Allerdings gelang dies besser, wenn er seine Freunde und Begleiter nur beriet und selbst finanziell nicht beteiligt war); nein, er betrachtete seine

Gewinne als Lohn der richtigen Lesart und Auffassung und einer realistisch-distanzierten Haltung. Der Erfolg gab ihm recht, und Sony entwickelte eine Vorliebe für die Börsenkunde, er begann sich auf eine wissenschaftliche, oder wenigstens populärwissenschaftliche, jedenfalls auch selbstlos-objektive Weise mit allen Aspekten des Börsenhandels zu beschäftigen, die zur Kunst oder zum Handwerk gehören. Und Hoppe hatte seinen Ehrgeiz gesehen und sein Talent erkannt und ihm tatkräftig in eine höhere Klasse, oder in einen anderen Sattel, hinaufgeholfen.

Denn jetzt saß er auf einem anderen Pferd. Jetzt fingen die Kurse an zu laufen! Mit einer schwindelerregenden Beschleunigung, die ihm fast Angst machte, obwohl er doch gewann und Flügel ihm wuchsen. Der Ticker des Dax-Future raste dahin, und als Sony wie gewohnt im Sessel saß und den gewohnten Bloomberg-Bildschirm anstarrte, dessen Einzelheiten er doch zu kennen glaubte, mußte er sich eingestehen, daß er dieses Detail bisher übersehen hatte, nämlich das Springen und Bocken und Ausbrechen des Future. Es gab unsichtbare Schwellen, Widerstandslinien, vor denen der Index scheute, umkehrte, neue Anläufe nahm. Ein Anfänger saß hilflos da und konnte nichts tun. Mit einem energischen kleinen Ruck stieß er den Zigarettenrauch aus dem Mundwinkel (es blieb keine Zeit, eine Zigarre zu holen), um sich zu bestätigen, wie sehr er der Sache gewachsen sei. Es dämmerte ihm, daß er damals, als er geglaubt hatte, sich im Aktienmarkt sicher bewegen zu können, weil er mit Kursen im Schneckengang mithalten konnte, wie ein Kind gewesen war, das glaubt, reiten zu können, weil ihm im Hof zu Hause eine Schrittrunde gelingt. Hier ging es nämlich anders her.

Hier raste er im Pulk mit halsbrecherischem Tempo in unberechenbarer Richtung querfeldein.

Während der Dax-Future auf Aktienwerte ins Rote sprang und hüpfte, staunte Sony über den ebenfalls schnellen Antritt des auf Rentenwerte bezüglichen Bund-Future und der Strecken, die dieser als langsam und beständig geltende Kontrakt ins grüne Zahlenwerk hinter sich brachte. Der Zusammenhang war ihm bekannt, er wünschte aber doch, Hoppe wäre da und könnte ihn unterstützen. Denn auch beim Bund-Future hätte er verdienen können, eigentlich müssen; ein Top-Trader springt auf alles auf, was sich bewegt. Nur hätte Hoppe ihm keine sechs Futures erlaubt, höchstens einen, und Dax-Futures brachten das meiste, fünfundzwanzig Euro pro Tick und Kontrakt, so daß er in dieser Stunde schon – und als der amerikanische S&P-Future als Leithammel die üblichen Haken schlug und die Marktakteure alle abbremsten, um nicht auf dem falschen Fuß erwischt zu werden, wenn eine Kehrtwende bevorstand –, da war Sony zu keiner Rechnung mehr fähig, es mußte ihm genügen, daß er bisher richtig gelegen hatte und gewann, der nächste Tag brachte die Abrechnung. Aber gerade, weil er so richtig lag, hätte er noch mehr gewinnen müssen, um wirklich gut zu sein; der Sog und Zug von Ehrgeiz und Antrieb waren unwiderstehlich.

In weniger als einer Woche hatte er einhundertfünfundvierzig Prozent Reingewinn gemacht; das lohnte wohl die Unbequemlichkeit und Entbehrung, die Zimmerhaft und Hochspannung. Zur Ruhe kam er nicht, die Sendungen und Kommentare, die er unbedingt sehen mußte, liefen alle gleichzeitig, so daß er im Hin- und Herschalten keine vollständig mitbekam; sie liefen rund um die Uhr.

Am Freitag wünschte er das Wochenende herbei, Tage ohne Zahlen; er brauchte Abstand. Am Samstag nachmittag sehnte er sich schon wieder nach Börsennachrichten. Wie ging es nun weiter? Der Montag galt als schwieriger Tag, wie er überlegten ja alle und kamen zu entgegengesetzten Ergebnissen, die montags umgesetzt wurden. Hoppe handelte am Montag überhaupt nicht. Über das Wochenende konnten sich Überraschungen anbahnen, von denen er nichts ahnte, und die Sender ließen ihn im Stich. CNBC brachte Sport, CNN Politik, N-24 Kultur, N-tv gar nichts und Bloomberg die Wochenrückschau. Sony überflog die Wirtschaftskommentare der Zeitungen, die waren veraltet. Prognosen, er brauchte Prognosen!

Er erreichte Hoppe erst abends. »Du stellst sofort alles glatt!« schnauzte Hoppe. »Du hättest schon am Dienstag glattstellen sollen!«

»Ich stelle nicht glatt. Ich überweise dir deinen Anteil, mit meinem mache ich weiter.«

»Du stellst sofort alles glatt, was du machst, ist Wahnsinn.«

»Quatsch.« Wie konnte ein Gewinn von einhundertfünfundvierzig Prozent Unsinn sein? »Ich kann's besser als du«, prahlte Sony. Dann ging er zum Sommerfest der Norderholts, die ein schönes Gut in der Nähe besaßen; und drückte die niedliche Marie Norderholt (deren gräfliche Familie noch gar nicht bürgerlich unterwandert war und die, wie er ahnte, Absichten auf ihn hatte) beim Tanzen eng an sich, damit er nicht zu reden brauchte und den Lieblingsschlager der Saison besser hörte. Die Kapelle spielte gut, die Musiker trugen spanische Piratentücher auf dem Kopf und Metallketten um den Hals. Und plötzlich, ganz unverhofft, überkam ihn ein Glücksgefühl, das ihn geradezu lähmte und ihm die Sprache verschlug. Er tanzte langsam. Es war, als würde ihm etwas gezeigt – etwas, das bisher verborgen gewesen war – ein herrliches Bild, ein Bild seiner selbst, auf Goldgrund – er, Sony, der Herr des schnellen Geldes; er pfiff und es kam. Es stürzte zu ihm, er brauchte nur zu locken; er, und er allein hier, wußte, wie man es macht; er als der einzige im Saal hatte das richtige Rezept; das mußten alle, auch Hoppe, zugeben. Er hatte es geschafft, er war *oben;* als einer der Herren der Welt besaß er den Schlüssel zu allen Gütern; und das Wohlgefühl, als er sich auf dieser Höhe sah, war stärker als alles, was er je erlebt hatte, intensiver als alles; und gleichzeitig war etwas so friedlich Bestimmtes und Endgültiges in dieser halben Minute gewesen, als er, getragen von Musik, den festen Boden kaum noch spürte, daß er die kleine Levitation, denn das war es gewesen, nie mehr vergessen wollte, solange er lebte.

Falls ein Ziel, kaum erreicht, sich wieder nur als Rahmen entpuppt, der gefüllt werden muß – dieses eine, kurze Mal war es anders gewesen; bis die kleine Marie seine entrückte, von ihr und der Welt abgewandte Versunkenheit nicht länger ertrug. »Sony! Du kommst doch morgen zum Schwimmen?«

»Nein, ich geh aufs Rennen.«

Marie studierte irgendwas Nettes in Bonn – Innenarchitektur oder Design – und hoffte natürlich, daß er sie für immer festhielt, aber das kam gar nicht in Frage, er war viel zu beschäftigt; und hatte im übrigen Freundinnen genug.

»Hast du noch Aktien?« erkundigte er sich in der Pause bei Hansi Kottentrott, dem Banker. »Verkauf sie, es geht bergab.«

Er aß und trank mit Heißhunger, während der Woche war er kaum zum Essen gekommen.

»So?« Hansi, Zigarre im Mund, machte große Augen. »Warum denn? – Wir sind doch in der Hausse.«

»Hausfrauenhausse, meinst du. Die Zinsen, das Jahresende, wir sind vor dem Crash.«

Hansi blieb unbeeindruckt. »Ich bin long. Das sind Kaufkurse! Ich kaufe nach.«

»Du wirst es schon merken.«

Nachts hielt der Druck des hereinströmenden Reichtums ihn vom Schlafen ab. Was sollte man mit solchen Summen tun, verschenken? »Hör mal, Hansi, brauchst du was? – Ich hab genug.« Ein neues Ankleide-, ein Schuhzimmer; Mathias, der so beleidigend nachsichtig auf Bitten reagierte, als sei man blöd – denn befehlen konnte man ihm gar nichts mehr, seit Caro ihm den Lohn gekürzt hatte – zum Hilfsgärtner und Bisamfänger abgestuft. Ein englischer Butler für ihn persönlich; die Autos seiner Gäste vor der Abfahrt betankt und gewaschen, wie es in Laun Tradition gewesen war; Porsche und Rolls Royce natürlich, Geld will sich zeigen; eine Sammlung alter Meister oder alter Waffen? Er blieb wach, aufgepumpt und springlebendig, elastisch wie ein Fußball und ebenso unempfindlich. Alkohol konnte ihm nichts anhaben, er brauchte nichts zu essen; die Unschlüssigkeit, was mit dem anschwellenden Betrag auf seinem Konto geschehen sollte, machte ihn umtriebig, als gelte es, einen Mißerfolg abzuwenden. Er entwarf Taten, Taten, an die man sich erinnern, die sich in trockengelegten Mauern petrifizieren, das Haus schmücken, im Park blühen und auf vier Rädern rollen sollten. Er kannte alle Wasserburgen im Erfttal, wahre Juwelen die einen; verlottert, mit zugeschüttetem Burggraben, halb als Scheune zum Verkauf stehend die anderen. Wenn er den Preis für Müller-Muhl-zu-Müll's Maßlosigkeit hoch genug ansetzte, gelänge vielleicht sogar die Rückeroberung der Scherbenmühle. Das gäbe einen Siegestaumel und ein Fest – wenn vor versammelten Gästen Muhls Fontäne unter Hoch! – Hoch! – Hoch!-Rufen in sich zusammensänke, um nie wieder aufzustehen, abgestellt für immer –; Sonys Ideen und Verstandeskraft glichen ihrerseits einem Wasserfall, die Geldschwemme trieb ihn aus dem Bett und auf die Füße, um einige Ziffern aufzuschnappen, und seien es nur die Lufttemperaturen der Weltstädte, sein Appetit auf Zahlen war zu groß. Das Glück ähnelte sehr stark dem Leiden, das fiel ihm auf; es war unmöglich, sich zu sagen: genug, genug, es reicht mir jetzt; das mehr! mehr! mehr! des aufgestachelten Verlangens, die Begeisterung trieb ihn rastlos auf und weiter. Jede Minute verpaßte er ja etwas, Chancen, Verdienstmöglichkeiten, und jede ungenutzte Gelegenheit bedeutete Niederlage und Verlust.

Er sehnte sich nach neuen Äußerungen der rüden rattenscharfen New Yorker Wertpapier-Händler, nur in ihrer Gesellschaft fühlte er sich wohl, mit der Kamera mittendrin im Gewühl der Nyse. Seine Freunde blieben underground. Statt dessen sang ein Schwarzer im Ornat »Whiten up my heart«; was blieb ihm anderes übrig? Es war Sonntag.

Am Montag, dem Sony mit höchster Spannung entgegengefiebert hatte, fielen die Aktien weiter – der Dow Jones war in der Woche vom 19. schon um zweihundertdreiundachtzig Punkte gefallen –, der Dax verlor einhundertvier Punkte und schleuderte ihm fünfzehntausendsechshundert Euro ins Depot (wie mit dem Feuerwehrschlauch, triumphierte Sony), die Preissteigerungen der Puts nicht gerechnet. Die Woge des Glücksgefühls blieb diesmal aus, er war ja mitten im Einsatz; fast bedauerte er jetzt, seine Positionen nicht rechtzeitig verdoppelt zu haben, und holte es nach. Sein bester Freund und Kumpel in der Kölner Kreditanstalt reagierte diesmal etwas vorsichtig.

»Die Aktien sind schon um *einige* Prozent gefallen.«

»Weiß ich! Eben deshalb.«

»Eine kleine Zwischenerholung –«

»Ach was.«

Am folgenden Tag stiegen die Dax-Werte um weniger als zwanzig Punkte zu Handelsschluß, am Tag darauf um vier. Das war »die kleine Zwischenerholung«; Sony zuckte die Achseln, charttechnisch war es nichts als ein Kratzer. Mit der nochmaligen Verdoppelung verlor er sechstausendsechshundert Euro. Sein Betreuer in der Bank machte einen Vorschlag. »Sie könnten auch einige Positionen schließen, Prinz Starburg.«

»Ich stelle nichts glatt.« Verluste, das waren nicht nur die Summen, die man verspielte, es waren auch die

Beträge, die einem entgingen. »Ich *weiß*, daß der Markt fällt.«

Es war kurz vor halb zwölf. Um halb zwölf sprach einer der besten Londoner Wertpapier-Experten genau zweieinhalb Minuten lang. Er redete, wie ein Maschinengewehr knattert, um möglichst alle Argumente, die sich angesammelt hatten, auszuwerfen; mußte sich eines tölpelhaften Moderators erwehren und wurde mitten im Satz aus dem Bild gefegt. Zeit, sich zu ärgern, blieb Sony nicht; schon kommentierte ein Sportberichterstatter in immer steigendem Tonfall den Spielstand Bullen gegen Bären auf dem deutschen Markt. Während der Sendung drehte der Dax nach Süden, die Farbe Rot beherrschte wieder das Geschehen, und Sony atmete auf.

Es folgte die Analyse des feisten, glattgeleckten Bären, der schwache Märkte liebte; mit unfehlbarem Riecher und schwarzen, scharfen, eng gestellten Augen stöberte er eine schlechte Nachricht auf, mochte sie auch noch so gut versteckt sein; um sie genüßlich durchzukauen und mit Befriedigung und Schadenfreude zu servieren. Er trat auf und teilte der Gemeinde der Aktienbesitzer mit süffisantem Lächeln mit, heute käme frischer Druck vom Terminmarkt.

Sony schoß aus dem Sessel hoch wie der Pfropf aus dem Champagner, er hätte ihn umarmen können und tanzte durchs Zimmer. Terminmarkt, das war auch er, auch seine zwölf Futures und vierhundert Put-Optionen kämpften mit auf der richtigen Seite und zwangen als Teil einer größeren Macht den Index in die Knie. An diesem Tag verlor der Dax einhundertsiebenundsiebzig Punkte, und Sony verbrachte achtzehn Stunden ohne Unterbrechung vor dem Bildschirm.

Ruperta brachte ein Tablett. »Bitte iß was, Sony.«

»Was gibt's denn?«

»Huhn, Reis, Salat. Kompott.«

Krankenkost! Gereizt schob er sie weg, sie verdeckte das Bild.

Rupertas Mundwinkel zogen sich nach unten. Sie meinte es so gut, und wurde so schlecht behandelt.

»Das Tablett kannst du dalassen.« Er mußte der Sendung zuhören, für freundliche Worte war keine Zeit.

Am nächsten Morgen rief sein Bankberater an – den er beriet, nicht umgekehrt –, Sony erwartete Glückwünsche, sie blieben aus. »Wir machen eine Konferenzschaltung mit Frau Fink. – Ist Ihnen das recht, Prinz Starburg?«

»Selbstverständlich.« Man war auf höchster Ebene auf ihn aufmerksam geworden; einen Trader wie ihn hatte es in der Kölner Kreditanstalt noch nicht gegeben. Man wollte seinen Rat oder ihn ins allgemeine Investment-Banking miteinbinden – sogar sein Pferd war am Sonntag ins Geld gelaufen, es stand in der Zeitung; ihm gelang derzeit einfach alles.

»Womit fangen wir an? Mit dem Limit?« fragte die dritte Stimme, eine weibliche. »Prinz Starburg, wir müssen Ihr Limit erhöhen.«

»Was?!« Sony fiel aus allen Wolken. »Wieso?!«

»Wir brauchen einen Nachschuß«, sagte die Stimme von Frau Fink mit fester, heiterer Bestimmtheit.

»Das habe ich noch nie gehört, daß Nachschuß verlangt wird, wenn's *gut* läuft«, rief Sony, mit scherzhafter Betonung.

»Wir brauchen einen Nachschuß von hunderttausend Euro.«

»Das muß ein Riesen-Mißverständnis sein«, in den eigenen Worten hörte er ein Lachen; aber sein Freund und Kumpel lachte nicht mit und hörte stumm zu. »Ich habe gestern und die Tage vorher bestens verdient.«

»Optionen zählen nicht als Sicherheiten. Tut mir leid, daß es so ist, Prinz Starburg.«

»Das kann doch nicht sein, daß jemand, der *zufällig* auf Crash setzt und *zufällig* recht hat, das Limit erhöht bekommt, und noch mal erhöht, und wieder, bis er verkaufen *muß*«; trotz aller Erregung blieb Sony bedacht, nur eine anonyme Macht zu beschuldigen. Er wollte diese Frau Fink nicht persönlich angreifen, er brauchte sie noch als Verbündete.

»Ich muß leider auf der Nachzahlung bestehen.«

Er hatte die zusätzlichen Hunderttausend nicht.

»Ich rufe sofort Herrn Hoppe an«, drohte Sony, »Herr Hoppe ist mein Kompagnon.«

»Falls Sie kein anderes Depot mehr haben –«

Noch ein Depot?! Genügte nicht seins, das im Wert raketengleich emporschoß?!

»– wir wären sonst gezwungen, die Hälfte Ihrer Kontrakte zu schließen.«

»Das kommt auf keinen Fall in Frage«, rief Sony hitzig, »ich stelle gar nichts glatt – keine einzige Put-Option, keinen einzigen Future!«

Er verstand nicht, was vorging. Es mußte eine Intrige sein. Diese Jakobiner gönnten ihm den Erfolg nicht. Und Hoppe war erst um elf Uhr abends zu erreichen; die Verbindung zum Wohnmobil war schlecht.

»Die Bank will mir die Luft abdrehen. Ich soll verkaufen!«

»Wenn die beraten könnten, säßen die nicht mehr in der Bank«, behauptete Hoppe mit recht schwerer Zunge. »Vergiß es!«

»Wenn ich bloß wüßte, was da los ist.«

»Die Dame hat sich mit deinem Limit verkalkuliert. Sie fürchtet um ihren Job. Ich hab's dir ja gleich gesagt: warte, bis ich zurück bin.«

»Was soll man jetzt machen?«

Man hörte Schnaufen, Hoppe dachte nach. »Man zeigt den Bankleuten das Astloch«, schlug er vor. »Aber immer schön vorsichtig. Brich nichts ab und laß nichts stecken.«

Im Hintergrund quiekte weibliches Gelächter, klang Gläserklirren und Musik, Gesang aus rauher Kehle und Gebrüll.

»Was ist denn bei euch los?«

»Gewitter. Und Biwak. Eins der Mädchen legt uns Karten, aber sie will uns nichts sagen.« Die Atmosphäre unterbrach sie mit unflätigen Geräuschen und krächzenden Rülpsern. »– dann mußt du deinen Trade eben wieder auswürgen, ich verlange jeden Cent zurück!« hörte er noch.

»Mach dir keine Sorgen«, rief Sony und hörte voll Stolz die eigene Stimme, den hellen, heiseren Ruf des Feldherrn, der sich im Schlachtenlärm Gehör verschafft. »Der Dax ist heute auf 5052 gefallen –!«

»Was?«

»Ich mach keine Verluste!« rief Sony ihm, aber ebenso seinem Namensgeber zu. Erfolg und schnell erfüllte Wünsche, das gibt diesen rötlichen Schimmer auf die Haut und dieses Strotzen auf die Wange; das feiste Gesicht glänzte im runden Rahmen wie die Bratwurst in der Pfanne, die rote

Schärpe des Maria-Theresia-Ordens glühte aus den Krusten goldgebräunter Tressen. Sony führte neuere Waffen ins Feld als der erste Alexander, Terminkontrakte; seine Futures feuerten, es heizten die Optionen. Rauch stieg ihm ins Auge, am Telefon fehlte wieder der Aschenbecher. »Du steckst in einem Funkloch«, brüllte er.

»In welchem Loch? – Er wird sich wieder aufrichten.«

»Wer?«

»Der Markt.« Neue, krachende Explosionen trennten sie. »– das letzte Hurra der Baissiers«, hörte er noch. »Ich hab ein bißchen geladen heute abend, Sony, ich bin beschäftigt. Wir haben auch Gesellschaft«, sagte Hoppe plötzlich ganz deutlich und dicht an seinem Ohr. »Ruf mich morgen wieder an. Wir amüsieren uns hier ein bißchen – du verstehst.«

»Sag mir nur noch –«

»Sony, hier ist ein Inferno. Ich kenne unser stilles Tal nicht wieder.« Der Apparat klickte, er war weg.

Nachts regnete es sehr heftig auch in Laun, der Regen geißelte die Scheiben. Am nächsten Morgen regnete es weiter. Im Berner Oberland schwoll während des Unwetters am 27. Juli 1999 das Wasser der Saxet-Klamm zu einer sechs Meter hohen Welle an, die mit Wucht zu Tal raste und viele Sportler mit sich riß.

Es gab Verletzte und Tote. Die Zahl der Toten stieg auf fünfzehn, dann neunzehn. Die Privatsender brachten erste Bilder vom Unglücksort, der Felswände in der Schlucht, eines Hubschraubers und der am Seil hängenden Opfer. Sony wurde kreidebleich. Er kannte doch Hoppes Neoprenanzug mit dem gelben Brustgeschirr und dem Rettungsring! Die rundlich stämmige Leiche pendelte über den Wipfeln, den Kopf verdreht, den Helm im Gesicht, die Arme weit abgespreizt. Ein anderer Toter lag unter Geröll verkeilt, und immer wieder sah man die Bewegung, mit der der Helfer ihn nach oben auf den Weg schickte und ihm nachwinkte wie einem Freund.

Ruperta riß die Augen auf. »War das nicht Wolfi –?«

Caroline erschrak. Sie rief sofort Titti an.

»Da! Da schwebt doch unser Hoppe!« Anni stürzte, ganz fremd vor Aufregung, hinunter in die Küche und fort von Ott, der wenig sagte; für Mitleid war noch keine Zeit.

Mathias hatte es schon mehrmals gesehen. »Da bammelt der Oberst.« Hoppe hatte wohl schon zu oft am Tisch rechts von der Herzogin gesessen.

Sogar Titti in Marbella sah es und konnte es kaum glauben. »Verflixt, das war mein Mieter.«

»Es war unverantwortlich, in die Schlucht zu gehen, wenn sich ein Gewitter zusammenbraut«, erklärte der Bürgermeister von Interlaken. Ein Feuerwehrmann von Saxeten sei extra zur Schlucht gegangen und habe gewarnt. Ein Bauer, der einige Sportler als letzter lebend sah, riet ihnen von der geplanten Tour ab. Sie ignorierten seine Warnung, und drei von dieser Gruppe überlebten nicht. Innerhalb kürzester Zeit habe sich die Schlucht in eine Todesfalle verwandelt, meinte der Chef der Rettungsstation des Schweizerischen Alpen-Clubs. Eine immense Wassermasse mit Geröll und Holz sei völlig überraschend gekommen. Viele der Opfer seien bis zur Unkenntlichkeit verstümmelt; die meisten seien Ausländer gewesen, Mitglieder einer Canyoning-Gruppe. Angehörige aus Südafrika,

Australien und Neuseeland würden erwartet, es sei ihnen aber nicht zuzumuten, die Toten zu identifizieren. Rechtsmediziner seien deshalb auf Material aus den Heimatländern, auf Fingerabdrücke und Zahnbilder angewiesen; die Verunglückten hätten nur ihre Kälteschutzanzüge, Schwimmwesten und Helme getragen und nichts Persönliches, weder Ausweise noch Uhren oder Ringe, bei sich gehabt. Die Veranstaltungen zum Schweizer Nationalfeiertag seien abgesagt, alle Canyon-Touren im Berner Oberland eingestellt und ein Gedenkgottesdienst in Interlaken vorbereitet worden. Das Psychologen-Team der Swissair stehe zur Betreuung bereit.

»Wieso denn der Swissair? – Das ist doch kein Absturz«, überlegte Caroline, wehmütig-versonnen wie selten.

Rupert mißtraute den Berichten der Privatsender und gab seinen Kommentar erst abends ab, als im ZDF der Polizeisprecher von Interlaken zu Wort kam und die von Stämmen, Ästen und Steinen verbarrikadierte Schlucht gezeigt wurde. Es gebe noch viele Vermißte, wurde gesagt, manche der Toten könnten erst geborgen werden, wenn sie dreieinhalb Kilometer durch das Flüßchen Lütschine in den Brienzer See getrieben worden seien; bis die letzte Leiche in den Hafen von Bönigen geschwemmt werde, könne es noch eine Woche oder zehn Tage dauern. Krankenwagen parkten auf einer Schotterbank, auf der sich Holz und Gestein stapelte. Lautes Tosen, wie das Rollen hohler Nüsse, drang bis in den Grünen Salon von Laun.

Rupert fällte sein Urteil kurz und endgültig. »Das ist also das Ende von diesem Hoppe. Ersäuft – wie eine *Ratte.*«

Immer wieder rief Sony Hoppes Nummern an. Am frühen Morgen gab er es auf und verabredete sich mit Hoppes Haushälterin in der Villa. Gegen zehn fuhr er hinüber. Sie erwartete ihn schon, eine magere aufgescheuchte Frau aus dem Dorf, das Gesicht fleckig gerötet, die Schultern spitz unter dem Kittel. Das Unglück hatte sie durcheinandergebracht, an das Kennzeichen von Hoppes Wohnmobil konnte sie sich nicht erinnern, obwohl sie doch jeden Tag daran vorbeigelaufen war.

»Wenn man selbst keinen Führerschein hat –«, die hellwachen, von Tränen oder Aufregung glitzernden Augen störten Sony, er wußte nicht, warum; sie fand ihn sonderbar, sie hätte ihn nicht unrasiert und im Hemd von gestern antreffen sollen, ihr entging keine Einzelheit seines Auftretens.

»Falls Ihnen die Nummer noch einfallen oder Sie etwas Neues hören sollten –«

»Selbstverständlich, Durchlaucht, ich gebe sofort Bescheid. Wo werden Sie sich aufhalten – hier?«

Er hatte die Zimmerwache in Laun so satt. »Ja, ich bleibe erst mal hier. Vielleicht ruft jemand an.«

»Ich lasse Ihnen einen Schlüssel da.«

Endlich begriff sie, daß man sie nicht mehr brauchte, und verschwand. Sony setzte sich ans Telefon auf Hoppes Arbeitsplatz. Der Markt kümmerte ihn jetzt nicht, er lief ja sicher ins negative Terrain; er konnte sich aber zur Ablenkung mit den technischen Indikatoren beschäftigen. Die gleitenden Durchschnitte auf Hoppes Monitoren wiesen alle nach unten. »Die Bären lauern darauf, den Dax unter die 5000-Marke zu treiben«, las er als Kommentar zu

MACD und Stochastik. »In den vergangenen Tagen ist der Dax-Future geradezu kollabiert. Das war mehr als nur eine technische Reaktion auf den Kursgewinn von 650 Punkten seit Anfang Juni.« Man brauchte kein Hellseher zu sein, um mit einem Crash zu rechnen; die Zinsen stiegen, und auch in den Jahren 97 und 98 hatten die Kurse ihr Hoch im Juli gesehen. »Sollte der Index nicht spätestens zwischen 5000 und 5200 kraftvoll nach oben drehen, ist die seit 1998 bestehende Hausse in Gefahr.«

Der Crash im Dollar war schon da, er stürzte soeben von 115 Yen auf 90, dann 80 Yen. Angeblich stützte die Bank of Japan die amerikanische Währung, der Schweizer Franken stieg. Als Grund wurden neue Milleniums-Befürchtungen angegeben, diesmal wegen des 9. 9. 99 – das Datum galt als Probelauf für das Funktionieren der Rechner. Ein Gerücht, Brasilien sei wiederum in Zahlungsschwierigkeiten, kam hinzu.

Am heutigen Handelstag war der Dax gleich zu Beginn fünfzig Punkte nach oben gesprungen und von da an stetig gefallen, jetzt stand er noch mit acht, dann mit vier Punkten im Plus. »Allerdings stimmt die steigende 200-Tage-Linie für den Dax zuversichtlich und deutet auf eine noch intakte Hausse hin.«

Sony stützte das Kinn in die Hände, er war todmüde; und prüfte die Charts mit, versuchsweise, Hoppes kleinen schlauen Augen. Was würde Hoppe jetzt tun? Was hätte Hoppe jetzt gemacht? Gewinne mitgenommen und glattgestellt, da war er sicher. Aber Hoppe tat gar nichts mehr, er ruhte in einer Schweizer Leichenhalle in einem zugenähten Sack. »Ich erwarte jeden Cent zurück.« Nur hatten sich diese Cents bereits mehrmals verdoppelt. »Oberst Hoppe ist mein Kompagnon.« – »Dann soll er seine Aktien als Sicherheit an die Bank verpfänden«, zwitscherte es in sein Ohr. Wenn Sony seine Kontrakte jetzt zurückkaufte und Gewinne mitnahm, würde ihm diese Frau Fink keine zwölf Futures mehr genehmigen, das wußte er genau. »Dann bin ich draußen«, sagte sich Sony. Er stand auf und schnürte durchs Zimmer. »Herr Hoppe ist noch in Urlaub, aber Sie können mir das Verpfändungsformular ja schon mal schicken.« Damit wären die Bankleute vorläufig ruhiggestellt.

Hoppe hatte seine Depots und Kontostände verschlüsselt. Sony probierte einige Namen aus und wurde fündig. Das Codewort lautete natürlich *caroline* und *schloßlaun*. Da lagen erstaunlich hohe Beträge an Bargeld und sehr wenig Aktien. Falls nun der Markt vorübergehend doch stieg und Sonys Positionen damit im Wert zusammenschmolzen, dann würde Wolfi, ob tot oder lebendig, ihm doch wohl ein weiteres Darlehen zugestehen –? Hätte er ihn doch danach gefragt! Aber es hatte ihm zuviel Freude gemacht, mit Hoppes einfachem, schlichtem Wesen zu konkurrieren. Jetzt fehlte er ihm als Ratgeber, als Zuschauer und Freund.

Wiederum rief er erfolglos Hoppes Handy und Autotelefon an und dann die Polizei in Interlaken. »Sie sind Angehöriger?« – »Nein, Geschäftsfreund.« Sofort bereute er seine Ehrlichkeit. Man wußte nichts Neues, man könnte nichts sagen, man werde sich kümmern. An soviel Korrektheit prallte er ab. Er sah sich selbst als eine in rötliches Katastrophenlicht getauchte Person, auf einem Boden ohne

Halt und zog sich in die Sicherheit des Badezimmers zurück.

Sein Blick fiel auf den mit Wolle gestickten Spruch über der Wanne. »Auf jedem Schiff, das dampft und segelt, gibt's einen, der die Sache regelt – und das bin ICH.«

Hoppe hatte also noch Freundinnen, die für ihn stickten, Hoppe hatte Erben. Reserve-Rasierzeug, Haarwasser im Doppelpack und Nagelscheren befanden sich säuberlich aufgereiht wie Soldaten vor der Kontrolle vor dem Spiegel, aus dem ihm verwildert die Zähne entgegenleuchteten. Sony roch den eigenen, fremden Angstgeruch. Sein zwischen Furcht und Hoffnung zerrissenes Gemüt, seine Anwesenheit hier war das einzige, was nicht in Ordnung war. Als er zu den Monitoren zurückkehrte, war der Markt weiter nach oben gestolpert. »Entwarnung für die Bullen kann erst bei 5500 gegeben werden. Der Stopkurs für die Dax-*Calls* bleibt unverändert bei 5100.«

Etwas Kaltes strammte sich im Nacken, die Villa begann ihn zu bedrücken. Wie hatte Hoppe es nur mit dem unechten Renaissance-Kamin, den Kunstledermöbeln, in einem Mietshaus ausgehalten? Das kleinliche Tapetenmuster färbte auf den Bewohner ab, all diese zweitrangigen Dinge drückten auf die Moral und zerlegten sich in gegeneinander streitende Einzelheiten, wie es die Armut mit sich bringt. Sony schloß ab und ging zu Fuß nach Hause, der Regen hatte aufgehört.

Die frische Luft befreite ihn nicht, sondern verschärfte seine Befürchtungen. An den Steigungen blieb er stehen und schnappte nach Luft, er wunderte sich, wie weit die Strecke doch geworden war. Nach zehn Tagen der Hochspannung, fast ohne Essen, Schlaf und Bewegung rebellierte sein Körper, die Kleider schlotterten wie die von Ott. Er ging ins Gebüsch und erbrach sich. Im lehmigen Boden hielt er sich an etwas Dornigem fest, nasse Zweige streiften sein Gesicht. Ich hocke hier im Park wie ein Landstreicher, sagte er sich; und in diesem Augenblick der Hellsicht, des klaren Überblicks, den ein strapazierter Körper manchmal liefert, wußte er und sah genau: Wer fallen würde und soeben auf die Nase fiel, war er und nicht der Markt. Der Markt würde steigen. Er spürte eine Leere in sich und kalten Schweiß auf der Stirn. Geld, das er verlor, war Lebenssaft; als verliere er Blut und werde entwaffnet, mitten im Gefecht; er war krank. Warum tat er sich das an? Er riß sich zusammen. Ich gebe nicht auf, ich mache weiter, schwor er sich, ich bin kein Feigling, ich weiche nicht zurück; ganz natürlich folgte auf die Tollkühnheit der letzten Woche nun die Angstattacke. Er mußte kühlen Kopf bewahren und beherzt vorgehen. Hoppes Verschwinden barg auch Chancen –; es würgte ihn wieder, er fiel zurück auf die Knie und stützte sich in den weichen Lehm. So schmutzig, mutlos und geschwächt war er noch nie nach Laun zurückgekehrt.

Teil II

In der ersten Reihe saßen Rupert und Ruperta neben Caroline mit Titti und Max Magnus. Max Magnus war wieder da. An ihrer Seite, dort wo sein Platz hätte sein sollen, saß ein Fremder, ihr Sohn. In der zweiten Reihe saßen Paul, Carolines Vater, im Cut wie aus dem Ei gepellt, und Ott, ein von den Kleidern mühsam in Form gehaltenes Häufchen Knochen, neben Anni, heute im gestärkten Häubchen, und Ippi.

In der ersten Reihe links saßen Unbekannte, die sich nicht umdrehen wollten und sehr gut die Prinzen von Preußen sein konnten. Die tief Verschleierte war vermutlich Sonys Mutter, daneben die Tante Baby genannte Dame, dahinter das spanische Botschafterehepaar und die Hackenzies; und Hoppe meinte, daß Caroline hier ein Protokollfehler unterlaufen war und das lettische Ministerehepaar nach vorn und die Mantilla nach hinten gehört hätte.

Aufgeklebte Namensschildchen reservierten die ersten fünf Bänke beider Seiten für die Angehörigen und nächsten Freunde. Deddi Dankelwitz und Hansi Kottentrott wechselten geschäftig auf und ab, blätterten in Listen und begleiteten alle zu den vorgesehenen Plätzen. Beim Hinsetzen wurden die Cut-Schöße auseinandergezogen und ausgebreitet, als könne etwas naß werden, draußen herrschte aber sommerliche Hitze, und Hoppe wurde es im schwarzen Anzug warm. Sein Vater war zu manchen Beerdigungen noch im Stresemann erschienen. Hoppe widmete einer genaue Kenntnisnahme des Cutaway genannten Kleidungsstückes, des Stoffes und der Nähte, einige Minuten;

die Hochzeitsfotos auf Sonys Kommode hatten die Bräutigame ebenfalls im Friedhofsfrack gezeigt. Die mittleren Reihen füllten sich eher zufällig mit Honoratioren, Freunden und Bekannten der Familie, teils mit, teils ohne Cut; hinten drängte sich die übrige Bevölkerung, und hinten saß auch Hoppe.

Neben ihm saß die vermutlich älteste Einwohnerin von Laun, die knittrigen Züge zusammengekniffen, was Trauer ausdrücken sollte, und spähte scharf nach allem Sehenswerten aus. Sie kannte Hoppe nicht, er war ja in Verbindung zur Familie niemand mehr und saß hier hinten gut und richtig. Hinter ihnen flüsterte eine Stimme mit einer zweiten. »Alix ist da.« – »Max Magnus ist da.« – »Ist das Max Magnus?«, denn auch vor den schärfsten aller Augen wirkten sein Hinterkopf und die Schultern, als sei er nie verreist gewesen. »Oberst Hoppe ist nicht da.« – »Der ist doch tot.«

Die Alte schielte unter ihrem Schal fragend heraus. Sie wollte wissen, warum er sich umgedreht hatte und ob es jetzt hinten mehr zu sehen gab als vorn. Zwischen Kopfbedeckung und dickwollener Bestrumpfung trug sie Schwarz, beziehungsweise Schwarzgemustertes, oder wenigstens Muster, in denen auch Schwarz vorhanden war, in einer Beleid ausdrückenden Fülle; bei den Temperaturen an diesem siebten August fürchtete Hoppe, der Schlag könne sie treffen, aber offensichtlich war das nicht der Fall, sie genoß einen großartigen Trauertag.

Immer noch trafen Nachzügler ein, und mit unverminderter Anteilnahme verfolgte die Gemeinde den Aufmarsch noch der Letzten. Am Gang saß man günstig. Wenn nun einer etwas fallen ließe, und sei es nur ein Wort –

»Der Prinz von Preußen hat mit mir gesprochen.«
»Wirklich! Was hat er denn gesagt?«
»Danke, hat er gesagt.«
»Sonst nichts? Nichts zu dem Unglück?«
»Doch! Er wollte noch, aber es ging zu schnell.«
– denn die durch den Tod heimgesuchte Familie hielt an der Unfall-Version fest, das wußte man aus den Zeitungs- und Fernseh-Berichten. Andere widersprachen dem. »Tod eines Börsenprinzen.« – »Selbstmord des Prinzen Starburg.« Die Bildzeitung brachte sogar ein Foto von Sony, ein Mann lag am Boden, mit dem Kopf war etwas geschehen, der Aufnahmewinkel ließ für Phantasie und Vermutungen den schlimmsten Spielraum. Der Sarg war fest verschlossen, mit einer Fahne zugedeckt, und Kerzen, Blumen, Kränze, die spalierstehenden Förster verhielten sich allesamt ganz still und verrieten nichts. Vom Pfarrer erwartete man Aufklärung, denn Selbstmord bedeutete Hölle, auch wenn jüngere Geistliche das Wort gern vermieden. Pfarrer Müffling war nicht jung, er stand vor einer kniffligen Aufgabe, ein Kommentar mußte sein. Oder kniff er und kam gar nicht? Die Stille wurde immer dichter, nur ein sofort unterdrücktes Hüsteln unterbrach sie, ein weiteres Mal das knallende Zuschnappen einer Handtasche, die das Unaussprechliche ausdrückte, den kommenden Eklat. Die Gemeinde nahm Witterung auf wie die Meute am Rand der Dickung; den Förstern mit den ausdruckslosen Mienen (einer aus Laun und fünf auswärtige) war nichts anzumerken, reglos wie die Kerzenflammen standen sie da.

Aus der Ferne wurde ein leises Brummen hörbar, ein schnell lauter werdendes Geknatter, ein infernalisches

Gedröhne ließ die Fensterscheiben klirren; um ziemlich plötzlich zu verebben, in weltlich schrillem Pfeifen abzusterben. Das Totenglöckchen machte sich wieder geltend und bimmelte eintönig fort.

Nach einigen Minuten begieriger Stille entstand hinten Unruhe, Geraune und Geflüster, und gleichzeitig mit der aufbrausenden Orgel, glücklicherweise aber, bevor alle sich erhoben, durchschritten Muhls das Kirchenschiff in ganzer Länge bis nach vorn. Der Eindruck entstand, man habe mit dem Anfangen auf sie gewartet, das war fatal.

Mit energischem Schritt, die Gattin knapp hinter sich bei Fuß, ließ Muhl den Kleinadel mit den kleinlichen Listen einfach stehen; er brauchte keinen Platzanweiser, Muhls saßen immer vorn. Deddi mit trostlos hängendem Schnurrbart, Hansi noch eine Spur blasser, mit hängenden Schößen, kehrten um. Herr und Frau Muhl erreichten die vordersten Bänke. Sie waren lückenlos besetzt.

Auf der Höhe der ersten Bank überblickte Muhl die Reihen, das Piratenhaupt (oder den Imperatorenkopf) erhoben; und Hoppe, der weitabgeschlagen hinten saß, stellte schadenfroh fest, daß Heinz Cäsar nicht nur falsch angezogen, sondern auch noch schlecht beschneidert war. Die Schultern warfen Falten, als sei er verwachsen oder schüchtern. Muhl stand vor der Entscheidung, entweder heidnisch-protestantisch in die nächste Bank einzutreten oder das Knie zu beugen. Er trat in die Bank ein. Dort war nur Platz für fünf, und fünf saßen drin. Die Gemeinde beobachtete atemlos. Die fünf, darunter Chipi und Titti, rückten zusammen, der sechste schob nach und besetzte die prominenteste Stelle, den linken Platz in der ersten Reihe rechts vom Gang.

Nun stand Madame Muhl allein im Schiff und plante den Einstieg – auf der steilsten je gesehenen Hacke, fünfzehn Zentimeter mindestens, in festlichem Chiffon, das Dekolleté nur notdürftig mit Jettschmuck verhängt. Sie versuchte sich in einer gewagten Knieübung und scheiterte. Verständnisinnig verfolgte es die Gemeinde. Der Rock war schuld. Sie erhob sich wieder, an die zweite Bank geklammert; die Insassen saßen festgefügt wie eine Wand. Die Trauergemeinde vergaß die Trauer, alle glaubten, sie würde sich, klein und zierlich wie sie war, auf Paul Graf Otterstedts Schoß zu setzen versuchen. Er selbst schien es auch zu glauben, er starrte nur und wich keinen Zentimeter. Sie setzte ein Bein in die Bank, rechts an der Außenseite rückte jemand, die anderen folgten, Madame Muhl schliefte ein wie der Fuchs in den Bau und verschwand, ein Aufatmen ging durch die Gemeinde.

Die Ministranten erschienen in der Seitentür und zogen die Glocke, Pfarrer Müfflings große, etwas knorpelige Nase folgte, er war da und begann den Gottesdienst. »Mit Freud' fahr' ich von dannen«, sang Hoppe vom Blatt. Die Liedtexte lagen gedruckt aus, das war Carolines generalstabsmäßige Organisation. »Alsdann laß' sanft und stille«, quäkte die Alte, »oh Herr mich schlafen ein«, sekundierte Hoppe in schönem Bariton. Ein zu spät Gekommener im schwarzen Anzug drängte in seine Bank und vertrieb ihn vom Eckplatz, ein großer breitschultriger Kraftkerl mit einem ledrigen Gesicht wie eine zerfurchte Fußsohle und einem Schmiß am Kinn. »Mein' Geist will ich aufgeben, dazu mein' Leib und Leben«, schmetterte Hoppe. Der Neue sah ihn forschend an. Er selbst sang nicht. »Drum' fahr' ich hin mit Freuden«, quäkte die Alte, »wenn ich den Tod muß leiden«, posaunte Hoppe.

Alle setzten sich, der Neue blieb stehen.

»Laß' die Kranken und die Behinderten, die Verzweifelten und Vereinsamten die Hilfe finden, nach der sie verlangen«, las Pfarrer Müffling. »Zeige denen einen Weg, die nicht ein noch aus wissen –«

»Amen«, sagte der Neuankömmling unerwartet.

Hoppe bemerkte, daß der Kraftkerl das Schuldbekenntnis nicht mitsprach, vielleicht aus Vorsicht. Er verstummte ebenfalls. Männlich stumm getragene Trauer war die angemessenere Haltung; und wie in der Antike beugte sein Nachbar das Knie nicht und auch den Kopf nicht, er beugte gar nichts und starrte in ganzer Höhe verschlossen-stur nach vorn. Hoppe dagegen kniete jetzt, fast Wange an Wange mit dem vor ihm sitzenden alten Bekannten, dem Wasserschwein, dessen Ohr von nahem einer grau verschimmelten Zitronenschale glich. Damals im Februar hatte Hoppe alle Gäste beim Diner vor Börsengeschäften gewarnt; und wegen eines ungewohnten Schnürens im Hals konnte er nicht weitersingen und beobachtete mit brennenden Augen, wie lange das Wasserschwein unter dem Cut-Ärmel den Puls fühlte und die Lippen bewegte, weil es zählte.

Pfarrer Müffling war der Weg zur Kanzel verbaut, er verhedderte sich in den Kränzen und stieg ungeschickt darüber hinweg. Man hatte wohl angenommen, daß er wie üblich unten bleiben wolle, aber heute erklomm er langsam die gekurvte Treppe. Der Redner vom Februar saß unter der Kanzel, seine Bartspitzen zuckten sehnsüchtig. Wenn er nur reden dürfte – jedes Wort ein Glockenschlag;

wenn er bloß heute nicht redet, dachte Hoppe. Pfarrer Müffling ließ sich Zeit und predigte unerschrocken; er wußte genau, daß jedes seiner Worte wie eine Schaufel Erde (im Salatbeet) gewogen, gedreht, gewendet und beklopft und auf verborgene Bestandteile hin untersucht würde. »Niemand kennt das Ende. Niemand kennt den Tag und die Stunde«; stimmte es also, daß Schloß Laun verkauft wurde? Pfarrer Müfflings kuppelförmiger Schädel war von farblos struppigem Haar bedeckt, das in Büscheln hochstand. »Unsere Zeit ist in Gottes Hand.« – und zwar an Muhl –? »Wozu überhaupt Schmerz und Leid? Es sind die Wehen einer besseren Welt, die Schöpfung ist erst im Entstehen, das Richtige kommt noch«, rief Pfarrer Müffling und beugte sich weit heraus. »Hier sitzen Unternehmer«, rief er. »Auch der Verstorbene wollte Unternehmer sein. Gott ist auch Unternehmer, er hat seine Schöpfung geplant, wie das bei einem so großen Familienunternehmen jeder macht. Wenn Gott also mit einem Gewinn und einer Bereicherung für sich und seinen Sohn gerechnet hat, dann verliert er auch nichts davon, sonst wäre er nicht der er ist, nämlich vollkommen auch in dieser Hinsicht. Gott macht keine Verluste, er verliert nichts, auch nicht denjenigen in einer verzweifelten Lage. Soviel Zutrauen können wir haben, deswegen brauchen wir nicht Gottes Buchprüfer zu sein.«

Beim Credo knickte der Kraftkerl plötzlich ein und setzte sich wie ein gefällter Ochse. Das machte ihm Ehre, das war der Ansturm der Gefühle; und mit großartiger Weltverachtung warf Hoppe einen Zwanzig-Frankenschein in den bereits überquellenden Kollektekorb. Die Alte erstickte einen ehrfurchtsvollen Schluchzer und beäugte argwöhnisch den Schein. Hoppe hätte ihr gern den derzeitigen Wechselkurs von stolzen einskommazwei, fast -drei, zugeflüstert; doch der Korb war schon weitergewandert und blieb vorn auf der Kommunionbank stehen, die heraushängenden Banknoten als Teil des Stillebens rund um den Katafalk.

Ruperts dichtes schwarzes Haar war keineswegs über Nacht grau geworden. Das Gerücht war falsch. Finster brütend saß er vor wagenradgroßen Kränzen, deren zweifarbige Taftschleifen rätselhafte Botschaften trugen: ›Mimu‹, ›Lala‹, ›Pippa‹. Immer noch konnte er nicht glauben, was geschehen war, und es nicht verstehen. Es gelang ihm nicht, aus dem Alptraum endlich aufzuwachen. Gott hatte sehr unrecht an ihm gehandelt, und er fand die richtigen Worte nicht, um IHN in gehöriger Weise darauf hinzuweisen. Wohl hatte er als Hüter oberster Prinzipien zum zweiten Mal geheiratet, ohne annulliert zu sein, und sich damit selbst von der Kommunion ausgeschlossen, und das in einem durch und durch katholischen Land, das war ein Schandfleck in seiner Biographie und in seiner Seele. Eine Seite seines Wesens empörte sich gegen die Strafe; die andere fühlte sich durch die Teilnahme der Bevölkerung und die schiere Anhäufung von Blumen, Kränzen, Weihrauchschwaden etwas besänftigt. Aber dann war dieser Muhl gekommen und hatte ihm seinen Platz weggenommen und Ruperta, die doch nur Sonys Stiefmutter war, heulte hemmungslos an seiner Seite wie eine Witwe und blamierte ihn.

Und gegenüber kniete reglos und äußerlich gefaßt Sonys Mutter, deren Namen er nicht mehr kannte und die daran schuld war, daß er die Haushälterin im lächerlichen Schleierhut an der Seite hatte. Ein leichtes Rauschen, wie von einem Sommerregen, ging verwirrend nieder. Alle blätterten gleichzeitig um. Wie es Sonys Mutter ging und warum sie allein und ohne ihren Mann erschienen war, interessierte ihn nicht. Sein Sohn, sein Alexander, sein einziges Kind hatte sich für Laun geopfert und lag erhöht vor aller Augen unter der Hausfahne, damit alle Welt für ihn oder zu ihm beten konnte. Er betete zu ihm.

»Lieber Sony, du bist freiwillig aus dieser ekelhaften Welt gegangen.« Er selbst hatte sich immer vor dem Leben geekelt und wieder einmal recht bekommen. »Bitte mach, daß dieser elende Oberst hier verschwindet«, betete er. »Er hat dich vertrieben und will auch noch meine Schwägerin haben.« Er wetzte die Zähne. »Wir kündigen ihm die Villa.« Das war zu wenig. »Dich hat er mißbraucht und aus Laun verjagt. Er hat sich bei uns eingeschlichen –«; die schwarzen Brauen gerunzelt, starrte er finster auf den Altar. »Jetzt soll er auch ehrlos verschwinden, dieser – dieser erbärmliche –«; unwillkürlich trat er zu und traf mit dem Absatz Muhls knautschlackbedeckte Zehen. Muhl zuckte zusammen. Triumphierend saß er vor aller Augen zwischen seinen beiden Frauen, der ersten und der zweiten, er konnte zwei ohne weiteres verkraften, eine eheliche und eine Maitresse en Titre, die Titti zwar nicht war, aber noch werden konnte, das war so gut wie Tatsache. Hier waren sie als Braut und Bräutigam angetreten, wie heute war viel Presse dagewesen, und Titti bedauerte es, daß Hola! nur diesen einen jungen Fotografen geschickt hatte, der sich nicht traute, denn ihr Kummer war echt, und auch der von Elfriede Muhl, die ihren Gatten noch mit einer schwarzen, tief in den Nacken hinunterreichenden Haarmatratze kennengelernt hatte und nun, hinter ihm kniend, die Frisur einer abgewetzten Kleiderbürste sah. Die Entdeckung im Kerzenschein berührte sie eigentümlich. So kühn, schön und bezwingend war er in die Bank getreten, daß alle wie vor einem Erzengel zurückwichen, und seine Frau hatte sich sogar barfuß aufgestellt, wie man es am brennenden Dornbusch tun muß, erleichtert machte Schwester Anni es ihr nach. Sie freute sich darauf, Sony zu erzählen, daß Max Magnus doch noch zur Beerdigung gekommen war, und dann fiel ihr ein, daß sie es ihm nicht mehr erzählen konnte, und die Tränen traten über die Ufer. Durch die nassen Wimpern schimmerte Otts herabgesunkenes Haupt mit der langen Oberlippe silbrig wie Olivenlaub. Vielleicht war er auch tot. Doch er lebte, heute war Sonys Beerdigung, nicht seine, und er wußte kaum, wie er künftig Caroline unter die Augen treten sollte. Wie konnte er weiterexistieren, ohne sich dafür zu entschuldigen? Max Magnus als neuer Hausherr behandelte ihn wie Luft, und Schwester Anni half immer länger in der Küche aus, und Mathias hatte gar nichts dagegen. Für nur zehn Minuten hatte er die Anrichte im Stich gelassen und stand noch hinten in der Menge, ein weißer Rabe in seiner Leinenjacke unter lauter schwarzen. Was vorgefallen war, war sehr schlimm, und Sony würde ihm fehlen, er hatte ihn aufwachsen sehen; aber eine Sensation jagte die andere, Max Magnus war wieder da, das Dorf schwirrte von Fernseh- und Zeitungsleuten, die ihn fragten und nicht Schuller, denn Schuller saß im Requiem. Mit dem zugeknöpftesten Gesicht war er vor der Kirche stehen geblieben und hatte ein wenig mit den Reportern geplaudert, weil ja ein müßiger Diener mehr zum Glanz des Hauses beiträgt als ein abgehetzter. Der Flor der Bänke, die er mit Schleifen drapiert hatte, erfüllte ihn mit Stolz. Seine Starburgs trauerten am besten, das sollten sich die Dankelwitz mal hinter den Spiegel schreiben; und die Kirche in Kottentrott hatte, als Hansis Vater starb, einen mit heute verglichen armseligen Blumenschmuck gehabt, und von der ersten Abteilung war niemand dagewesen. Hoch aufgerichtet glich er endlich Sonys Traum vom englischen Butler, er bemerkte den Respekt, mit dem die Kirchentür für ihn aufgerissen wurde, als er sich heimwärts wandte, um in der Speisekammer seines Amtes zu walten. Aus der Ferne, in die andächtige Stille hinein drang ein sehnsüchtiges Heulen, alle hörten es und auch Max Magnus hörte es und nahm sich vor, seinen alten Hund nachher mit einem Sandwich zu beglücken.

»Ach wie nichtig, ach wie flüchtig sind der Menschen Schätze! Alles muß zu Trümmern gehen«, sang die Gemeinde schallend und aus voller Brust. Sony war gefallen, Rupert ein Eisklotz, Ruperta aufgelöst, und seine Mutter… von seiner Mutter ging dieses Knirschen aus, mit dem große Flächen abreißen, dieses Knistern, bevor unter nachhaltigem Donner sich Wände lösen. Gerüchte, *die Herzogin von Starburg macht eine Mesalliance* waren bis zu Max Magnus nach Argentinien gedrungen, wo seine Tage, von ihrem Monatsscheck unterstützt, so still und gleichförmig dahinglitten, daß er die Strömung kaum bemerkte. In seiner frühesten Erinnerung war seine Mutter streng und gerecht gewesen, auch hart und kalt; aus der Entfernung dann hatte sie in seiner Vorstellung ein milde milchiges Lourdes-Blau angenommen, ein Gletscherturm im Regen, und nur noch das leise Geklingel von sich gegeben, mit dem im Whisky Eis an Glas stößt und Luftblasen sich lösen. Eis treibt ja in unwahrscheinlichen Formen dahin, gezackt, geflügelt, mit Zinnen und Spitzen, man fragt sich, wie es sich aufrecht halten kann, das meiste bleibt ja unter Wasser. Dann knallt es, hell wie Flintenschüsse, dumpf aus der Tiefe, ein Dröhnen wie zufallende Kellertüren, eine ganze Front rauscht in die Tiefe, Fontänen steigen, Riesenwellen erheben sich, Dünung rollt, zuviel Nähe wird gefährlich; Möwen kreisen, und nur die fetten Seelöwen im Speckpanzer profitieren von der aufgerührten Suppe, wenn sie sich rudelweise lange genug in der Nachbarschaft amüsiert und herumgetrieben haben. Hallo, Tante Caro! Ich hab meine Orden und ich meine Manschettenknöpfe in der Kommode liegen lassen. Hast du keine Weste für mich? Ist unser Kranz nicht angekommen? Dann tu ihn nach vorn. Die Dankelwitzschen Förster lassen anfragen, ob sie A- oder B-Uniformen tragen sollen. Selbstverständlich A. Der Kreisjägermeister will wissen, ob der Bürgermeister spricht. Der Bürgermeister will wissen, ob der Landrat spricht. Der Landrat will wissen, wer sonst noch spricht, sonst spricht er überhaupt nicht. Pfarrer Müffling will wissen, welcher Schwachkopf ›Oh Haupt voll Blut und Wunden‹ auf die Liederliste gesetzt hat. Keine Reden am Grab!

Hat er wirklich ›Schwachkopf‹ gesagt? A ist korrekter, B ist besser. Schuller unterhält sich mit der Dame von RTL, und der Bonner Generalanzeiger will in die Gruft. Heute kommt die Putzfrau nicht, sie bepflanzt ihre Gräber alle neu wegen der Presse, und es geht doch niemand auf den Friedhof. Braucht jemand einen Schleier? Tante Baby hat einen zuviel. Nein, nur eine Weste. Die Dankelwitzschen Förster lassen sagen, sie haben neue A-Uniformen, die Kottentrottschen neue B. Zwei A und vier B, das merkt doch keiner. Das merkt jeder, nur je hundert Schinken-, Käse-, und zweihundertfünfzig kommen, und das kalte Wildbret nicht zu brauchen, die Aushilfsköchin hat es wie Schweinebraten mit Paprika gewürzt, und Carolines Fußsohlen brannten vom Treppenlaufen wie nach einer Bastonnade, der Chor sang wie die Engel, und von Trauer war wenig zu spüren. Das kam dann später, wenn jemand Zigarre rauchte zum Beispiel, und schon beim Gedanken daran wallte Rupertas Gesicht auf wie siedendes Wasser, die Ministranten guckten schon, sie schluchzte, und Rupert versteinerte, gefühllos wie ein Prellstein. Sie hatte die Leiche, sobald sie freigegeben wurde, eigenhändig mit dem wärmsten alten Pullover eingekleidet, darauf hatte sie bestanden; und durch diese Fürsorge wirkten Sonys Überreste mit dem Kopfverband ärmlich und kleinbürgerlich. Im Sarg hatte sie ihm ein ganzes Kistchen Macanudo Vintage zugesteckt, in der Gruft hielten sie sicher lange frisch; und nun verfolgte sie der Gedanke, daß strenggenommen die Marke Vincent Pincon richtiger gewesen wäre. Man hörte jemand in der Handtasche kramen und kramen. Ist nicht eine Zigarre wie die andere? Ist denn soviel Unterschied zwischen einem Sohn und einem Enkel? Hinten greinte ein Kleinkind, ihr wurde eng ums Herz, noch wußte sie nichts Genaues. Mit Krach fiel eine Krücke um, und Ruperta befürchtete, von der Bank zu fallen. Am Altar ging der Priester hin und her, nahm etwas in die Hand, stellte es ab, trank einen Schluck, rieb aus, faltete zusammen, räumte auf und deckte zu, alles wie sie selbst zu Hause in der Küche. Ruperta war nicht katholisch und ging selten in die Messe. Auch Sony wurde weggeschlossen und aufgeräumt für die, die daran glaubten, und er war ihr doch aus der Hand geglitten und wie eine Rotweinflasche auf den Fliesen zerplatzt.

»Oh Haupt voll Blut und Wunden«, sang die Gemeinde verhalten und etwas zögernd. Pfarrer Müffling setzte sich, nahm die Brille ab und blinzelte mit dem Ausdruck eines Wesens, das man unter einem Stein findet, ins Licht. Auch Rupert sang nicht mit. »Voll Schmerz bedeckt mit Hohn.« Wenn er einen zweiten Sohn haben wollte, müßte er zum dritten Mal heiraten. »Du edles Angesichte, wie bist du so entstellt.« Und sich seiner Kirche gänzlich entfremden. »Wie bist du so erbleichet,« und Ruperta vor die Tür setzen. Und sich wieder eine Standesgenossin suchen, die jung genug war und ihn noch nahm. »– so schändlich zugericht'.« Eine Katholikin könnte das nicht sein. »Die Farbe deiner Wangen –«, Gott hielt sich nicht an die Regeln. »– ist gänzlich hingegangen. Des blassen Todes Macht –«; jetzt weinte auch Rupert. Pfarrer Müfflings Anblick störte ihn, unter dem wie Flügeldecken schwarzgoldenen Ornat stand er auf Füßen, die nach draußen gehörten, in den Garten und aufs Feld, auf breiten, staubigen Sohlen schloß er den Tabernakel auf und holte den Kelch mit dem bräutlichen Schleier. Die Leute strömten nach vorn, einzelne gingen schon hinaus. Die Alte stemmte ihren Stock unter die Vorderbank und begann auf ihrem Sitz hin- und herzuwogen, was ihre Art des Aufstehens einleitete. Auch Hoppe stand auf und folgte dem Kraftkerl hinaus an die frische Luft.

Unter den Bäumen vor der Kirche hatten einige Reporter Posten bezogen, ein Übertragungswagen mit laufendem Motor und Parabolantenne belagerte den Platz. Im Schatten des Lastwagens redete Mathias in ein Mikrofon, das man ihm hinhielt, und die Namen Titti, Antoinette und Alix erreichten Hoppes scharfes Ohr. Soeben entschlüpfte die zuletzt genannte Dame und strebte tiefverschleiert dem Parkplatz zu. Sonys Mutter wollte offenbar nicht zum Empfang.

»Schöne Zeremonie«, begann Hoppes Nachbar.

»Anständiges Requiem«, bestätigte Hoppe.

»So ein nutzloser Tod. So ein junges, vielversprechendes Leben und dann – diese Verschwendung. Diese Vergeudung von – von Chancen.« Das herbe Gesicht wurde grimmig, die Stimme rauh.

Mit einer kleinen Verneigung deutete Hoppe seine Übereinstimmung mit dieser Erkenntnislage, mehr noch mit der Gemütsverfassung seines neuen Bekannten an. Als einziger schien er von seiner Rolle in der Tragödie nichts zu wissen, und erleichtert blieb Hoppe bei ihm stehen. Er wartete auf Caroline.

»Leider hatte ich nicht die Ehre, den Prinzen Starburg persönlich zu kennen.« Der bläulich ausweichende Blick, der über die geschlossene Kirchentür, rund um den Platz und in die Ferne geschweift war, kehrte zu ihm zurück. »Kannten Sie den Verstorbenen gut?«

»Sehr gut.«

Sein neuer Freund, ein Haudegen alter Sorte mit dem Schmiß am Kinn, hatte eigentümlich schmale Lippen, eigentlich überhaupt keine.

»Darf ich mich vorstellen? – Finsterbusch«, sagte er, »möchten Sie meine Karte? – Ich gebe sie sonst nur guten Freunden.« In seinem hölzernen Gesicht zeigte sich unversehens, wie ein Sprung im Klotz, ein Lächeln, ohne daß seine Miene offener oder durchschaubarer geworden wäre. Ein merkwürdiger Kauz war das.

Hoppe nahm die Karte mit dem Logo in Reliefdruck entgegen, er las: Expert-Service – mit Herz und Stil in elegantem Rahmen – ärztliche Kontrolle, beste Referenzen – zuverlässig, sicher, gut – immer auf dem neuesten Stand; und die Rothaarige von Interlaken fiel ihm ein und ihr strahlend selbstbewußter Auftritt in der Bar: mit euch allen hier nehme ich es auch noch auf –! Kommt nur alle her zu mir und traut euch, ihr Mühseligen und Beladenen (die Gläubigen verließen jetzt die Kirche), ich mach was aus euch, aus jedem, egal, was ihm fehlt, ich baue euch auf, ich kann das, das wird ein Fest. Und die Stimme, mit der sie »Bravo –!« zu ihm gesagt hatte, nicht nur einmal, sondern oft, und laut genug für Frank und das andere Paar, klang ihm ins Ohr. Er würde sie wieder treffen, solche Mädchen waren Wohltaterinnen der Menschheit. Er lächelte innerlich und steckte die Karte ein.

»War Prinz Starburg Ihr Kunde?«

»Das ist es ja gerade! Nein, eben leider nicht. Graf Otterstedt ist es.«

»Der Uralte?« Hope vermochte sein Staunen kaum zu verbergen. »Gehen Sie auf jeden Wunsch ein?«

»Wir erfüllen alle Wünsche.« Finsterbuschs untere Gesichtshälfte verzog sich, wie ein Riß im Brett sich verbreitert, er lächelte freudlos. Der Mann trauerte wirklich. »Wenn ich den Verstorbenen nur früher und vor allem *rechtzeitig* kennengelernt hätte! Dann hätte alles ganz anders aussehen können. Dann wäre verschiedenes so nicht passiert«, Finsterbuschs Stimme bebte vor Erschütterung, und Hoppe spürte das Bedürfnis, etwas Tröstliches zu sagen.

»Ich mache mir auch Vorwürfe«, gestand er. »Ich hätte mein Handy nicht am Flughafen liegenlassen sollen. Wir waren in Las Vegas.« Frank Meisel war noch nie in Las Vegas gewesen. »Das Wetter in der Schweiz wurde zu schlecht«, erklärte er.

»In der Schweiz gab's auch ein Unglück.«

»Das weiß ich. Das war ja der Tag, an dem wir abgeflogen sind.« Er sah die tintigen Gewitterwolken wieder und rechtfertigte sich. »Kein anständiger Mensch paddelt im Regen.«

Frank hatte natürlich das übliche Anfänger-Glück, sie gewannen und vergaßen die Schweiz. In den USA machte der Amoklauf eines gescheiterten Investors Schlagzeilen, neun Menschen verloren ihr Leben; dabei sprießt doch Vermögen wie Gras, wenn man es in Ruhe läßt. Das hätte er Sony sagen sollen, aber in Las Vegas dachte er nicht mehr daran.

Hoppe suchte nach einer weiteren Bemerkung, und nichts, gar nichts fiel ihm ein; bis er, Tränen im Blick, die Starburgs ins Freie treten sah. Rupert, das Gesicht wie von Zorn verzerrt, versuchte höflich zu sein, lächelte ziellos, erkannte niemand; Ruperta schlich, von Emotionen überfahren, verkrümmt an seiner Seite. Das Paar war Futter für die Augen, die Menge bediente sich, beide verließen den Platz sofort. Tittis Kurz-Mantilla und Riesen-Sonnenbrille folgte ihnen, dies war nicht der Tag für einen strahlend großen Auftritt. Muhls waren wieder rechtzeitig, und, was Madame betraf, auch glamourös genug zur Stelle, um jeden zu ersetzen, der davonlief; in der Sonne auf der Treppe stellten sie sich den Kameras, die auf edle, leidgeprüfte Eleganz in Schwarz gerichtet waren. Paul Otterstedt begleitete die Erzherzogin aus der Tür. Die Tante Baby genannte Dame trug einen Kopfputz wie ein Vogel nach dem Sturm, ein Schal aus Crêpe de Chine schleifte am Boden. Sie verpaßte ihm einen kleinen Tritt und brachte ihm mit einem Ruck Manieren bei. Paul half ihr die Stufen herunter, es folgten Caroline und Max Magnus. Die Herzogin trug ein perfekt sitzendes, unanfechtbar korrektes Seidenkostüm und hielt ein ernst gelassenes Gesicht hoch und frei allem entgegen, wie auf einer fremden Beerdigung oder als gingen ihre Gefühle niemand etwas an. Hoppes Mut sank. Diese Frucht und Blüte des Hauses Starburg-

Blemersheim zu Laun würde nie, niemals Frau Hope werden.

Ihr Sohn, der Herzog, sah gut und vornehm aus, er überragte seine Mutter um einen Kopf und wirkte gleichzeitig fad oder müde, gebeugt und tranig. Sein Cut saß perfekt. Die langen, im Ausland verbrachten Jahre hatten anscheinend nicht vermocht, seine Gestalt zu ändern.

Schleier wurden zurückgeschlagen, Hüte schräg gehalten, Wange drückte sich an Wange. Hände flogen hoch und landeten an Lippen, Kinnen; oder wurden bürgerlich-kräftig durchgeschüttelt, sanken nieder.

»Hallo! Wie geht's, wie steht's?«

»Wie's *steht* –? Immer bestens.«

»Schade, daß Ferien sind, sonst wären Lala und Mimu noch gekommen. Sie sind in Italien.«

»Wie kann man sich nur im August beerdigen lassen? Ich wäre lieber an den Strand gefahren«, tönte eine junge, unbekannte Stimme.

Caroline hielt nicht nach ihm Ausschau, wie er gehofft hatte, sie hatte keine Zeit dazu, sie wurde sofort von Leuten umringt, die kondolieren wollten.

»Hallo, Heimi! Bis gleich, Heimi! – Das war doch Heimi, oder?«

»Na! Du alter Überhälter. Wie geht's, wie steht's?«

»Danke. Ich habe an weiblichem Umgang, was mir bekommt.«

»Was hühnern wir hier noch herum? Geh'n wir was essen«, Fleur wogte in Schwaden von Schwarz vorbei, hübscher denn je, an der Seite eines feisten Begleiters, des altbekannten Wasserschweins, kegelförmig und schön stramm im Cut.

»Wer war das?« erkundigte sich Finsterbusch.

»Die Prinzessin von Pansfeld«, sagte Hoppe ziemlich laut; vom Glanz des Namens bleibt auch am Sprecher etwas hängen. Fleur hörte ihn und winkte herüber. Finsterbusch durchfuhr ein Ruck, er hob das zerklüftete Kinn und wurde monumental.

Um sie herum standen die Leute in der Sonne.

»Max Minus bleibt jetzt zu Hause, da braucht Caro kein Wappen zu zerbrechen.«

»Was sagt denn Hopopel dazu?«

»Was soll er schon sagen – einer, der in Laun geklaut hat.«

»Er hat in Laun *geklaut*?!«

»Deshalb hat Sony sich ja umgebracht.«

Hoppe wischte sich den Nacken, die Stirn. Ja, nein, er, sie, Hoppe der Hochzeiter, Hoppe der Töter. Er wartete auf eine Gelegenheit, allein mit Caroline sprechen zu können.

»Was macht er denn jetzt, außer Prinzen abmurksen? Wieder adelige Witwen berennen?«

»Bett- und Finanzakrobatik.«

Man übersah absichtlich, daß er da stand. Sein Ruf war unlimitiert, irreparabel gefallen.

»Hoppe-Hoppe-Reiter, aber jetzt ist ausgehoppelt.«

Der Sprecher barst von unterdrücktem Lachen. Andere lachten jetzt mit aller Kraft, sie hatten mehr als eine Stunde lang überhaupt nicht lachen dürfen. Hoppe stieg die Zornröte ins Gesicht, er beherrschte sich mit Mühe.

»Als Kammerherr ist er doch wohl satisfaktionsfähig?«

»Ist er *nicht*? Nicht mal *das*? – Arme Caro.«

»Er färbt sich das Haar.«

»Überall?«

»Klein und dick, der Frauen Glück.«

Die Stimme knarzte vor Selbstzufriedenheit, brach in Gekicher aus, alle sahen wie zufällig zu ihm herüber und, wie vor etwas Ungehörigem, gleich wieder weg.

»Nach zwanzig Jahren Witwenschaft hat man eben von Tuten und Blasen keine Ahnung mehr.« Ippis farblos gedunsenes Gesicht mit den bleiernen Ringen unter den Augen feixte von einem Ohr zum anderen.

»Blasen –?« wiederholte nachdenklich die weibliche Stimme, als könne das Wort Anlaß zu weiteren Erläuterungen sein.

Hoppe fuhr herum und begrüßte die gut behütete Dame, die hinter ihm stand. Verwirrt und sprachlos bot Gala ihm die Wange zum Kuß.

»Gutes Parfum«, rief Hoppe. »Was ist es?«

»Mal- Malcontenta«, stotterte Gala, noch viel verwirrter.

»Malcontenta? Aha. Das beste, was eine Dame hinter die Ohren tun kann, sind die Füße«, rief Hoppe und küßte ihre Hand. Alles erstarrte. Hoppe nickte Ippi zu, dessen Miene einer völlig ausgeleerten Schublade glich, und lächelte ihn an.

»Herr Hippe«, nuschelte Ippi.

»Hoppe.«

»Hoppla. Herr – äh –«

»Manche können mir den Buckel hinabgleiten«, meinte

Hoppe. »Und auch tiefer tätig verweilen.« Er wandte sich wieder zu Finsterbusch.

»Wer war das?« raunte Finsterbusch, dem die Luft wegblieb angesichts solcher Vertrautheit mit den höchsten Kreisen.

»Das ist meine liebste Freundin, die Baronin Preller aus Rom«, trompetete Hoppe.

»Das hast du jetzt davon«, meinte Ippi genüßlich unter dem Feuer der Blicke, die sich von allen Seiten auf sie richteten. »Das kommt davon, wenn man sich mit jemandem duzt, der Unterhemden trägt.«

»Aber ich duze mich doch gar nicht«, rief Gala, fast in Tränen.

»Wie darf ich Sie ansprechen?« forschte Finsterbusch, tief beeindruckt von den Umgangsformen der eleganten Gesellschaft.

»Das müssen Sie Ihre Durchlaucht die Herzogin fragen«, blaffte Hoppe. Er glaubte nicht mehr an die Heirat, ihm war wirr und bekümmert zumute, und wirr und bekümmert durfte er ihr nicht gegenübertreten, das hätte zu sehr einem Schuldeingeständnis geglichen.

Der Platz begann sich zu leeren, die Gruppe mit Caroline entfernte sich; als eine der letzten blieb noch Hoppes Banknachbarin mit einem Reporter in Jeans und T-Shirt zurück. Die Alte klammerte sich mit der einen Hand an ein Sterbebildchen von Sony und mit der anderen an den Stock, mit dem sie jeden Satz energisch unterstrich – wie Sony als Kind regelmäßig Kaugummi bei ihr gekauft, wie er einmal mit einem lebenden Kaninchen bezahlt hatte, sie redete und redete in ein Mikrofon, das man ihr hinhielt, sie weinte ein bißchen, das runzelige Gesicht geriet aus den Fugen, und die Verbundenheit des Dorfes mit dem Schloß war wieder einmal dokumentiert.

***

»Der Funeralstandard im Spannungsbogen zwischen Privatheit und Öffentlichkeit, zwischen Emotion und Zeremoniell, war schon immer kohärenzstiftend für den rheinischen Adel.«

Die hübsche Journalistin schrieb nicht mit, sie interessierte sich nicht für Funeralstandards. Bei der Hitze trat sie in Motorradkluft und barfuß auf, die Chrombeschläge auf dem Leder blitzen Schuller bis ins Herz und weckten Sehnsüchte nach Freiheit, Ferne, Flucht und Frieden. Bei ihm zu Hause klingelte das Telefon und ratterte das Fax, und Leute, von der Sensation wie besinnungslos, riefen einmal und noch mal und immer wieder an, und viele Fragen waren Fangfragen, denn die neuesten polizeilichen Ermittlungsergebnisse kannten alle früher als er; und unter dem Ansturm der vielen, die sich auf ihn stürzen und schillern wollten, wie Fliegen auf wundem Fleisch, wurde er kopfscheu und trat im Privatfernsehen sogar als Dr. Schiller auf, ohne zu widersprechen. Auf den Konflikt zwischen Wahrheitsfindung, einer Wahrheit, die die Starburgs vor ihm geheimhielten, und Loyalität gegenüber der herzoglichen Familie, in deren Diensten er stand, um historische Fakten zu sichern, und die ihn kurzerhand zum Pressesprecher ernannt hatte, damit bestimmte Dinge *nicht* an die Öffentlichkeit gelangten – auf diesen Konflikt war er nicht vorbereitet, stotterte herum, magerte ab und machte schlechte Figur. Seine Verstörtheit und Blässe hielt man dem tagelangen Umgang mit Bestattern, Polizei, Notaren und der Staatsanwaltschaft zugute – EIN ORT TRAUERT –, aber die Pressekonferenz am Freitag hatte ihn in seiner Berufsehre getroffen, verletzt und bloßgestellt –

»Warum hat Prinz Starburg sich erschossen?«

»Es war beim Flintenreinigen, ein Schuß löste sich versehentlich«, behauptete, indem er sich gepeinigt wand, der neue Dichter Dr. Schiller.

»War er nüchtern?«

»Vollkommen.«

»Ist es üblich, die Flinte morgens um vier im Hause Starburg im Smoking zu reinigen?«

»Es war im Blazer.«

»Ein Prinz Starburg ist doch nicht irgendwer. Wenn er sich morgens um fünf einen Blazer anzog, dann steckt doch eine Absicht dahinter und kein Versehen.«

»Er kam von der Jagd«, log Schuller.

»In einer marineblauen Jacke mit goldenen Knöpfen?«

War es richtig, daß Prinz Starburg im Auftrag von Oberst Hoppe sechs- und siebenstellige Dollarbeträge rund um den Globus gejagt hatte, Beträge, die den Manipulationen eines Nick Leeson und der Pleite der Baring-Bank entsprachen?

»Das kann ich nicht kommentieren, ich bin kein Bankfachmann.«

»Die Kölner Kreditanstalt ist aber doch pleite.«

»Davon weiß ich nichts.«

Von einem finanziellen Desaster hatte man ihm nichts gesagt, und der einzige Vertreter, den die Kölner Kreditanstalt ins Requiem geschickt hatte, war vorzeitig abgetaucht, und vor Montag waren keine neuen Auskünfte zu erhalten.

»Ist der – hm. Der Unfall – auf Empfehlung von Oberst Hoppe passiert?«

»Hat es einen Abschiedsbrief gegeben?«

»Mir nicht bekannt.«

Wie hatte man ihn denn gefunden?

Morgens um acht.

Mit Leichenbestandteilen auf den Bildern und in der Deckenstukkatur?

»Er war sofort tot.«

Konnte man ihn denn noch erkennen? Stimmte es, daß Gehirnfetzen und Haarbüschel im Kronleuchter hingen?

Dieses blutgierige Pack! Sie hatten sich Polizeifotos beschafft. »Man hat den Prinzen Starburg einwandfrei identifiziert, seine Überreste befinden sich vollständig im Sarg.«

»Die Putzfrau hat aber doch am Tag des Unglücks gekündigt«, rief eine junge, weibliche Stimme.

Er wußte nichts davon. »Dann fragen Sie sie.«

Wann fand die eigentliche Beisetzung denn nun statt?

Am Montag, in der Gruft, im engsten Familienkreis, das war endlich eindeutig belegbar; und der bis auf die Knochen blamierte Chronist hob die Hand mit dem Siegelring aus Lagenstein und machte der Befragung ein Ende.

Am Montag öffnete Schuller die Zeitungen mit schlimmen Vorahnungen. Er befürchtete, daß, wer barfuß geht, auch so schreibt, nämlich platt, roh, den Schmutz nicht scheuend. Er las: AUFGEBOT AN PROMINENZ UND SCHAULUSTIGEN. Die drahtige Lederdame hatte sich erkundigt, wer in Schloß Laun anwesend sei, und Schuller hatte ihr einige Persönlichkeiten genannt. Nun erblickte er ein Schlachtfeld entstellter und zerfetzter Namen, solche, die zuviel, und andere, die zuwenig Buchstaben hatten – die Starrburgs, die Kotentrotts –, aus der Baronin Preller war eine Gräfin geworden, und die Prinzessin Pansfeld war zur Königlichen Hoheit avanciert. Dieses Chaos mußte er als Verursacher nun archivieren.

AUS ALLER WELT sprangen ihm die Worte SCHLOSS LAUN entgegen. Er war es gewohnt, beim Frühstück durch die Rubrik AUS ALLER WELT wie durch ein Fernglas hinauszusehen, und nun schaute ALLE WELT bei ihm, als einem Ort seltsamer Vorgänge, herein. Er saß in einem Zimmer ohne Vorhänge, LAUN war IN DER REGION zum Ziel allgemeiner Aufmerksamkeit geworden, und diese Verkehrung war alarmierend und peinlich. Die Society-Spalte machte aus einem Nichts an Detail eine Monstrosität wie ein Rasierspiegel, und Vertrautes wurde fremd. ›Bei Herzogs ist der Hunger Koch, klagten die Honoratioren – *Opiesel* von der Rasse der berühmten Launer Bracken besuchte die Küche‹; und ›Mathias, der Butler‹ wurde mit den Worten zitiert: »Der alte Hund hat keinen Herrn.« Damit wolle er sich nur selbst herausreden, *er* hatte die Anrichte verlassen, vor Sony hatte er Respekt gehabt, und vor Max Magnus hatte er keinen.

Angewidert warf Schuller die Verfälschungen zu Boden, und als die Blätter fielen, stieg die Idee zu einem Aufsatz für das Historische Jahrbuch für Denkmalpflege in ihm auf. »Die allerhöchsten, die höchsten, die hohen und Herrschaften begaben allerhöchst sich, höchst sich und sich aus der Kirche durch den Park –«

Es wäre nämlich zu überlegen, ob bei der allenthalben stattfindenden Denkmalsucht und Musealisierung Kulturgebärden wie diese am Trauertag und Kulturgebilde wie das gehabte mit den dazu gehörigen Ritualen, menschliche Verhaltensweisen also, in die Reihe der zu schützenden Objekte mit aufgenommen werden könnten; und in Theorie und Praxis könnte das eine neue Aufgabe für ihn sein, falls er gezwungen wäre, in den Staatsdienst überzuwechseln; falls die Kölner Kreditanstalt wirklich pleite war, dann waren es auch die Starburgs.

***

»Der gute Sony.« Klare und unklare Regungen vermischten sich zu dem Prickeln, das im Februar die scharfen Cocktails hervorgerufen hatten.

»Ob er jetzt von oben auf uns herunterschaut?«

»Er hat doch nie was anderes getan.«

»Bestimmt. Ohne dich kann er natürlich nicht in die Grube finden.«

Das Opfer an Erschütterung war gebracht, die Mienen wechselten vom Ernsten ins Fröhliche wie Buchseiten, die man umschlägt. Noch vermißte ihn kaum jemand, hier war ja sein Zuhause, an diesem herrlichen, mit Grauen gewürzten Sommertag war es, als käme er gleich zur Tür herein.

»Für die Gruft muß man erst noch präpariert werden. Eine Riesenschweinerei ist das.«

»Der *gute* Sony.« Endlich durfte man ihn ungestraft bedauern, ihn, der immer aufgetrumpft hatte.

»Welches ist denn nun die Großherzogin?«

»Großherzogin? Kenn ich nicht. Tante Baby ist Erzherzogin. Warum? Leidest du unter Avancitis?«

»Er will sich nur durchprinzen, das ist alles.«

»Immer ein offenes Ohr für geschlossene Kronen.«

Den Katafalk ließ man gern dort stehen, wo er stand, die Glorie war hier bei den Lebenden, beim Blick auf die flimmernde Wasserfläche und in den Park, beim Wiedersehen mit den vielen lange nicht gesehenen –

»Kennst du noch meine Schwägerin, Mariae Heimsuchung, aus Krefeld? – Mariae Heimchen, das ist –«

»Aber ja –! Heimy –!«

»Hansi –!«

Hände wurden geküßt, Schultern geklopft, Platten flüchtig angeboten und schnell geleert, aus den wie mittelalterliche Häuser vorkragenden Oberkörpern Zigaretten, Feuerzeuge, Zigarillos gekramt. Mit welch unverschämter Lebhaftigkeit flatterte die halbmast gesetzte Fahne vom Torturm! Und Sony, so schlimm es auch war, hatte keine Familie gehabt, er hatte es schnell abgemacht, man hatte ihm nicht helfen können, ihn nicht am Krankenbett besuchen müssen.

»Ich geh' am liebsten auf Beerdigungen. Das älteste Kleid tut's noch, man braucht nicht zu- oder absagen, man kann nach Hause, wann man will. Herrlich! Ich geh' so gern –«

Heute gab's nur Wein natürlich, um so mehr mußte man trinken. Die Weine waren, wie immer in Laun, reichlich vorhanden und vorzüglich.

Mariae Heimsuchung, eine etwas ins Männliche verhärmte Dame, nahm einen tüchtigen Schluck, Ruperta hatte sich hinlegen müssen und blieb unsichtbar, und auch Rupert fehlte in der Menge. Typisch Rupert! Das einzige Mal, als man ihn wirklich sehen wollte, war er nicht da. Mariae Harm leerte ihr Glas, ihr suchender Blick fiel auf Hoppe. »Sie haben die Suspensorien wunderschön gesungen.«

»So?« Hoppe freute sich, daß überhaupt noch jemand ihn freiwillig anredete.

»Sie haben eine so schöne Stimme, Hochwürden.« Sie bemerkte sein Gesicht. »Ich bin manchmal etwas kurzsichtig. Sind Sie nicht Pfarrer Müffling?«

»Ich trage zwar einen schwarzen Anzug, eine Soutane ist es aber nicht.«

»Wenn Sie nicht der Pfarrer sind, dann sind Sie bestimmt der neue Dekan.«

»Nein, ich bin Tittis neuer Mieter.«

»Tittis Mieter?« staunte Mariae Heim. »Nennt man das jetzt so –?« Sie betrachtete ihn neugierig, mit mehr Interesse, als ein schlichter Villenbewohner verdient. Hoppe wurde streng dienstlich. »Ich bin Finanzfachmann, Gnädigste.«

»Ach je –. Reich an Glanz und arm an Gütern –«; sie biß zögernd in ein Gurkenbrötchen und verschlang es, die verhärmten Wangen hohl wie Zeltwände im Wind. »Manchmal lebt man eben gegen den Strich, hier bei den Starburgs, meine ich.«

»Besser als drauf«, sagte Hoppe.

»Sie sind ziemlich frech, mein Lieber.« Heimchen hatte keinen Sinn für Komik mitbekommen, dafür grausame Eltern gehabt, und Hoppe schenkte ihr ein kleines schiefes Lächeln. Noch besaß er genug Humor, um zu verzeihen, zu verstehen. Gleich mußte er den Kopf hinhalten – bei Caroline. »Zum Wohl.«

»Wohl bekomm's«, wünschte Heimy.

Eine Lachsalve erklang aus dem Grünen Salon. Die Jugend lachte sich tot – an einem Tag wie diesem; freilich glaubten sie noch nicht an ein eigenes Ende. Vor den weit offenen Fenstern stand Caroline und begrüßte ihre Gäste mit einer innigen Anteilnahme, als seien sie, hauptsächlich sie, die Leidtragenden; und falls ein solches Quantum an warmen Mitgefühl nicht ganz aufrichtig sein konnte, so war die Herzlichkeit an sich doch echt und gut gemacht. Hoppe stellte sich hinten an und wartete bescheiden am Ende der Schlange. Auch Muhl war da und schickte vor ihm triumphierende Blicke über Dörfler und Honoratioren: Seht ihr, ich bin doch da, und ihr könnt nichts dagegen tun. Aber heute konnte jeder kommen, und jeder kam. Hoppe hob einen Zipfel schwarzer Gaze vor dem Spiegel, in dem die Anwesenden als Versammlung dunkler Schatten erschienen, denn vor dem Schicksal sind alle gleich; und glättete sorgfältig das querliegende, oben ausgebleichte Haar, mochte es nun gefärbt sein oder nicht. Die Rothaarige hatte ihm eine verräterische Pustel auf der Lippe mitgegeben. Das Verräterische bildete er sich nur ein; und heftete sein liebessprühendes Auge auf Caroline in Trauer. Sie war sehr rührend, dünner geworden, die Wangen eingefallen, die Augen lagen tiefer, sie hatte Sony gern gehabt. Er angelte nach ihrem ausweichenden Blick. Was konnte er nur sagen?

Er rückte vor, jetzt war er dran. Auf der Hand hatte sie eine lange Schramme – von den Rosen. Rosenschramme und Lippenpustel kamen sich näher und berührten sich, und Carolines Lächeln ging verloren.

»Ach, Herr Hoppe! Wir dachten, Sie wären tot.«

Er zuckte zusammen.

»Wenn ich nur etwas hätte tun können! Ich hätte alles getan, um das zu verhindern, alles, alles«, stammelte er.

»Wir müssen es eben durchstehen.«

Über seine Schulter hinweg begrüßte sie schon den nächsten. »Lulu! Kennst du schon unseren Notar, Herrn Grämlich –«

»Grammlich, Durchlaucht, Grammlich«, korrigierte grämlich der Notar, und Hoppe wartete auf das kleinste Zeichen von Einverständnis, der Verwirrung wenigstens, von seiten der Herzogin; es blieb aus. *Wir dachten, Sie wären tot.* Einen so ungeheuerlichen Satz kann man doch nicht anders als befriedigt äußern oder enttäuscht. Er hatte seine Wunde empfangen und taumelte hinaus, um draußen in Ruhe zu sterben.

Ein Teil der Jungen wollte sich verabschieden. Sie stellten sich, um durchzukommen, in einer Reihe auf, der hinterste, Chipi, schleuderte den vorletzten, mit Tante Babys Federfächer auf dem Kopf, mit Schwung nach vorn bis gegen Caroline. »Tante Caro! Wir müssen leider gehen –«

(zur Nachtrauer am Pool von Kottentrott oder auf der Jagd beim Blatten).

»Aber ja, natürlich, geht nur, meine Lieben«, meinte Caroline, ganz Güte und Verständnis.

Wir müssen es eben durchstehen – aber ohne Sie, Herr Hoppe. Nicht einmal Mathias mit dem Tablett voller Gläser kannte ihn noch. Hoppe griff sich eins, ein zweites, und stürzte sie hinunter.

Der lange Gang war dicht und vollgepackt mit schwarzen, lauthals lärmenden Leuten. Hoppe hob nochmals die Gaze, zog das Taschentuch neben dem weißbespannten Bauch und kühlte sich die Stirn; sein Gesicht war feuerrot geworden und hatte den Ausdruck einer getretenen Schnecke angenommen. Er schob das Tuch zusammen und verstaute es mit einer Geste wie Feldmarschall Blücher sein Teleskop bei Belle Alliance. Fassade war jetzt alles.

Alle drehten ihm den Rücken zu, niemand redete ihn an. Hoppe folgte dem lauen Hauch vom Fenster her und stellte sich zwischen die sacht gebauschten Vorhänge. Verlassen lag der Hof in der Sonne. Für ihn unhörbar flüsterten die Binsen in der leicht bewegten Luft. Die Wasserfläche glänzte und gleißte und warf Licht zurück ins Haus. Seerosen schwammen in Inseln auf der flachen, wie auf Blech gepinselten Höhe. Darüber wölbte sich der Nachmittagshimmel mit einer herzzerreißend wehmütigen Diesseitigkeit und Pracht. Hoppe hatte sich an Sonys Verschwinden noch nicht gewöhnt, es schien, als sei er nicht weit weg und könne gleich neben ihn treten. »Diese verdammten Teichhühner! Ob du es glaubst oder nicht, Wolfi, das ist jetzt schon die dritte Brut«, denn knarrende und jugendlich fiepende Laute drangen aus dem Brennesselpark zwischen Schlamm und Mauer. »Dann schieß sie doch.« »Sie schmecken nach Modder.« Die Buchskugeln an Sonys Tür leuchteten mit frischen Trieben in neu und weiß gestrichenen Kisten. Mit einem Mal sah Hoppe sich, vom Hof aus gesehen, im Fenster stehen, ein untersetzter stummer Einzelner vor einem Hintergrund schnatternder schlanker Schatten. Er kehrte allen den Rücken zu. Das war unhöflich.

Die Herzogin verabscheute ihn, er hatte Sony in den Tod getrieben. Rupert hatte ihn von Anfang an gehaßt. Wozu hatte er diese Leute kennenlernen wollen? Was war so unwiderstehlich an Laun gewesen? Ich fahre jetzt nach Hause und fange mit dem Trauern an, dachte Hoppe, einmal muß es sein. Doch wann, und ob, er jemals wiederkommen würde, war ihm nicht klar. Ebenso unklar war ihm, worin Sonys letzte Transaktionen eigentlich bestanden hatten und ob die Bank auf Schadensersatz klagen könnte. Auch wie hoch sein eigener Schaden ausgefallen war, wußte er nicht, er hatte die Post noch nicht geöffnet. Möglicherweise drohte ein Prozeß.

Hoppe beschloß, die Starburgs aus diesem Prozeß herauszuhalten, koste es, was es wolle. Das war großzügig, mehr noch, das war anständig von ihm; und diese Anständigkeit war doch etwas, daran hielt er sich jetzt fest.

* * *

»Wie gefällt dir die Gruft?«

»Gut. Ein bißchen muffig und dunkel.«

»Und feucht. Das kommt von der Verwesung. Würde es dir gefallen, in so einer Gruft zu liegen?«

»Nein.«

»Ich meine, später einmal.«

»Viel später vielleicht.«

»Ich meine, würde es dir *jetzt* gefallen, später *hier* zu liegen?«

»Oh Max Magnus –!«

»Fleur. – Dann gehen wir jetzt zu ihr und sagen es meiner Mutter.«

»Was wird sie sagen?«

»Sie wird sagen: Ein bißchen spät, mein Lieber. Fleur ist doch deine Cousine. Warum denkst du erst jetzt daran?«

»Warum denkst du erst jetzt daran?«

»Ich dachte schon länger daran. Zufällig ist es mir hier unten gerade wieder eingefallen. Wo soll Sony denn nun hin? Wo würdest du lieber sein, auf Tante Christina oder unter Onkel Hugo?«

»Lieber andersrum, finde ich.«

»Dann mach hier ein Kreuz auf den Boden für die Beisetzung. Wie im Sandwich liegt er dann. Noch zwei dazu –«

»Wer?«

»Wir. Du und ich. Und meine Mutter. Und Rupert.«

»Und Ruperta. Und Wolfi.«

»Wolfi –?«

»Sicher. Er wird zahlen, dann wird er einheiraten, dann wird er wieder zahlen. Schließlich, er hat's ja.«

»Glaubst du? Na ja. Ich weiß nicht. Jedenfalls wird's

eng. Ich komme ja aus den Eisbergen, weißt du. Ich mag's gern kühl und weit um mich herum.«

»Und hell? Ich streiche die Wände hellblau für dich an, wenn's soweit ist.«

»Fleur, du spinnst, du kleine dicke Seelöwin du.«

»Hier gehört auch noch ausgefegt und abgestaubt, vor der Beisetzung am Montag. Ich fange nachher selbst damit an. Du wirst sehen, wenn wir alle erst eingestapelt sind, das wird sehr gemütlich.«

***

Der Tag der großen Sonnenfinsternis begann für Ott mit einem Sieg im Schachspiel. Er hatte nichts verlernt, er war glücklich, die Brille funkelte, das silbrige Haar sträubte sich, die lauernde Hand fuhr nieder, »Schach!« rief er laut von Zeit zu Zeit.

Hoppe hatte die Rolle des guten Verlierers in Laun bald satt. Otts Sherry in der uralten Flasche war firn, Ott selbst trank klugerweise nichts. »Schach!« rief Ott hochzufrieden und nahm ihm die Dame weg.

»Und matt.« Es war elf Uhr vormittags am elften August. »Sie kämpfen wie der Weltmeister persönlich.«

Ein Ausdruck, der einem gütigen Lächeln glich, verklärte Otts Gesicht und verschwand so schnell, daß Hoppe sich vielleicht getäuscht hatte. »Seit dem Krieg in Paris habe ich kaum noch gespielt«, erklärte er. »Manchmal überlebt man nur, wenn man sich an ein Schachbrett klammert.«

In den vergangenen Wochen war Ott zusammengeschnurrt wie ein Hölzchen im Feuer, nur die Augen glühten noch. Die Schläfen waren eingesunken, das Jochbein stand vor, der Hinterkopf schien geschrumpft und nach oben verschoben über dem dürren Hals; dafür besaß er Hände, die es mit dem Elfenbein der Schachfiguren auch noch aufnehmen konnten, Hände, wie Caroline sie hätte haben sollen; aber sie ging ja mit rudernden Armen durch den Garten und schwang den Spaten wie ein Bauer. An der Häufigkeit, mit der Ott seine gepflegten Finger über dem Brett baumeln ließ, unbrauchbare Einfälle beiseite wischte und vor dem Schlagen lüstern zuckte, las Hoppe ab, daß er dies auch wußte und stolz, um nicht zu sagen, eitel, auf seine schönen Hände war.

»Schwester Anni, wir sind soweit«, rief Ott.

Schwester Anni öffnete die Tür des Nebenzimmers und brachte Wasser im Glas und eine Tablette.

»So wenig Flüssigkeit? Das reicht ja nicht mal zum Kinderzeugen«, mäkelte Ott.

»Wenn man soviel trinkt, regnet es morgen.« Anni goß nach.

Ott trank und konzentrierte sich aufs Schlucken. Sein blasses Gesicht fiel von der Anstrengung ein, die Augen sanken in den Kopf. »Warum sind Sie nicht zur Beisetzung gegangen?« fragte er dann.

»Man hat mich nicht verständigt«, gestand Hoppe. Das Eingeständnis war ihm unangenehm. »Und Sie?«

»Lebend bin ich der Treppe in die Gruft hinunter nicht mehr gewachsen«, scherzte Ott. »Paul war dabei und Fleur natürlich.«

Paul und Fleur? Hoppe wußte gar nichts mehr von Laun. Er litt, er wollte mit Caroline reden, sie sehen. Das war aber nicht möglich, zu viel war durch seine Schuld geschehen, zu viel Schlimmes hatte er ihr angetan. Auf dem Requiem hatte er ungeschickt taktiert, ob sie ihn auf dem Empfang längs oder quer angeschaut hatte, hätte ihm egal sein müssen, er hätte ihre Hand nehmen, sie herumdrehen und einfach die Innenfläche küssen sollen – und zwar *vor den Augen aller.*

»Max Magnus hat sich mit Fleur verlobt«, erklärte Ott; aus seinen Worten klang mehr als Genugtuung, man hörte Triumph und Stolz.

»Ach – das ist schön.« Hoppe hatte schon befürchtet, Paul könne der Glückliche sein. »Und was sagt die Herzogin dazu?«

Carolines Sohn hatte sich verlobt, und sie rief nicht an. Schon nannte er sie in Gegenwart anderer nicht mehr beim Vornamen. In dieser Hinsicht war er abergläubisch.

»Sie freut sich natürlich sehr. Aber, auch wenn Caroline Mulier fortis in personam ist –«

Er hörte den Klang ihres Namens, und wollte ihn nochmals hören. »Was ist sie?«

»Caroline ist ein Muli, sie trägt alles. Aber es wird sogar ihr zuviel, Hochzeit, Beerdigung, mein Geburtstag, alles auf einmal. Sie ist nervös.«

Dazu kamen die finanziellen Schwierigkeiten. Ob Schwester Anni nächsten Monat noch Gehalt bekam? Er wollte lieber nicht fragen. Neben dem Schachbrett stand eine ganz neue Leselampe, von Caroline. Von Caroline mußte sie sein. Sie brannte, obwohl die zwei großen Fenster genug Licht ins Zimmer gelassen hätten. Die Jalousien waren weit herabgelassen.

»Da ist sie!« Schwester Anni machte Luchsaugen. »Unsere Feindin von gestern.«

Die große Fliege, die man hatte ertragen müssen, weil sie nicht zu erwischen war, lag tot am Boden. »So schnell kann's gehen«, Anni hob sie auf und öffnete ein Fenster.

»Machen Sie zu! Es kommt der Beiß.«

»Der Beiß?« wunderte sich Hoppe.

»Die Wassermilben. Die Kriebelmücken. Das ist der Wassergraben. Vom Wasser kommen sie, ganze Orchester davon.«

»Ach was.« Von Anni liefen derartige Argumente ab wie Entengrütze am Wasservogel. »Frische Luft ist gesund. Frische Luft schadet niemand. Und nachts ist doch auch offen.«

Ott ließ die Hand fallen: da war nichts zu machen. Schwester Anni herrschte hier. Schwester Anni schloß das Fenster. »Kann ich jetzt das Essen bringen?«

»Gern. Der Oberst ißt mit.«

Schwester Anni wußte es bereits; seit zwei Tagen war von nichts anderem die Rede. Ott rückte das Schachspiel und eine zettelgespickte Biographie, Titel »Écrazez l'Infâme« beiseite; diese eine Buchbesprechung hatte er noch in Auftrag, das hatte er Hoppe mitgeteilt. Er öffnete die Serviette und nahm Witterung auf.

»Was ist das? Pilzsuppe? Oh je. Pilzsuppe ist leicht zu vergiften.« Er schüttete einen Schuß Weißwein aus der Karaffe in die Suppe und salzte kräftig nach. Schwester Anni stand daneben und wartete auf weitere Beschwerden.

»Viel zu heiß.« Ott rührte und rührte über dem Wappen auf dem Tellergrund.

»Heute wird auch ungewöhnlich früh gegessen«, verteidigte sich Anni.

»Die Tür ist offen. Es zieht.«

Schwester Anni schloß die Tür.

»Hoffentlich bringt Sie inzwischen niemand um, wenn wir weg sind.« Ott aß nur wenige Löffel. »Und schauen Sie doch bitte nachher nach, ob mein Exlibris in fremden Büchern klebt. Oder ob fremde Briefe in meinen Büchern stecken.«

Hoppe zwinkerte Anni zu. Sie war so appetitlich drall und fest in ihrem Streifenkleid mit Schürze. Er wollte sie zum Lachen bringen. »Ein Witz: der Kellner kratzt sich hinten. Der Gast: Haben Sie Hämorrhoiden? Der Kellner: Nein, nur was auf der Karte steht –«

Er mochte es, wie beim Lachen ihre Nähte krachten, und tätschelte väterlich ihren blanken Arm.

Ott schob das Schüsselchen Apfelmus mit Haferflocken, das Anni ihm zurechtgemacht hatte, zurück. »Das ist zuviel.«

»Das drückt kein Loch raus«, widersprach Anni.

Für Hoppe brachte sie Braten, er nahm reichlich und zum zweitenmal. Gegen den Druck von Kummer und zu engem Gürtel half ihm der Gegendruck eines gut gefüllten Magens am besten. »Sie sollten auch mehr essen«, mahnte er. »Wie ist denn der Appetit?«

»Schwester Anni –! Wie ist mein Appetit?«

Die Frage rührte an die ganze, unüberschaubare Welt des Stoffwechsels bis ins Geistige hinein.

»Ganz gut, im allgemeinen«, meinte Anni.

»Mein Appetit ist ganz gut«, wiederholte Ott. »Was suchen Sie denn?«

Anni kniete vor dem großen Schrank und wühlte im Hintergrund unter Mottenstreifen und Frackschößen. »Da sind sie ja –! Ich wußte doch, sie sind noch da.«

Sie rieb den Staub von einem Paar leichter Wanderstiefel, das Leder glänzte freudig auf. Sie entfernte die Spannhölzer.

»Sie bräuchten noch ein Paar Socken, Herr Graf, das gibt Halt.«

»Socken! Ich bin doch nicht bei der Bundeswehr. Nein, Socken brauche ich im Sommer nicht. Habe ich mein Mittel schon genommen?«

»Gerade eben.« In Annis Gesicht arbeitete es, sie war unentschlossen, dann sprach sie es aus. »Könnte ich heute mittag meine Verwandten besuchen? Wir wollen die Sonnenfinsternis sehen.«

»Sie werden enttäuscht sein. Wenn Sie die Totalität sehen wollen, müssen Sie den Oberst fragen, er fährt mitten durch den Kernschatten.«

»Wir sehen fern.«

»Sie sehen fern? Die Sonnenfinsternis? Merkwürdig. Aber sprechen Sie mit niemand, den Sie nicht kennen. Das könnte lebensgefährlich für Sie werden.«

»Ah so.«

»Was?«

»›Ah so‹, hab' ich gesagt.«

»Ah so. Ich habe nämlich sehr schlechte Erfahrungen gemacht mit Fremden in letzter Zeit.«

Anni räumte ab und brachte den Kaffee. Otts Kinn sank auf die Brust, die Lider auf die Augen, er schlief ein. Dieser verwirrte, verstörte alte Mann war nun seine einzige Verbindung zu Laun und Caroline, und wehmütig sah Hoppe ihn über die Tischplatte hinweg an. Anni schlich auf Zehenspitzen zur Tür und verabschiedete sich pantomimisch. So leise sich die Tür auch schloß, Ott schreckte hoch. Voll Abscheu starrte er seinem Gast ins Gesicht. Dann erkannte er Hoppe.

»Ich bekomme so wenig Besuch, aber in letzter Zeit häuft es sich«, entschuldigte er seinen Blick. »Ist es schon dunkel? Wie spät ist es? Wir müssen los.«

Hoppe rückte den Sessel mit Ott darin herum und holte die Stiefel. Er half ihm beim Schnüren.

»Wenn ich mich bücken soll, weiß ich nie, ob ich je wieder hochkomme«, entschuldigte sich Ott.

»Was Sie da vorhaben, gefällt mir nicht. Was, wenn Sie auf der Terrasse einschlafen? – Sie werden noch ins Wasser fallen.«

Ott hievte seine leicht gewordenen Knochen aus dem Sessel und stand schwankend da. »Ich bade nur im Zimmer.«

Sie machten ein paar Probeschritte.

»Das geht so nicht. Diesen Alleingang muß man Ihnen verbieten.« Hoppe sprach scherzend, dabei schneidender als beabsichtigt. »Wenn Sie bei meiner Truppe wären –«

»Selbstverständlich geht das. Ich bin zwar nicht so jung, wie ich mit neunzig war, aber jetzt geht es mir viel besser.« Ott wies den Gehstock zurück, er wollte die hohen Krücken mit der Ellbogenstütze haben. Hoppe klemmte sie unter den Arm. Ott setzte die Schlägermütze auf, die Anni bereitgelegt hatte, und fischte nach dem Schlüsselbund in der Tasche. Neuerdings schloß er hinter sich ab.

»Beim Empfang habe ich Sie mit Caroline sprechen sehen. Ich hoffe«, er suchte nach dem richtigen Schlüssel, dem passenden Ausdruck. »Ich hoffe, das wird was.«

»Das wird nichts«, sagte Hoppe.

»Ich würde es Ihnen wünschen, Ihnen beiden. Ich habe lange genug alleine gelebt.« Mit der Hand auf dem Geländer tastete er sich Schritt für Schritt die Treppe herab, Hoppe stützte ihn und trug die Krücken. »Man fragt sich immer, wozu man so alt geworden ist. Man kann noch etwas sagen – es kann einem noch etwas gesagt werden – man kann noch einen Gedanken haben – der alles ändert. *Rufen Sie sie an!*« befahl er den Stufen, die er sorgfältig hinunterschritt.

»Ich habe meine Entlassungspapiere bekommen«, bekannte Hoppe. Mit Ott (oder zu den Dielenbrettern) konnte er über solche Dinge sprechen. Mit wem hätte er auch sonst darüber reden sollen? Es wäre ihm wie eine Lästerung vorgekommen, und er merkte, wie sein Gesicht sich dienstlich verschloß.

»Max Minus ist auch immer ausgewichen. Er hat sein Leben damit verbracht auszuweichen.«

»Glauben Sie, er weicht wieder aus?«

»Ich hoffe nicht, bei Gott. Fleur hat alles, was er braucht und was ihm fehlt.« Otts altmodisches Gesicht mit der langen Oberlippe lächelte in sich hinein.

»Fleurs Mutter ist aber doch bürgerlich.« Hoppe sorgte sich um die Starburgs.

»Bürgerlich? Sie ist nicht so bürgerlich, wie man vielleicht glaubt.« Ott schickte ihm einen verschmitzten Seitenblick.

»Ihre Großmutter mütterlicherseits kannte ich. Ich kannte sie sogar recht gut. Sie war mit einem Großindustriellen verheiratet, sie führte ein großes Haus in den zwanziger Jahren. Ja, ich kannte sie, sie war eine gefeierte Schönheit.«

Offenbar hatte er ihr Französisch aufgebessert. Hoppe lachte. »Fleur hat ihr Temperament geerbt.«

»Meins? Sie hat mehr davon als ich.« Ungelenk, mit der Grazie eines Schloßbesuchers in Filzpantoffeln, schlurfte Ott den Gang entlang. »Man hat Sie am Helikopter durch die Luft fliegen sehen, das war ein Schock. – Sie müssen jetzt dranbleiben, das ist alles.«

Mich am Helikopter durch die Luft fliegen sehen? Er redet irre, dachte Hoppe traurig.

Der lange Gang war mit hochlehnigen steifen Stühlen, auf denen nie jemand saß, Kommoden und Geweihen ausgestattet. Der Eindruck des Museumshaften verstärkte sich, als Ott vor einem der Bilder stehen blieb und Hoppe schwächlich, aber zäh mit sich herumzog. »Sehen Sie mal hier. Was glauben Sie, was das ist?«

»Eine Abreise«, riet Hoppe. »Wir haben nicht mehr viel Zeit.« Nachmittags wollte er Frank Meisel in Konstanz treffen, er mußte sich beeilen.

»Manche sagen, es sei ein Claude Lorrain. Es gehört Paul. Aber wir hatten immer unsere Zweifel.« Hingebungsvoll, obwohl er das Bild doch kennen mußte, betrachtete Ott die gemalte Landschaft mit einer Meeresbucht bei Sonnenuntergang mit Segelschiffen. Schöne, in griechische Gewänder gehüllte Leute wandelten vor Palastruinen herum, einzelne schickten sich offenbar zum Einsteigen an. Alle waren jung.

»In Wien hat Paul keinen Platz dafür«, erklärte Ott. »Ich bin sehr froh, daß es hier hängt.« Begehrlich, begeistert wie ein potentieller Interessent und Käufer konnte er sich vom Inhalt des goldenen Rahmens nicht losreißen. »Hoffentlich vererbt er es Caroline, damit es hier bleibt. So ein Bild ersetzt den Hauskaplan.« Ott lachte heiser, lustig klang es nicht.

»Ein schönes Bild«, meinte Hoppe.

Otts scharf bebrillte Nase unter der Schlägermütze rückte näher an die Segelschiffe heran. »In seiner Jugend war er überangepaßt und schüchtern, noch im Dritten Reich war er so. Erst jetzt, im hohen Alter, wird er frech, ein richtiger Hallodri.« In seiner ungehemmten Offenheit sprach er weiter über Paul, um das Bild länger betrachten zu können.

»Ich muß fahren.« Hoppes BMW parkte im Hof.

Mit sanfter Gewalt zog er an seinem Arm. Ott stemmte die Krücken ein und sträubte sich, wie ein vierbeiniger Begleiter. »Manchmal braucht man solche Bilder. – Glauben Sie, daß es echt ist?«

Wie sollte Hoppe das wissen? Alle Dinge auf der Leinwand wirkten sehr ordentlich und aufgeräumt, wenn auch aus den Marmortrümmern Büsche sproßten und an Verpflegung und Gepäck niemand gedacht zu haben schien. Auch von Hast und Unruhe, wie bei gewöhnlichen Abfahrten, war nichts zu spüren, keine Brise zeigte sich. Hoppe musterte die Segelschiffe und fand sie für rauhe See ganz ungeeignet. Er würde dort nicht einsteigen. Aber die Wasserfläche glänzte rosig wie die Wangen junger Mädchen, die sanfte Heiterkeit der Phantasiegebilde flutete auf den Betrachter zu, und die Reise schien nicht weit zu führen, nur der Sonne nach, hinter den Horizont. Die mythologischen Gewänder, geräumigen Segler, gestürzten Säulen entstammten alle verschiedenen Epochen und paßten doch harmonisch gut zusammen, was zu denken gab. Dieser Künstler war kein Jahrmarktsillusionist gewesen. Ott betrachtete weitere Einzelheiten liebevoll und kritisch. Er wußte ja, Hoppe war kein Kenner, und hatte nur gefragt, um Zeit zu gewinnen. Hoppe lachte gutmütig. »Ich bin überzeugt, es ist echt.«

Sein Urteil schien Ott zu freuen. Schweigend, weil es nichts mehr zu reden gab, gingen sie über polierte holperige Dielen um zugige Ecken herum, unter zugewachsenen Fenstern zur Vordertreppe. Die Lichtschalter schwer zu finden, nur zwei Badezimmer im ganzen Bau, das war kein Haus für alte Leute. Wenn er hier was zu sagen hätte – ein Lift zum Beispiel –, aber er würde hier nie etwas zu bestimmen haben. Also erkundigte er sich bloß, als sie die nächsten Stufen ins Halbdunkel hinunterstiegen: »Und wie geht's Fleur?«

»Fleur geht's gut. – Ihre Mutter ist eben leider nicht ganz echt. Bevor sie diesen Pansfeld heiratete – die übrigens auch keine alte Familie sind –, heiß sie Möller. Oder Müller? Miller vielleicht?« Ott zog die lange Oberlippe tiefer und die Brauen zusammen unter der tief gerutschten Mütze; er dachte nach. Alle Kleider waren ihm zu weit. »Ihre Großmutter mütterlicherseits – die, von der ich gesprochen habe –, ist jedenfalls eine Baronin Laube gewesen und ganz und gar standesgemäß.« Er lachte vergnügt.

Hoppe teilte seine Freude. Aus der Lücke im Stammbaum half er also Fleur heraus, und für sich selbst sorgte er gleich mit. Einen derart nahen Verwandten drängt man nicht aus dem Haus, auch wenn die Familie sich vergrößert. Dieser raffinierte Alte! Der Selbstbehauptungswille seines Freundes war bewundernswert.

»Was belustigt Sie so?« Sie durchquerten das leere Eßzimmer im Parterre und traten durch die offenen Terrassentüren ins Freie.

»Sie sehen sehr martialisch aus in Ihren Wanderstiefeln«, lobte Hoppe. »Wo möchten Sie sitzen?«

»August war immer der Monat der Mobilmachungen. Da hinten im Schatten bitte, wenn's Ihnen nichts ausmacht, Herr Oberst.«

»Das ist zu weit. Sie müssen ja noch alle die Treppen hinauf in Ihr Zimmer.«

»Ich finde schon jemand, der mir hilft.«

»Wo sind denn heute alle?«

»Alle im Park. Aber nicht wegen Ihnen, Herr Oberst, obwohl Caroline sagt, Sie sind ein sehr gefährlicher Mann.«

Hoppe stand in Flammen. »So, sagt sie das?«

»Sie sagt noch viel mehr. Haben Sie kein Handy oder Autotelefon? Dann rufen Sie sie an. Sie wartet darauf.« Ott nahm mit erloschenem Blick die Brille ab, rieb und behauchte die Gläser. Er ließ sie blitzen und setzte sie wieder auf. Hoppe brummte nur dazu.

Er zog ein Tischchen näher zu Ott, stopfte ihm ein Kissen in den Rücken und verstellte die Lehne. Er brachte die Krücken in Reichweite. »Ich werde mal Mathias suchen und Bescheid geben, daß Sie hier sind.«

»Wenn alle weg sind, wird er auch freigenommen haben. Wann sind Sie zurück?«

»Am späten Sonntagabend.« Heute war Mittwoch. Otts

dürre Knöchel wirkten sehr zerbrechlich in den Stiefelrändern. »Man dürfte Sie nicht allein hier sitzen lassen.«

»Ich bin nicht behindert, ich bin *alt*«, wies Ott ihn etwas schroff zurecht. »Vergessen Sie meinen Geburtstag nicht, Caroline zuliebe.«

Hoppe traf Mathias in der Küche an und bat ihn, auf Ott aufzupassen. Noch auf der Autobahn schwankte er, ob er umkehren sollte. Er hätte fürsorglicher sein müssen. Auch Sony hatte er allein gelassen. Er trat das Gaspedal ganz durch, aber Geschwindigkeit, ein Mittel, um Gedanken zu klären, half heute nicht. Mit der Lichthupe scheuchte er die Autos beiseite und preschte schneller als jemals nach Süden. Bald könnte das Telefon ins Leere klingeln, neben dem zur Decke hinaufstarrenden Bett, den offenen Schränken. Oder der alte Herr beschloß, daß er fror, steckte schon in den Kissen oder mit beiden Armen gerade im Pullover und war schlecht gelaunt; das wollte er nicht riskieren.

Hoppe fuhr mit Höchsttempo und schloß das Seitenfenster. Es war der Zugwind, keine Rührseligkeit, er weinte nicht, warum auch? Er hätte nur ganz gern den alten Herrn jetzt an seiner Seite gehabt.

***

Zur selben Zeit wartete Muhl im Park auf Caroline. Breitbeinig, schon ganz der Hausherr, stand er mitten auf dem Weg und ging ihr keinen Schritt entgegen; ergriff schließlich die lächelnd ausgestreckte Hand, die, wie er wußte, bei der geringsten Berührung wie Flaum nach oben schoß, und quetschte die beringten Finger; um sie auf einer möglichst unbequemen halben Höhe freizulassen. »Sehr freundlich von Ihnen, sich herzubemühen, Madame.«

»Wir haben uns nicht bemüht, wir waren da«, meinte Caroline unbefangen. »Hallo, Herr Muhl. Guten Tag, Herr –«

»Finsterbusch«, sagte Finsterbusch feierlich und streckte seinerseits eine fiebrig heiße Hand aus.

»Kennen Sie schon meinen Sohn, Max Magnus –«

»Selbstverständlich kennt er ihn. Finsterling war auf dem Requiem.«

»– und meine zukünftige Schwiegertochter, die Prinzessin Pansfeld.«

Caroline in Trauer trug ein dunkelgrau gemustertes und Fleur ein schwarzes Sommerkleid, Max Magnus eine schwarze Krawatte.

»Hoffentlich messen Sie der Tatsache, daß der Termin unseres Vorverkaufsgesprächs ausgerechnet mit dem Tag der Sonnenfinsternis zusammenfällt, keine schlechte Vorbedeutung bei für sich und Ihre Familie.«

Muhl scherzte hochgemut, wie ein Ackergaul trampelt. Falls man ihr auf die Zehen trat, ließ Caroline sich nichts anmerken. »Was für uns schlecht ist, ist doch gut für Sie«, sie ließ die Reihen schöner Zähne, schöner Perlen um die Wette glänzen. »So schwarz sehe ich da nicht.«

Wenn man schon verkaufen muß, haben wir wenigstens gleich einen Käufer bei der Hand, dachte sie wohl; und sofort begann Muhl ein Spielchen mit ihr. Er pfiff. Sein Zwergpudel stöberte im Hang herum. Er pfiff wieder.

»Die Verhandlungen führt am besten mein Sohn«, begann Caroline in ihrer liebenswürdig ironischen Art.

Muhl pfiff und schwieg.

»Sieglinde von Schneeweiß wird auf eine Hasenfährte geraten sein.« Max Magnus dehnte die Worte, soweit die Höflichkeit dies gerade noch zuließ.

Das Kläffen verlor sich in der Ferne.

»Sie wird nach Hause gelaufen sein und sitzt schon gleich im Körbchen.« Caroline mochte nur die eigenen Hunde und sonst keinen. »Herr Muhl!« (Damals, als er noch der Schwiegersohn gewesen war, hatte man ihn ›Heinzäh‹ genannt, hinter seinem Rücken zwar, aber doch laut genug. Nun mußte sie es büßen. Sie wußte es und nahm es hin.) »Herr Muhl! Sie haben uns noch gar nicht erzählt, was Sie mit dem Gelände überhaupt anfangen wollen.«

Muhl horchte stumm in den Hang.

Caroline wurde ungeduldig. »Was haben Sie hier vor? – Eine Riesen-Kläranlage?«

Caroline redete, als sei sie noch die Frau von damals; das war töricht, und Muhl ließ es fühlen.

»Abgehauen«, sagte er nur.

»Egal, die Blattzeit ist vorbei«, meinte Caroline trocken und fügte deutlich strenger hinzu: »Max Magnus! Fangen wir an.«

Max Magnus warf einen verletzten Blick auf seine Mutter; nicht, weil sie den Besitz verkaufen wollte, sondern weil sie ihn so direkt damit konfrontierte.

»Die Jagd werden wir uns vorbehalten«, schlug er mit seiner quengeligen Stimme vor.

»Die Jagd behalten wir uns auf jeden Fall vor!« rief Fleur laut und temperamentvoll, und dankbar überließ Max Magnus die Angelegenheit ihr und wieder seiner Mutter.

»Auf unserem Friedhof wird es keine Jagd mehr geben«, erklärte Muhl. »Wenn hier etwas verjagt werden muß, erledigt das der Hund meiner Frau.«

»Ein Friedhof – hier?!« staunte Caroline. Sie war wirklich verblüfft.

Muhl genoß die auf ihn gerichtete Aufmerksamkeit und Spannung. »Machen wir also einen Rundgang, dann erkläre ich es Ihnen. Ich habe ein neues Unternehmen gegründet, das später als AG geführt werden soll. Dieses Unternehmen füllt eine Marktlücke aus, indem es nämlich alle –«, Muhl sprach beleidigend langsam und deutlich, wie zu Kindern oder Idioten. »– alle die Letzten Dinge betreffenden Dienstleistungen aus einer Hand anbietet, also Hotel, Partyservice, Abschiedszimmer und alle Bestattungsarten selbstverständlich, Luft, Wasser, Erde, Kyro und Pyro, und eben einen Friedwald.«

»Letzte Dinge –? Seit wann stirbt man im Hotel? – Ich verstehe *gar* nichts.« Carolines Erstaunen hätte auf jeden anderen ernüchternd gewirkt.

»Wir sind die ersten. Wir schaffen einen Markt und ein Marktprodukt und potentieller Kunde ist jeder.«

»Ich bestimmt nicht«, unterbrach Caroline sofort, doch Muhl ließ sich nicht beirren. »Vierundachtzig Millionen potentieller Kunden! Die Banken sind von dem Konzept begeistert. Ich gebe Ihnen ein Beispiel. Neulich wollte ein vermögender Hinscheidender unbedingt als pyroklastische

Wolke durch den Garten fahren. Sein Garten geht auf den Rhein. Was soll daran verkehrt sein? Vielleicht ein Kindheitstraum oder -trauma, oder er ist in Japan gewesen. Niemand konnte es ermöglichen. Unser Unternehmen spezialisiert sich gerade auch auf technisch ausgefallenere letzte Wünsche.«

»Wunderbar! Das ist ja herrlich morbide! Ich wollte auch immer schon mal als pyroplastische Wolke herumfliegen.« Fleur lachte laut und unbeschwert, sie lachte ganz allein; es stand ihr gut, so lange es dauerte, und Finsterbusch starrte sie an.

»Ich verstehe noch immer nichts«, behauptete Caroline. »Die Idee ist – ja, nicht schlecht. Aber ich käme nie darauf, in einem Hotel – wie auf der *Hochzeitsreise*. Ist das nicht ein bißchen – *pervers*?« Leichthin, neckend versuchte sie ihn zur Gegenwehr zu animieren, denn wo Widerspruch sich regt, da blüht die Unterhaltung, und Vorteile ergeben sich.

Muhl kannte diese Taktik und ignorierte sie, Max Magnus sprang ein. »Für naturgestützten Permafrost könnte man den alten Eiskeller benutzen.«

»Ihr Eiskeller ist viel zu klein«, widersprach Muhl. »Ich habe an Großanlagen unter dem Wasser des Burggrabens gedacht. Aber erst müssen wir Teams, auch reisende Gruppen, aufbauen, einen gut ausgebildeten Personalstamm, Kundenwerber, die die Zeitungen nach achtzigsten Geburtstagen durchstöbern, eigene Versicherungsexperten, Notare, Ärzte, Apotheker, Friseure, Visagisten, die Eitelkeit stirbt zuletzt. Ein Streichquartett und Orgelspieler, Partyplaner, Feuerwerker, Vorleser, im Falle der Abschiednehmende seiner Stimme nicht mehr traut, Psychologen, Zeitungsschreiber, Seelsorger – am besten solche, die übers Zölibat gestolpert sind, die sind am billigsten zu haben.«

»Da seh ich keine Schwierigkeit. Die Auswahl ist riesig«, meinte Caroline.

»Unter der Schloßkapelle plane ich eine kleine, aber feine Pathologie neben dem Krematorium«, fuhr Muhl fort. »Sie würden sich wundern, was auch bei Alten noch für Knochen-, Hirn- und Hornhäute bezahlt wird. Das Konservenmagazin wird im Weinkeller untergebracht. Ich plane noch viel weiter – eine weltweite Organbörse zum Beispiel, aber das ist Zukunftsmusik.«

Fleur hatte sich bei Max Magnus eingehängt und strahlte vor Glück und Zufriedenheit. Ob ihr glückliches Zusammenleben hier oder woanders stattfinden sollte, schien sie nicht zu kümmern. »Dann brauchen Sie am Park ja nichts zu ändern«, meinte sie munter.

»Die Unkosten werden gigantisch sein«, widersprach Muhl. »Wir ersetzen den herkömmlichen Friedhof als solchen durch einen Landschaftspark. Ins Wurzelwerk bestimmter Bäume, die zu mieten sind, senken wir Tuben mit der Asche, die nach oben ragen, so daß ich der Witwe sagen kann: Was hier wächst, das ist Ihr Mann.«

»Das leuchtet ein.« Fleur lachte schallend.

»Jeder kann sich den Baum aussuchen, der zu ihm paßt, für die Millionäre Hochbuche und Breiteiche und für die Sparsamen Pulverholz und Holunder. Ich sage dann: Ihr lieber Angehöriger, der sitzt in jedem Blatt.« Es folgte eine erwartungsvolle kleine Pause.

»Wurzeln, die sehen alle gleich aus«, lockte Muhl. »Aber oben, obendrüber, da braucht man Klassen und

Standesunterschiede. Ich halte sehr viel von Standesgrenzen – schließlich habe ich sie überwunden.«

»Das war bestimmt nicht einfach für Sie«, assistierte Finsterbusch. Bisher hatte er sich wortlos darauf beschränkt, die Prinzessin mit Blicken zu verschlingen.

»Was ich also sagen will«, fuhr Muhl fort, »ist: freie Wahl für alle. Einen Brombeerstrauch für die Tante, eine Fichte, ernst und würdig, für tote Professoren.«

»Die Zapfen kann man für Weihnachten sammeln. Aber Brombeermarmelade von der alten Tante wird einem schnell über«, überlegte Caroline. »Haben Sie schon einen Landschaftsarchitekten befragt?«

»Das kommt noch. Und wenn es soweit ist, will ich mit Überlegungen keine Zeit mehr verlieren. Das ist nämlich kein Park, das ist ein Wald. In einem Park stehen Denkmäler.«

Muhl zog eine farbige, auf Leinen und Karton gezogene Forstkarte, an der ein Kugelschreiber steckte, aus dem Gürtel und schlug sie auf. Deutlich sah man die Teilung des Waldes zwischen Schloß Scherbenmühle und Schloß Laun.

»Wir sind hier.« Er umkringelte die Stelle. »Hier gehört was hin, ein Denkmal, das Charakterstärke mit Seelengröße verbindet, irgendwas in der Art von Buddha oder Indianer. Etwas für Unbeugsame, solche wie Sie.« Er lächelte anzüglich.

»Eine Fortuna oder Fata Morgana.« Fleur, die Künstlerin, war in ihrem Element. »Oder ein nickender Chinese? Ein Drachentöter?« Sie kniff Max Magnus in die Seite, sprühend vor Liebe und guter Laune. »Ein König Lear, für Ott.«

»Ja, so was. Keine Lebenslust ohne Todeskult. Wer die Vergangenheit für sich in Anspruch nimmt, ist auch in Zukunft immer schon dagewesen.«

»Was?«

»Inschrift im Sockel. Markieren Sie die Stelle.«

Finsterbusch hob den Fuß, Muhl stieß ihn weg und machte es selbst. Er zeichnete ein Kreuz mit dem Absatz in den Boden. »Jetzt brauche ich eine Lichtung, einen hellen Teil im Wald, wo Zukünftigkeit herrscht statt Altersgram und Greisenstoizismus. Los, kommen Sie. Den alten Eiskeller reißen wir ab.«

Sie erreichten die Biegung. Eine Schulklasse lärmte ihnen voraus, die Kinder sollten die Sonnenfinsternis beobachten. Aber der Himmel verdunkelte sich nicht, er wirkte nur diesig opalen, die Luft milchig dick und gewittrig ohne Schwüle. Die Baumkronen glänzten bräunlich wie benetzt von Schlamm.

»Hier muß noch was hin«, rief Fleur. »Eine Grube für die Menschheitsproblematik, ein Fallstrick für –«

»Fall? – Hierher kommt ein Wasserfall«, bestimmte Muhl, »mit halbrunder Steinbank, als Ensemble von Ruhe, Beschaulichkeit und Einkehr. Ich sehe die Trauernden schon vor mir, wie ihre Lippen sich im Takt stiller Gedanken bewegen.«

»Ein Heiligtum für die Allgläubigen, für die Welt-Ethik, den gläubigen Zweifel, das Nirgendwo-Überall«, Finsterbusch taute unversehens auf. »Damit sind wir sicher, dann kann uns keiner. Oder eine Sphinx. Oder einfach ein Schuppen für die Baumpflege, hübsch verkleidet als Kapelle.«

»Hierher kommt ein Wasserfall.« Muhl blieb bei seiner

Ansicht. »Wasser ist Musik wegen der kleinen Verzögerungen im Fall.«

»Im Fall von schlechtem Wetter?« meinte Caroline.

»Nein, von Wasser. Plätschern, das hebt die Laune«, erklärte ihr Sohn.

»Wassermusik! Die Kunst der abgestuften Unregelmäßigkeiten. Das bringt Erinnerungen zurück! Das regt die Witwen an«, rief Muhl.

»Wieso die Witwen? Ich verstehe gar nichts. Wollen Sie Witwen *machen* oder was? – Aber ich will Ihnen nicht zu nahe treten, jeder hat so seine Marotten«, Caroline lachte ebenfalls laut. Sie wollte sich von ihrer Begriffsstutzigkeit nichts abhandeln lassen.

»Und im Tümpel ein Gott Orpheus, mit der Spritze in der Hand.« Finsterbusch, der der allgemeinen Leichtfertigkeit am längsten getrotzt hatte, wieherte plötzlich los. Alle sahen ihn erstaunt an. Er verstummte und nahm die tragisch versteinerte Miene, die seiner Meinung nach die Herzogin hätte innehaben sollen, sozusagen stellvertretend wieder an.

»Nein, keine Obszönitäten hier im Park«, widersprach Muhl. »Aber es stimmt, wir brauchen Lauben. Natur ist Natur.«

»Heckenrosen, Teehäuser –«

»Lauschige Weihestätten. Labyrinthe.«

»Ein Monopterus für die Steigerung von Hingabe und Verbundenheit«, sie lachten und riefen durcheinander, nur die Stimme des Herzogs entgleiste mit einem kleinen Mißton, als gehe einem zu stark gepreßten Dudelsack die Luft aus.

»Bridge-Pavillons mit Aussicht, aber ohne Einblick. Hohes Gras für die Inspiration des Augenblicks« (Carolines Vorschlag); »Ein Denkmal für den Exorzismus historischer Denkmäler«, jubelte Fleur. »Ein Muhl-Mal«, ergänzte Max Magnus.

»Helles Krema-Knochenschrot, aufgemischt mit Klärschlammgranulat, auf den Wegen«, prustete Finsterbusch. Das zerklüftete Gesicht mit dem Schmiß am Kinn glich einem Steinbruch, der ins Rutschen kommt, sein schwerer Körper einer Festung; er schob sich dichter an Fleur heran.

»Pfauen! Symbole der Unvergänglichkeit, herbeiwehende Schreie, die Landschaft weitend. Schwarze Schwäne! Wassermedaillons, Palastgärten, kopfunter hängende Kastanienzweige. An mir ist ein Dichter verlorengegangen.« Muhl beäugte seine Ex-Verwandten. »Der Ort hier muß ein Hain des Gedenkens werden, zu dem man gern zurückkommt, um die Asche seiner Lieben zu verehren.«

»Charons Nachen, Lethes Quell. Eine Toteninsel mit Pantheon für Prominenz. Ein kleiner Triumphbogen an dieser Stelle für die Emanzipierten, die à la carte die Fackel senken«, ergänzte Finsterbusch und starrte gierig die rundliche Prinzessin an.

»Richtig! Gestorben wird immer«, rief Fleur. »Wir machen eine Riesensause an Allerheiligen, Seniorentanz an Allerseelen.«

»Großer Ball für Hinterbliebene mit Damenwahl am Totensonntag, danse macabre«, witzelte Max Magnus.

»Single-Boutique im Erdgeschoß mit Urnen, Schabracken, Funeralwappen. Esoterische und spiritistische Sitzungen am Wochenende. Jährliche Gedenktage am Abreisetag des lieben Verabschiedeten«, jauchzte Fleur. Die Prinzessin, die gerade ihren Vetter verloren hatte, sprudelte über und schäumte wie die Erft im Frühling, wenn sie auf Steine prallt. »Ein Bewegungsmelder, und im Zimmer begrüßt einen die muntere Stimme des Verstorbenen.«

Sie lachte, bis sie fast umfiel und sich an Max Magnus' Arm festklammern mußte. Finsterbusch war geblendet, fast erschrocken. Dicht am Abgrund und obwohl sie bald ohne Hemd dastand, prunkte sie noch ausgelassen mit ihrem Witz. Muhl wurde ernst. Ausgaben, über die man lacht, nehmen überhand, so war er erzogen; er bückte sich demonstrativ nach einer Zigarettenschachtel und zerlegte sie, um die Einzelteile einzustecken und später zu recyclen und wartete auf das Ende der Heiterkeit.

»Sie sehen also, das wird teuer«, sagte Muhl. »Die Investitionen, die auf uns zukommen, sind gigantisch. Darf ich jetzt über das Geschäftliche sprechen?«

»Aber ja, dafür sind wir hier.« Caroline lächelte überaus gewinnend und funkelte Fleur gleichzeitig warnend an, ein Meisterwerk simultaner Ausdruckskunst.

»Über den Kaufpreis müssen wir noch sprechen.«

»Aber ja.«

»Die Summe erbringen wir vollständig in Aktienoptionen unseres Unternehmens.«

Caroline erschrak.

»Das ist heute so üblich.«

Caroline wirkte mit einemmal sorgenvoll und viel älter. Gelegentlich fiel Muhl in sein elterliches Idiom zurück, um so heller leuchtete sein Werdegang. »Die Börse steigt und steigt, während wir uns an den Eiern kratzen. Jawoll, inner Tat, so isses – *Madame.*«

»Der Damm ist da unten«, sagte Caroline, »an der Erft.«

»Sie können ja nicht wissen, Madame, wie hoch die Kosten einer Börsennotierung sind. Ich erkläre es Ihnen. Am Neuen Markt sind es mindestens eine Million Euro. Designated Sponsoring, drei Quartalsberichte, Rechtsberatung, Listinggebühr, Road-Show, Anzeigen, Werbung, Investor-Relations-Agentur und -manager, CEO und CFO –«

»Ist das jetzt Englisch oder was?« fragte Max Magnus, der vier Sprachen fließend sprach. Er trug handgefertigte Budapester Schuhe, die Sony gehört hatten, mit den einzig richtigen, runden, gewachsten Senkeln; auf sie blickte er jetzt mit stolzer Zufriedenheit herab. Den Ärger, den seine Worte hervorriefen, schien er nicht zu bemerken.

»Sie sehen also, Durchlaucht«, fuhr Muhl fort und betonte die erste Silbe wie beim Wort ›Durchfall‹, »der Kaufpreis kann keinesfalls der sein, den Sie sich erhofft haben. Als Akquisitionswährung bekommen Sie unsere Aktien zum Emissionspreis in frühestens drei Jahren, also zweitausendzwei.«

Caroline war sprachlos, wie er es noch nie erlebt hatte. Er musterte sie ungeniert von oben nach unten. Sie trug schwarze, spanisch anmutende Leinenslipper mit Bastsohle und eingesticktem Monogramm »A« – für Antoinette. Sie gehörten Titti. »Wenn Sie sich also noch beraten möchten –«, er sah von einem zum anderen.

Max Magnus zupfte, von einem nervösen Tic am Auge befallen, an seiner Manschette. Die Ärmel waren etwas kurz. Sein Hemd trug links auf halber Höhe ein Monogramm »A« – für Alexander. Wegen *Aktien* hatte Sony sich umgebracht.

Die drei schwiegen betreten.

»Wir gehen noch nach oben, Finsterling«, bestimmte Muhl, hüpfte leichtfüßig über den Graben und schlug den Pfad durchs Gebüsch ein. Finsterbusch kletterte unbeholfen hinterher.

So konnte man die beiden nicht weglassen, Caroline mußte noch das letzte Wort haben. »Wir treffen uns dann oben!« rief sie mit unverändert hell durchdringender Stimme. Muhl war's recht. Bei persönlichen Gegnern legte er Wert auf eine gewisse Mindestgröße, damit das Krachen unter dem Stiefel weithin und durchs ganze Rheinland zu vernehmen war.

Muhl stapfte bergauf durch Gebüsch und Reisig, Finsterbusch keuchte hinterher. An einer Steinbank am oberen Weg hielt Muhl endlich an.

»Wir brauchen noch ein Mahnmal für den richtigen, das heißt rechtzeitigen, Abgang. Die Frage ist nur: wie sieht das aus?«

Finsterbusch wischte sich die Stirn. »Ein Andachtsgrotto mit Wasserspülung den Hang hinunter?«

Das frische Exkrement hinter der Bank war ganz nach dem Geschmack der Fliegen, in einer brausenden Wolke flogen sie heraus. Muhl wischte sich das Gesicht ebenfalls.

»Sie sind heute so sarkastisch, mein Lieber. Was ist denn los? – Macht der Alte Schwierigkeiten?«

»Er will nicht.« Finsterbusch blickte plötzlich auf. »Der Alte ist nicht so einfach, wie sie glauben.«

»Natürlich will er nicht, er ist in Deutschland ja der erste. Wir müssen uns die Kundschaft erst erziehen, und für einen Meinungswechsel sind hochtitulierte Herrschaften nützlich. Malen Sie ihm aus, daß er als Graf Otterstedt auf Laun mit aller Pracht eines Sonnenuntergangs zur Ruhe gebettet wird.«

»Er will keinen Pomp funèbre.«

»Ach was. Er hat doch ein starkes Standesbewußtsein. Bearbeiten Sie seine Eitelkeit, Mann, lassen Sie Ihre Phantasie spielen. Denken Sie an den Park. Jedes Jahr geht mit einem fulminanten Farbenfeuerwerk zu Ende, bettet sich mit einem Riesenaufwand an Früchten und so weiter zur Ruhe, und ein Graf Otterstedt soll einfach in die Grube fahren, Erde drauf und das war's dann? – Der Abgang hier, Abhang meine ich, wird terrassiert. – Haben Sie keinen Blick für die Natur?«

Finsterbusch litt unter Fußpilz und trug uralte Slipper, deren Hacken niedergetreten waren; im Haus trug er sie als Puschen, auf die Bier, Suppe, Seifenwasser tropfte, in die er ohne Bücken fuhr; das Material war speckig und fleckig, aber *Wildleder* hält viel aus. »Keinen Sinn für die Natur – ich?«

Seltsam sichelförmige Lichter und Blätterschatten bevölkerten jetzt die Wege. Muhl hob die Arme nach Dirigentenart und wandte sich direkt an den Park, die Landschaft und den Himmel. »Visionen! Der Mensch braucht Visionen!« rief er im Brustton eines öffentlichen Auftritts. »Bei unseren Riten und dem Sakrament des Todes werden alle ohne Ausnahme sich erhoben fühlen. Wie lange noch sollen Würde und seliges Sterben das Vorrecht einiger weniger sein? Jeder, der bezahlt, stirbt bei uns wie der Papst persönlich. Das nenne ich Fortschritt für vernünftige Wesen. In Zukunft gibt es Menschenwürde als Privileg nicht mehr, man kann sie berechnen, erwerben, einklagen und verkaufen, sie hat einen Preis und wird gehandelt. Bei einem Überhang an Material gibt es Rabatte für Angehörige und Sonderangebote für Gruppen. Bei uns gibt es Luxus-Würdeformeln und Cattle-Class, haha! Endlich emanzipieren wir den Wert einer Person von der Persönlichkeit, wie jedes andere Transport-Unternehmen auch.«

»Darf ich zur Formelwürde eine Anmerkung machen? Nur als Fußnote.«

»Gleich. – Wir planen also eine spektakuläre Tat von historischer Bedeutung, und der alte Schwachkopf wird sie ausführen. Es ist die letzte Chance zu etwas Bedeutendem, die er noch hat in seinem Leben.«

Otts blaßhäutige knochige Hühnerbrust im offenen Nachthemd erschien Finsterbusch alles andere als heroisch. Ja, wenn es Fleur gewesen wäre! Die *Vision* ihrer schönen Fülligkeit traf ihn wie ein Flammenwerfer, da ging die Spritze in der Tasche von alleine auf. »Wenn Sie Edel-Adel brauchen, gehen Sie zum Käsefach und suchen Schimmelpilz mit Blaustich«, sagte Finsterbusch aufsässig.

»Der alte Herr ist doch wie alle, liebt Beachtung, Auftritte.«

»Vielleicht. Dieser nicht. Die Alten verachten sich gegenseitig«, behauptete Finsterbusch.

»Um so besser, dann packen Sie ihn da. Diese Eß- und Kaugeräusche, rutschenden Zähne, das Schnaufen durch die Nase, das Schlagen vom Löffel beim Zusammenkratzen der Reste und der Soße. Das Grunzen beim Niedersetzen und Pupsen beim Aufstehen –«

Finsterbusch sah ihn an. »Sie haben wohl selbst noch Großeltern?«

Muhl überhörte das. »Die einzige Gelegenheit, wo man den Adel wirklich noch braucht, ist, wenn man sich entschließt, ins Altersheim zu gehen. Dann sucht man sich klugerweise eins aus, indem genügend Kottentrotts und Dankelwitz' sitzen, der Anblick von peinlicher Verwahrlosung bleibt einem erspart.«

»Na ja«, meinte Finsterbusch.

Muhl wies auf die verfallenen Hasenställe am Rand des Schloßgrabens und auf die pockennarbigen Wände. Unter versprengten Mörtelpflastern kamen rötliche Ziegel zum Vorschein. »Alte lieben doch die Ordnung. Es muß auch unserem Jubelgreis gefallen, wenn mit dem Ungepflegten aufgeräumt wird, den Notbehelfen, dem Improvisieren und Angeln nach dem rettenden Ufer. Altwerden muß ein Luxus für wenige werden. Im nächsten Jahrtausend wird von jedem eine Entscheidung für oder gegen das Altsein verlangt. Passives Hinnehmen ist dann passée.« Er nahm die nächste Abkürzung bergauf.

Im Gestrüpp blieb er noch einmal stehen. »Es ist günstig für unser Modell, die Interessen zu organisieren. Die normative und rationale Organisation dieser Interessen heißt doch *Ethik*.«

Finsterbuschs weniger wendigen Natur war der Wahrnehmung von Wurzeln und anderen Stolperfallen auf dem Pfad und gleichzeitig dem Sinn oder Unsinn von Muhls Suada nicht gewachsen, er blieb zurück und holte Muhl erst vor einem drahtbespannten, schattigen Hohlweg mit Bretterhütte ein.

»Eine Schießanlage. Zum Üben auf Rollhasen«, erklärte Muhl. »Wir reißen sie ab, hier muß noch was hin. Hierher kommt ein –«, Muhl grübelte.

»Ein Wegweiser?«

»Ein Denkmal für unseren ersten Kunden, den Gerichtspräsidenten Rapp.«

»Den in der Villa? Du liebe Zeit, das war 1986. Damals war das noch illegal.«

»Wir brauchen neuere Tote, schönere Leichen.«

»Neulich war seine frühere Hausangestellte da«, erzählte Finsterbusch plötzlich ganz aufgeräumt, »die hat sich an uns erinnert und wollte auch eine Sterbehilfe, für ihre Schwiegermutter. Es war erhebend, und sie zerfloß vor Dankbarkeit.«

»Wie haben Sie's gemacht?«

»Plastiktüte, Spritze«, sagte Finsterbusch knapp. Die Prinzessin hätte ihm freilich besser gefallen, eine solche Vitalität hatte er noch nicht unter der Spritze gehabt. Aufbäumen, Wogen, erstickte Laute, aufgerissene Augen, das war nur eine Frage geschickt verlängerter Einspritztechnik.

»Großartig!« Muhl war wieder schneller oben am Hang. »Es werden welche nach uns kommen«, rief er ungeduldig herunter, »die werden es besser machen. Gegen die sind wir mit unseren heutigen Mitteln *Stümper.*«

Finsterbusch schwieg beleidigt, trotzig, stolz. Er litt, was Pioniere leiden.

Muhl versuchte ihn bei Laune zu halten. »Bald braucht niemand mehr zu bitten, zu betteln und zu beten. Im nächsten Jahrtausend wird bei Helfern wie Ihnen einfach *bestellt.*«

Mit einem Glitzern, das seine Rührung verriet, betrachtete Muhl den Schloßhof von oben, die grauen Dächer. Wer hat all die schönen Bäder mir Marmor ausgekleidet, die Lifte eingebaut, die vielen Himmelbetten aufgestellt? – Das war dein Großvater, Kind, dein Urgroßvater, von dem du deinen Namen hast, der Erneuerer abendländischer Werte und Menschheitsbeglücker Heinz Cäsar –

In der stillen, bräunlichen Luft hinter ihnen regte sich plötzlich etwas. Sie fuhren herum. Der Student, den Muhl zum Kartographieren und Säubern des Hundefriedhofs angestellt hatte, erhob sich aus der Hocke, grüßte und ging davon.

»Wir sollten auch Mittagessen gehen.« Obwohl Muhl für seine Verdienste um den Denkmalschutz inzwischen eine Goldmedaille der Landesbehörde und verschiedene Zeitungsartikel mit Bild bekommen hatte, schien ihn die auf Dauer angelegte und von ihm selbst festgeschriebene Nutzlosigkeit des Ortes nun zu ärgern.

»Integrieren Sie eben das Geviert in unser europäisches Zentrum für Thanatokunst und Sepulkralkultur«, Finsterbusch wies auf einzelne Rippen, die hell und biegsam wie Wurzelwerk aus der Erde ragten.

»Kral-Kultur? – Quatsch«, Muhl ärgerte sich.

»Dann stellen wir eben noch etwas hin, einen Pan oder Satyr, für das Ende als Eintritt, oder etwas Allegorisches für die Heimgegangenen und die zukünftigen Heimgänger. Ein Denkmal fürs Humanum.«

»Nichts für die Hunde. Lieber etwas für die Ethikkommissionen.«

»Für die Professionellen, ja, damit sie sich beeilen. So eine Art Pudendum.«

»Ein was?«

»Ein Pudendum.«

»Ein Pudendum für die Ethikkommissionen, ja, das wäre schön. Wie soll es aussehen?«

»Groß und massiv. Auf Dauer angelegt.«

»So eine Art Fels. Sehr gut. Mit Sichtschneise zu einem Tempel der vier Winde.« Muhl zeichnete die Sichtschneise auf der Karte ein. »Ein Granitblock mit Inschrift. ›Wirf mich links, wirf mich rechts, ich bleibe was ich bin.‹ oder heißt es ›Wo ich bin‹? – Egal, wir machen es auf griechisch und künstlich verwittert, dann versteht es keiner.«

»Und Toiletten. Haben *Sie* die Toiletten vergessen –? Unsere Angehörigen werden den Tag mit Umherwandern, Meditieren und so was verbringen. Man kann doch nicht zulassen, daß X die Asche von Y bewässert oder hinter der Stele von Z die Hosen runterläßt. Die Leute sind so empfindlich heutzutage. Wir gestalten eine mit Transparenz gesättigte Unterwelt mit viel Tuff am Styx. Das wird besser als am Drachenfels.«

»Wir haben für unsere Kunden doch Hotelzimmer. Aber es stimmt, wir brauchen noch Getränkeautomaten, einen nett bemoosten Bierausschank, das hilft der Andacht auf die Beine.«

Finsterbusch zerknickte ein Ästchen und riß die Rinde ab. Bier! Und Andacht! Alles für den schnöden Mammon! »Aus der Hunde-Nekropole machen Sie ein Museum und aus dem Schloß eine Akademie für Exit-Helfer, Psychothanatologen mit Seminaren für moralischen Fortschritt, Übungsraum und Forschungsabteilung für Sterbehelfer und gleich daneben den Stapelraum für die Organkonserven. Der Handel ist lukrativ, daraus machen Sie Ihre nächste AG.«

»Stimmt, der Tod ist ein Material wie jedes andere, man muß es nur handhaben. Was uns noch fehlt, ist der richtige, zündende Name für mein Unternehmen. Wie gefällt Ihnen Heinz Cäsars Brücke zum Imperium? Schloß Lebensfreude? Glücklicher Abschied? Oder Lebensschutz, göttlicher Winkel?«

»Schloß Carpe diem. Die Sense, meinetwegen. Burg Rent-a-Kill. Humanschott-AG. Reisebüro Transit.«

»Das ist sehr negativ gedacht. Aber wenn Sie nicht so denken würden, wären Sie für Ihre Mission auch nicht der Richtige. Um dieses Amtes zu walten, braucht man Pessimismus und Würde, die Würde des Würgeengels, Zeremonie, eine neue Gedankenordnung.«

Finsterbusch hörte mit gesenktem Kopf zu und rieb mit tragischer, tiefer Ironie das gespaltene Kinn. »Warum suchen Sie sich keinen Ethiker, Philosophen oder Moraltheologen zum Vorsterben? In Tübingen müßte doch einer zu finden sein. – Oder Sie leisten sich einen todkranken Popsänger.«

»Das kommt später. Was wir jetzt brauchen, ist eine Autorität in Geschmacksfragen und stockkonservativ. Dafür ist der Adel doch noch da, als Vorbild für Moral und Lebensstil in den gehobenen Kreisen. Beim Adel fängt man an, wenn man Einfluß auf Sitten und Gebräuche nehmen will, und nicht bei der intellektuellen Spitze. In dieser speziellen Sache, Sie werden sehen, da wird der alte Otterstedt noch einmal zu einer scharfen, frisch geputzten Klinge. – Ist er medientauglich?«

»Nur bedingt. Er gehört mehr zur cholerischen Sorte. Letztes Mal wurde er ausfallend, sogar mit dem Stock hat er mich bedroht. Er ist ganz unberechenbar.«

»So ein alter Egoist, der nicht abtreten will, wie? – Dann setzen Sie ihn unter Druck. Einmal Kusch! gerufen und Buh! gesagt, und er fällt um. Einmal das Fenster aufgerissen, er hat Angst vor Lungenentzündung. Einmal im Bad ausgerutscht – oder machen Sie sich an diese Anni ran. Sie können es doch mit Frauen?«

Finsterbusch blähte sich oder hätte sich gebläht, wenn er nicht so hölzern gewesen wäre; Muhl wartete die passende Antwort nicht ab. »Alles, was ich will, ist ein kurzes Filmdokument von einer Art fröhlichem Sylvesterfest, wenn eine nette Gesellschaft sich mit Jubel und Trubel vom alten Jahr verabschiedet, Andenken und Scherzartikel werden verteilt und Ansprachen gehalten, worin der Jubilar noch einmal allen die Meinung sagt oder die Erben ärgern kann, die eigene, schon gedruckte Leichenrede verteilt und Beileidsbriefe vorliest, deren Beantwortung ihm erlassen wird, es wird gut gegessen und getrunken, Vereine bringen noch ein Ständchen, Presse und Bürgermeister sind anwesend, und dann den gemütlichen Teil, wie der Alte Champagner trinkt, alle ihm zuprosten und er sich dann niederlegt und selig lächelnd – hinübergeht. Ist das so schwierig zu bewerkstelligen?!« erregte sich Muhl.

»Nur nicht zuviel Champagner«, riet Finsterbusch, »die werden dann zu munter und wollen dann nicht mehr.«

»Das Motto der Starburgs ist: Egal, was passiert, wir feiern es. Wir brauchen nur noch ein Programm und einen Festablauf. Wann und wo soll der – der Ruhegang denn stattfinden? Vor oder nach dem Abendessen? Bei Tisch oder erst beim Kaffee? Im Nebenzimmer, sollte ich denken, vor zwei Zeugen, mit Notar. So einfach ist das eben nicht, ganz ohne Tradition. Was bringt man mit, was zieht man an? Was schreibt man auf die Einladung? Was wünscht man sich, was sagt man? Guten Rutsch vielleicht? Diese Probleme – man will ja alles richtig machen –, die löst der Graf für uns im Handumdrehen, aus Instinkt.«

Finsterbusch schwieg verstockt. Otts gemeine Beschimpfungen brannten noch in seinen Ohren. Muhl hielt sein Schweigen für Ergriffenheit und fuhr fort. »Mit Protokollfragen ist er aufgewachsen. Er war ja noch bei Hofe. Er hat Geschmack.«

»Ich bin mehr fürs Intime«, widersprach Finsterbusch. »Schwarzer Anzug ist genug. Und dann, wer will, das Nachthemd.«

»Ich denke doch, Cutaway sollte sein. Letzte Woche hat mein Sohn, Prinz Chipi –«

»Ihr Sohn, Prinz Chipi, stirbt auch nicht besser als andere«, rief Finsterbusch.

»Mäßigen Sie sich, verdammt noch mal. Aristokraten bestiegen das Schafott, als ob es ein Spaziergang wäre, und der Henker trug Zylinder. Stil muß herrschen, Stil ist wichtig. Wir sind doch keine Wilden! Es wird nicht mehr wild herumgestorben, sondern gekonnt, geplant, gepflegt.

Der sogenannte natürliche Tod ist Pech, nichts als ein Unfall.«

»Hören Sie, ich habe Leute sterben sehen«, brach es aus Finsterbusch mit wilder Leidenschaft heraus, er hatte als Sanitäter Einsätze bei der Fremdenlegion mitgemacht und konnte Muhls Gerede über Chic und elegantes Sterben nicht mehr ertragen. »– da fielen die Leute rechts von mir und links, Bein ab und Kopf ab und mittendurch in Fetzen, da wurde gellend geschrieen, da war Gewalt dabei und Blut in Strömen und –«, er brach ab. Was verstand dieser Gesellschaftsmensch vom Tod –?

»Arzt waren Sie doch wohl nicht? – Und brauchen sie auch nicht zu werden.« Muhl lachte gefühllos. »In der Spaßgesellschaft gibt es andere Prämissen als in der Fremdenlegion. Sie dürfen nicht zuviel erwarten. Die Leute sind Hordenmenschen und folgen den Hordenregeln, die man ihnen eingetrichtert hat. Hier im konservativ katholischen Rheinland –«

»Die Ideale sind aber immer dieselben«, rief Finsterbusch und kickte nach einer einsam ragenden Distel.

»Silbergefleckte Disteln stehen unter Naturschutz«, belehrte Muhl. »Wenn Sie übrigens mit der Spritze so ungeschickt hantieren wie zu Fuß, dann brauchen Sie eine Brille. Sie müssen auch bei Kerzenlicht gut sehen können.«

Finsterbusch verpaßte der Pflanze einen weiteren, besser gezielten Tritt. »Wie steht eigentlich unser Legalisierungsverfahren?«

»Sehr gut. Unser Rückhalt in der Öffentlichkeit und bei Juristen ist enorm. Einzelne Patente sind angemeldet. Die Banken sehen beste Chancen für unser Going public.«

»Unser was?«

»Going public. IPO. Börsengang. Pinke-Pinke. *Geld*, das nehmen wir ein.«

Finsterbusch befühlte den alten Schmiß am Kinn, ob er noch derselbe Kämpfer war wie immer. Er war ein Post-Humanist und kein Händler. Profitdenken verwanzt, aber noch konnte er nicht selbständig arbeiten, noch brauchte er Muhl.

»Denen vom Schloß muß ich schleunigst einen Vertragsentwurf schicken. Die kommen nicht mehr, die waren viel zu verdattert«, überlegte Muhl. Wie würde er als Schloßherr sein Füllhorn über der Region ausschütten –! Das Dorf konnte sich freuen.

Deutlich hörte man die Stimmen einer weiteren Schulklasse, die übermütigen, die ängstlichen, die Angeber, die neue Kundschaft. Ah, das frische Material, das Leben –!

»Die Parkmauer bauen wir auf, der Pöbel bleibt draußen. Exklusivität und herrschaftliche Distanz bei uns muß sein«, überlegte Muhl. »Die Herzogin kann im Hotel Empfangsdame spielen, Personal mit perfekten Manieren bekommt man selten so günstig.«

Aus dem Sumpf reckte sich lang und dünn ein Fischreiher, breitete sich aus und strich schwerfällig ab. Sofort stürzte eins der vielen Teichhühnchen aus dem Schilf und besetzte seinen Platz.

»Wir brauchen für das Festessen noch ein Reiherzimmer. Hinterher wird nämlich allen schlecht«, konstatierte Finsterbusch.

»Da fliegt sie hin, die Seele von Laun und von den Starburgs«, freute sich Muhl. »Gibt's hier eigentlich keine Nachtigallen? – Dann müssen welche her. Und rosa Flamingos, als Bild zartester Wehmut angesichts – auf einem Bein stehender Flamingos. Wir kaufen noch mehr Wasserschlösser.«

Er streckte den rechten Arm gerade vor sich aus, die Handfläche wie segnend nach unten. Alle seine Gesten waren jetzt erhaben. Nur das große Wort fehlte noch, und es kam. »Das wichtigste für die neue Ars moriendi ist der Koch! Candlelight-Dinners für VIP-Persönlichkeiten, bessere dann als unser Otterstedt, Staatsmänner, Geistesgrößen, Politiker mit Sinn für die Bedeutung letzter Worte, die ja mit der Autorität des offenen Sarges und halbwegs aus dem Jenseits –«; er unterbrach sich. »Dat jit et ja nit! – Da kommt er ja. Da ist er schon. Jetzt können wir mit ihm reden«, rief er aus.

An zwei hohen Krücken, die er abwechselnd aufstieß, stakste Otts ausgemergelte Gestalt im grünen Bauernleinen den unteren Weg entlang.

»Sogar allein, sogar im Wald, bei Hitze und im Finstern geht er mit Schlips und Anzug. – Das ist für uns der Richtige«, Muhl genoß den Anblick wie Sony einst den seines Rennpferdes und kratzte hingegeben den fettigen Filz im eigenen, weit offenen Hemd.

Ott hörte sie, stemmte den Stock ein und versuchte sie herbeizuwinken.

»So was leben zu lassen bedeutet den Tatbestand unterlassener Hilfeleistung«, befand Finsterbusch.

»Er muß sich verirrt haben. Er macht ganz allein eine Landpartie. – Los, geh'n wir.«

Ott hing knickbeinig in den Krücken und ruhte aus. »Der wievielte ist heute?« wandte er sich abrupt, und ziemlich barsch, an Muhl.

Muhl zeigte, und kostete es aus, wer hier die besseren Manieren hatte. »Guten Tag, Herr Graf. Wie geht's Ihnen? Heute ist der elfte August. Kennen Sie schon –«

»Nein«, unterbrach Ott unwirsch, »kenne ich nicht. – Und wieviel Uhr haben Sie?«

Es war kurz vor zwei. Ott hob die Armbanduhr dicht vor's Gesicht und verglich die Zeitangaben.

»Dann war das doch schon alles«, sagte er grimmig, nur zu Muhl. »So eine Aufregung vorher, und dann merkt man nichts davon, keine Angst, keine Dunkelheit, kein Fall in die Nacht. Das hätte man vorher wissen müssen! Man hätte sich einiges Nachdenken erspart, finden Sie nicht?«

»Sie sprechen von der Sonnenfinsternis?«

»Von was sonst?«

»Meinen Freund hier, Walter Finsterbusch, müßten Sie doch noch kennen?«

Wortlos wandte Ott sich ab, pflanzte die Krücken ein und brachte die Füße in Gang.

Muhl war mit einem Schritt an seiner Seite, nahm ihm eine Krücke weg und hakte ihn unter. »Wir helfen Ihnen nach Hause.« Er nickte Finsterbusch zu.

»– und dann habe ich gesagt, Caro, wenn du das Schlößchen unbedingt verkaufen willst, dann helfe ich natürlich und springe ein und mache dir ein Angebot«, erzählte Muhl. »Haben Sie schon gegessen?«

»Längst.« Muhl und Caroline duzten sich also noch. Trotzdem würde er den beiden im Zimmer nichts anbieten, es war auch gar nichts da außer einem Restchen Sherry.

»Sie brauchen heute *zwei* Krücken, Herr Graf?«

»Zwei Krücken«, bestätigte Ott.

»Sie haben doch keinen Insult gehabt?«

Er hatte wenig Kraft im linken Fuß und zog ihn schlenkernd nach. Er war zu weit gegangen. »Bis jetzt noch nicht«, meinte Ott und sah sich im leeren Hof nach einer Sitzgelegenheit um, obwohl er wußte, daß keine vorhanden war. Die Sonne schien warm auf den Kies, als habe sie nie unter erschöpften, krankhaften oder bösartigen Ausfällen gelitten.

»Heute sind wohl alle weg?« erkundigte sich Finsterbusch.

Ott blieb stehen. »Ich habe gar nichts verpaßt im Park all die Jahre über«, rief er heftig empört, »wenn man da Exemplaren begegnet wie dem da.« Eine solche Meinung mußte er laut aussprechen, er wollte sie mit eigenen Ohren vernehmen. »Die Hunde müßten sich im Grabe umdrehen, wenn sie wüßten, welche Figuren heutzutage ganz offen herumspazieren, die besser im Orkus geblieben wären.«

Das war die *Wahrheit!* Er wollte sie *hören.*

»Sicher, sicher«, meinte Muhl begütigend, »auf Friedhöfen wird man besinnlich«, und faßte ihn fester.

Schweigend, für Jüngere sicher unerträglich langsam, legten sie die letzten Meter über die gewölbte Brücke zurück. Muhl öffnete, von Finsterbuschs Blicken dirigiert, die Seitentür; er war noch nie bei Ott gewesen. Muhls Besuch bedeutete in gewisser Hinsicht eine Ehre –

»Neulich, als Muhl mich besucht hat –«

»Muhl hat dich besucht –?! *Wirklich?* Was wollte er?«

»Nichts, eigentlich«, müßte Ott dann eingestehen, und deshalb war sein Besuch eben nur gewissermaßen eine Ehre. »Er trank ein Glas Sherry und dann ging er.«

»Kein Wunder bei dem Sherry«, würde Hoppe bemerken, aber diese eine Flasche hatte jahrelang ausgereicht, er brauchte keine neue mehr. Die Vertrautheit der beiden störte ihn, als sie durch Ziehen und Zerren eine Angelegenheit zu befördern glaubten, die nichts als Geduld verlangte. Wie oft hatte er sich allein die Treppe hinaufgewunden und ans Geländer geklammert! Und war oben angekommen. Er versuchte, sich auf Muhl ausschließlich zu stützen. Mit einem Vertreter des Bestialismus, der Sterbenden den Hals umdrehte, wollte er nie wieder ein Wort reden. Bis zum obersten Treppenabsatz hielt er durch.

»Herr Muhl wird mich ins Zimmer begleiten. – Guten Tag.«

Der Aasvogel verstand natürlich keinen Wink, sie schleppten ihn vor seine Tür. Die Tür war abgeschlossen, eine Seltenheit in Laun. In Laun schloß man die Türen nicht ab. Aug' in Auge mit dem Feind stand Ott auf den knorrigen Brettern und konnte nicht hinein.

»Vor mir brauchen Sie sich nicht zu fürchten«, meinte Finsterbusch.

Ott fingerte in den Taschen, am Schlüsselbund vorbei.

»Finsterbusch, stecken Sie ihn rein«, meinte Muhl.

»Den Schlüssel?«

»Wen sonst?«

Sie nahmen ihm die Schlüssel weg und schlossen auf.

»Der da bleibt draußen«, bestimmte Ott.

»Aber Herr Graf! Das ist mein bester Freund und Mitarbeiter.« Man mußte Muhl gewarnt haben: Graf Otterstedt ist schwierig; er packte ihn am Ellbogen und bugsierte ihn ins Zimmer.

Neben dem schmerzhaften Griff spürte Ott auch Muhls abschätzigen Blick. Daß an der Einrichtung jetzt nichts mehr erneuert wurde, das verstand doch wohl auch er. Die fast leere Sherryflasche stand noch auf dem Tisch, doch Muhl brauchte keine Einladung, er brauchte eine Information.

Ott machte sich los und Front gegen beide. »Diese – Kreatur hat mich bedroht«, er stieß die Krücke auf den Boden. »Dieser – Mensch«, die Pause vor dem Gattungsnamen deutete großen Zweifel an. »– will mich *tot* sehen – ins Grab will er mich bringen – er will – er hat –«, Muhl konnte ja nicht ahnen, wen er da als Freund bezeichnete, all die Ungeheuerlichkeiten, die Muhls Begleiter von Ott gewollt hatte, verschlugen ihm die Sprache; mit einem Halbkreis der Krücke mußte er sie zusammenfassen. »Sogar einen Brief hat er mir geschrieben –«

»Sie schreiben noch Briefe?« staunte Muhl.

Finsterbusch zuckte die Achseln; sein Blick hatte eine seltsam entschlossene Art, sich ins Blaue zu verflüchtigen.

Ott rang um Luft, schwächlich zerrte er am Krawattenknoten. Finsterbusch machte einen Schritt auf ihn zu. »Darf ich Ihnen mit dem Schlips helfen?«

Helfen –?! Der Kerl wollte ihm an den Kragen; Ott holte mit der Krücke aus zu einem flauen Schlag und fiel um, rücklings aufs Bett. Hilflos blieb er liegen.

Finsterbusch zog sich schwer beleidigt ans Fenster zurück, ließ sich auf dem Gobelinsitz nieder und blieb sitzen. Muhl stellte sorgfältig die Krücken außer Reichweite, holte einen Hocker heran und setzte sich zu Ott.

»Beruhigen Sie sich bitte. Herr Doktor Finsterbusch ist mein medizinischer Sachbearbeiter, einer der ganz wenigen Experten auf seinem Gebiet. Ich möchte Ihnen gern davon berichten, es wird Sie nämlich interessieren.«

»Ich möchte mich etwas aufsetzen.« Muhl unterstützte ihn, und seiner Ungeschicklichkeit konnte man anmerken, was er von arthrotischen Gelenken hielt.

»Wie soll das jetzt mit Ihnen weitergehen? Laun wird verkauft.«

Er war ihnen ausgeliefert, aber wenigstens saß er wieder halbwegs aufrecht und konnte das Zimmer überblicken. Was er sah, gefiel ihm nicht. Sein Todfeind hatte es sich am Fenster bequem gemacht, und Anni war nicht da. Was nützte es, wenn er um Hilfe rief?

»Wollen Sie ins Altersheim? – Das wäre der Sarg für einen intelligenten Kopf«, Muhl sprach in überzeugend vernünftigem Ton. Im übrigen hatte er eine Bindehautentzündung, Ott bemerkte es erst, als er dicht vor ihm saß.

»Ich sterbe sowieso«, sagte er.

»Was ich meine, ist: das Altersheim würde Sie umbringen.«

»Ich wüßte nicht, was mein Tod Sie angeht.« Richtete sich der Angriff gegen Caroline?

»Sterben war – wie übrigens auch das Gegenteil davon –

immer ein sehr öffentlicher Vorgang gerade in den hohen und höchsten Kreisen.« Muhl schaukelte auf den geschweiften Beinen des Hockers, schaute zur Decke und legte die Fingerspitzen beider Hände in einer kontemplativen Geste aneinander.

»Sie sind doch kein Monarchist?« Muhl war Carolines einziger Schwiegersohn; ein weiterer, der ihn auf Dauer hätte ersetzen können, war nicht gekommen. Und Muhls Sohn führte den Namen Starburg fort. Das war ungewöhnlich, aber in Spanien möglich; und dank dieses Chipi, über den Ott sich noch kein Urteil hatte bilden können, war und blieb der Geschäftsmann mit dem Bürstenhaarschnitt eben ein Verwandter, auch wenn die Scheidungen, Ex- und Halbkinder im Gotha nur das Kleingedruckte darstellten.

»Wir möchten den alten gesellschaftlichen Standard wiederbeleben, und Sie sollen uns dabei helfen.« Muhl schaukelte, ganz Respekt, Besinnlichkeit und Sachverstand, auf dem Hocker, der knarzend protestierte.

Dieses Wir, das einen Finsterbusch miteinbezog, brachte Ott auf. »Niemand interessiert sich für das Sterben eines Hundertjährigen.«

»Wir sind auch an Unheilbaren interessiert. Wenn man Krankheit als Nähe zum Tode definiert, wer könnte kränker sein als Sie, Herr Graf?«

»Ein Hundertundeinjähriger«, sagte Ott mit großer Bitterkeit.

»Hohes Alter bedeutet aber unheilbares Leiden.«

»Ich leide nicht. Was für ein Widersinn. Daß hohes Alter keine Krankheit ist, beweist es ja gerade.«

Seine Besucher tauschten einen Blick. Ein schwieriger Fall!

»Können Sie ohne Hilfe vom Stuhl aufspringen?«

»Warum sollte ich?« Ott versuchte zu scherzen. »Soviel Angst machen Sie mir nicht.«

»Doktor Finsterbusch wird Sie untersuchen.«

»Das wird er nicht. Dieser Herr Schauerbold kann nicht auf ehrliche Weise zu seinem Titel gekommen sein.«

»Sind Sie heute müde oder was? fragte Finsterbusch vom Fenster her. »Sie sprechen so verwaschen. Haben Sie im Hirn Durchblutungsstörungen? Sprechen Sie mir nach: Nenne meine Mamma Mimi.«

»Meine Mama wurde nie Mimi genannt.«

»Es heißt Mamma wegen des Rhythmus. Können Sie nicht *Mamma* sagen?«

»Nein. Im übrigen braucht meine Mutter Sie nicht zu interessieren.«

Finsterbusch zog ein Notizbuch. »Das ist Pick. Alle Welt redet von Alzheimer, aber Pick ist schlimmer. Wir werden uns mit Ihrem Hausarzt in Verbindung setzen, Pick führt noch schneller zur Verblödung.«

»Ich bin's nicht, der hier verblödet ist«, sagte Ott.

»Sie wußten vorhin nicht einmal das Datum von heute.«

»Ich habe mich nur vergewissert. Das ist also der Tag, an dem sich nicht nur die Sonne verfinstert.«

Finsterbusch notierte etwas. »Wieviel ist drei mal siebzehn?«

»Interessiert mich nicht.«

»Sie wissen es nicht?«

»Doch, aber es ist mir egal.«

»Sie sind nicht sehr kooperativ.«

»Das war ich nie.«

»Würde es ihnen gar nichts ausmachen, bei einem Diner tot vom Stuhl zu fallen?« erkundigte sich Muhl. »Jedem anderen wäre das wahnsinnig peinlich.« Er sprach, wie Titti gesprochen hätte.

»Das schlechte Licht fällt auf die Küche«, scherzte Ott. »Was mutet Ihnen der Fußgänger zu, den Sie zufällig überfahren? Ist das schön?«

»Auch beim Freitod muß man überlegen, was man tut. Es gibt einen Schock, wenn jemand sich vor den Zug oder vom Hochhaus geworfen hat, alle Nähte aufgeplatzt, die Knöpfe abgesprungen, im Stoff ein Brei –«

»Das ist der Standpunkt eines Schneiders.« Seine Angst hatte sich verwandelt und gärte als etwas anderes, als gesteigerte Energie, in ihm herum. Rücksicht brauchte er nicht mehr zu nehmen. »Im Alter besinnt man sich wieder auf die Maßstäbe seiner Eltern und wird um noch hundert Jahre rückständiger, als man sowieso schon ist. Ich lebe als fast schon Toter mit den Ansichten längst Verstorbener.« Ott genoß seine Vorurteile bewußt als Beleidigung der neuen Welt. »Machen Sie sich keine Hoffnungen, junger Mann.«

Wie wertvoll ihm sein Leben geworden war, seit andere es haben wollten!

Muhl sagte nichts, wohl um nicht antworten zu müssen: Ihre Ansichten sind uns nichts, Ihr Tod ist uns was wert.

Finsterbusch erhob sich. Seine Gestalt verdunkelte das Fenster. »Sprechen Sie nach: Fischers Fritze –«

»Geben Sie sich keine Mühe. Ich habe noch nie etwas nachgeplappert.«

Finsterbusch kam näher, Muhl rückte ab und machte Platz. »Darf ich Ihren Puls fühlen oder haben Sie so etwas Ordinäres auch nicht?«

»Finger weg oder ich schreie um Hilfe!« schrie Ott.

Finsterbusch setzte sich wieder hin. Nach einer Pause nahm Muhl einen neuen Anlauf. »Wie möchten Sie denn sterben?«

Muhl war ein Großneffe zweiten Grades. Ihm wollte er aufrichtig antworten. »Die Tür zweimal abgeschlossen, mit einem Schild davor: Bitte nicht stören.« Dem Erzeuger eines Starburg wollte er die Wahrheit sagen. »*Allein.* Allein und ungestört. Ich will, daß man mich in Ruhe läßt, wenn's soweit ist, und daß niemand – ich wiederhole: niemand, auch nicht mit den besten Absichten – mich *stört.*«

Ott keuchte, sein Gesicht zuckte, er war aufgewühlt. Nicht einmal Anni kannte seine Wünsche, die treue Anni schon gar nicht.

Einvernehmliche Blicke gingen zwischen dem Hocker und dem Fenster hin und her. »Sie möchten ein Schild *Bitte nicht stören* wie im Hotel –? Das können wir Ihnen verschaffen. Das propagieren wir ja gerade. Deswegen sind wir hier. Dann sind wir uns einig«, Muhl rieb sich zufrieden die Hände, schon ganz der Wirt aristokratischer Kreise, sein Hotel Träger einer Ethik-Auszeichnung für besondere Verdienste um die Menschlichkeit. Seine Gäste vertrauten ihm sogar ihr Leben an, er nahm es. Muhl schaukelte schwungvoll und plumpste zurück auf alle Viere.

»Sie machen den Schemel kaputt. Das kann ich Caroline nicht antun. Solche Verwandte hat sie nicht verdient.«

»Der Schandfleck war Sony.«

»Sony hat es – Sie können sagen überflüssigerweise, ich sage, altmodischerweise – für die Ehre getan. Er hat sich umgebracht, aber er hat sich nicht umbringen *lassen*. In unserer Familie macht man das selbst, man macht aus anderen Leuten keine Mörder.«

»Die Moral ändert sich, Herr Graf, Sie sind noch ganz und gar – zwanzigstes Jahrhundert.«

»Sie sprechen von Mord, auch wenn sie es ›Hilfe‹ nennen und eine Industrie daraus machen wollen. Bei Ihnen ist der Name wie eine aufgeklebte Briefmarke. Er hat mit dem Inhalt nichts zu tun, Herr –«

»Muhl heiße ich.«

»Es lohnt sich gar nicht, solche Worte zu behalten, Herr –. Der Name ist Mord und nicht die Holländische Kur. – Ich will Ihre Mogelpackung nicht.«

Muhl wählte seine Worte so behutsam, wie man Glasscherben aufliest. »Jeder – jeder Mensch hat doch das Recht auf einen – guten Tod.«

»Sie haben wohl nur mit Jammerlappen zu tun –? Sterben kann ich alleine, dafür bezahle ich nichts extra.«

Auf dieses Stichwort hatte Muhl nur gewartet. »Sie bezahlen nichts extra. Sie werden bezahlt.« Er schaukelte auf dem säbelbeinigen Hocker. »Sie werden von uns bezahlt und so sorgfältig gebettet wie ein Edelstein im Samtetui, Herr Graf.«

»Und wie wollen Sie das machen?« höhnte Ott.

»Es dauert zwischen zehn und zwanzig Minuten, mehr brauchen Sie nicht zu wissen.«

»Ungewöhnlich, Ihre Brutalität.«

Muhl hatte ein blutig geplatztes Äderchen im Augenwinkel. Er brauchte den Arzt, nicht Ott. »Woher wollen Sie wissen, wie lang eine Minute sein kann? Ein Alptraum dauert viele Stunden, und es war doch nur eine Minute«, erregte sich Ott.

»Das ist Philosophie.« Muhl kippte hintenüber. »Ihr – Reisegeld wird grandios sein, genug, um die Familie noch ein, zwei Jahre zu erhalten.« Muhl hielt Geldverachtung für Charakterschwäche; mit einem Ruck fiel er nach vorn.

»Als erstes brechen Sie einem barocken Hocker die Beine«, rief Ott entrüstet. Das nächtliche Zählen von Sitzen war ihm durch diesen Benutzer verleidet. »Warum bleiben Sie nicht bei Ihren Klärwerken? – Als Aufklärer taugen Sie nichts.«

Muhl schwieg geringschätzig und sah sich im Zimmer nach den paar Büchern, Stahlstichen und aufgestapelten Koffern um. »Sie kosten Ihre Familie eine Menge«, bemerkte er nur. »Ich hatte Einblick in die Verhältnisse der Starburgs.«

Ott versuchte, ein Zittern um den Mund und der Hände zu unterdrücken. »Sie halten mich für bestechlich? – Ich verstehe sehr gut, daß man sich von Ihnen trennt, Herr Müll von Titti.«

»Man fordert Sie auf, ein einziges Mal in Ihrem überaus langen Leben etwas zu bewerkstelligen und ein klein wenig – heroisch zu sein, und Sie kneifen.«

»Sie irren. Ich bin heroisch, ich gehöre nicht zur Dekadenz«, Ott versuchte, über sich selbst zu lachen, aber Muhl tat dies besser, Muhl lächelte impertinent. »Wenn Sie mir einen Wert zugestehen, und sogar eine Würde, dann hat meine Person auch einen Preis?«

»Selbstverständlich. Der Preis ist angemessen. Sie bekommen von uns Aktienoptionen.«

Muhl nannte die Anzahl. Sie klang astronomisch. Du liebe Zeit, was für ein Tag! Und Ott hatte doch nur die Sonnenfinsternis sehen wollen. Nun wurde er bewertet wie die Ware auf dem Sklavenmarkt.

»Ich verzichte auf Optionen eines Unternehmens, dem ein Sterbender Leben einhauchen soll.« Ott war taumelig zumute, sie sollten endlich gehen. »Aber solange ich nichts unterschreiben muß, finde ich alles sehr interessant, was Sie sagen.«

»Sie könnten den Ruin von Schloß Laun hinauszögern. Statt dessen tragen Sie dazu bei.«

»Sie glauben wohl, ein Hundertjähriger sei billig zu haben?«

»Wir verdoppeln. Ich bin kein Krämer.«

»Ich bin keine Schlampe. Mich kauft man nicht.«

»Jeder ist käuflich, glauben Sie mir, ich weiß es.«

»Sie wissen es? So, na ja. In meinem Fall: gewagt. Geben Sie sich keine Mühe, aber es fallen bestimmt andere auf Sie herein. Früher haben Mörder sich wenigstens versteckt, und Sie gehen mit Ihrer Mordlust sogar öffentlich hausieren.« Muhl mußte verrückt sein. »Sie müssen verrückt sein«, sagte Ott. »Ich habe schon mehrere solche Verrückte erlebt. Ich werde auch Ihr Unternehmen SS – Scharfe Spritze – noch überleben.«

Er lachte tonlos und schlug mit dem Fuß aus; das Vergnügen, Muhls ungeheuerliche Sottisen mit der passenden Unverschämtheit zu beantworten, war trotz seiner Angst – aber er hatte ja keine. War trotz der Gefährlichkeit der

Lage – unwiderstehlich. »Nur die allerdümmsten Kälber wählen ihren Metzger selber«, zitierte Ott. Der Spruch stammte von Paul. In gewissem Sinn kämpfte er auch für ihn. »Ich trage zur nationalen Schande nicht bei. Zielen Sie wieder eine allgemeine Endlösung an? Dann hat die Friedenszeit wohl schon zu lange gedauert. Im Krieg und in der Nachkriegszeit denkt man nicht an Selbstmord, da geht's ums Überleben, und diese glückliche Generation bringt sich gegenseitig um. Es muß wohl erst wieder Feuer vom Himmel regnen? Solche Hybris wird furchtbar bestraft, immer.«

Finsterbusch am Fenster fuhr auf, als wolle er sich auf ihn stürzen. Wenn doch nur Anni bald käme und diesem Spuk ein Ende machte.

Ein Stockwerk tiefer saß Max Magnus vor dem offenen Fenster, Opissos Kopf lag schwer auf seinem Knie. Mit einer geraden, unbiegsamen Hand streichelte Max Magnus die bucklige Stirn, während der Hund anbetend zu ihm aufsah.

»Das reicht jetzt. – Mach Platz, Posso!«

Posso, das war er, er hatte wieder einen Namen, einen Herrn. Posso, so hieß er, ER war da. Die gelben Augen, die sich in all den herrenlosen Jahren nur auf Wildschweingegner scharf eingestellt und den Rest der Welt mit unnahbarer Arroganz beglänzt hatten, ruhten unverwandt und halbgeschlossen auf Max Magnus. Mit Kinn und Kehle drückte er sein Knie, um IHN zum Bleiben zu bewegen, und röchelte voll Seligkeit und Wonne.

Soviel Anbetung war unerträglich. »Platz, Posso!«

»Er gurgelt«, meinte Fleur.

»Er schnurrt«, widersprach Max Magnus. »Mein Hund kann schnurren«, behauptete er, wie er das seit jeher behauptet hatte.

»Er trielt«, hatte seine Mutter dann geantwortet; Fleur sagte etwas anderes. »Er weint. Er weint vor Glück.«

»Tatsächlich. Sogar die Augen trielen schon. Wie lange ist das her, daß ich ihn als Welpen aus dem Wurf geholt und ihm ins Maul gespuckt habe, damit er mir gehört?«

»Du hast ihm *auch* ins Maul gespuckt?!« Fleur schlug laut ihr Lachen an, das wie so oft nur aus der Kehle und nicht von Herzen kam. Caroline war nicht im Zimmer, die Gelegenheit für Vertraulichkeiten war vielleicht jetzt da. Denn auch in größter Nähe verweigerte sich Max Magnus in mancher Hinsicht. »Warum warst du bloß so lange weg?«

Max Magnus sah hierhin und dorthin, setzte an, »Ja, weißt du –«, und brach ab. Es war etwas in ihm, das nicht antworten konnte oder wollte.

Fleur strichelte an ihrer Skizze. Sie plante ein größeres Portrait von Max Magnus – im Hintergrund den Park, die Zimmerwände mit Licht gesprenkelt, in seinem alten, von Generationen polierten Ledersessel. Die Holz- und Herbsttöne des Leders hatten es ihr angetan. Wohin sie auch gehen würden, der alte Sessel mußte mit.

»Es hat sich nicht dafürgestanden«, äußerte Max Magnus mit der vertrackten Langsamkeit, die vielleicht sein Schutz war (wie ihrer das Lachen), »es ist so mühsam, da drüben das Auto zu verkaufen, zur Bank zu gehen, ein Ticket zu besorgen –«

»Ja?« Fleur konzentrierte sich ganz auf ihn und achtete dabei nur auf sein Äußeres, das gab ihm Mut und er fuhr fort.

»In Laun, meine Mutter, weißt du – im Ausland, da lebt man *freier, leichter.*« Und weil es gelungen war, soviel zu sagen und so wenig preiszugeben, lehnte er sich zurück und knetete die Hundeohren.

Fleur nahm von den Augenbrauen etwas weg, so dicht waren sie nicht.

»Im Ausland, da ist man neu«, bestätigte sie. Ihr Max Magnus hatte einen guten Kopf mit guten Proportionen, der blieb ihm, auch wenn das glatte Haar dünn und die Haut finnig geworden waren. »Leben wir also im Ausland. Wo möchtest du hin?« Sie radierte munter drauflos. »Opisso muß mit aufs Blatt.«

»Er heißt *Opossum!*« rief Max Magnus.

Der alte Hund schreckte auf, jetzt folgte der Kniff. Schon zwickte Max Magnus' kraulende Hand eine Ohrspitze schmerzhaft zusammen, es war die alte, mutwillige Prüfung, denn Launer Bracken klagen nicht; er zuckte nur und krümmte sich und unterdrückte das Winseln, so gut es ging.

Max Magnus tätschelte ihn und stand auf. Er hatte dann genug vom Sitzen. Das war immer so gewesen, das mußte so sein. Doch heute passierte etwas Neues. Der Hund fiel um, mit einem Plumps auf die Seite. Überrascht lag er da.

»Ach, der Ärmste. Schau nur, wie hilflos er ist. Ich könnte ihm die Pfote küssen –«, Fleur stürzte hin, sie weinte fast vor Mitleid.

Zusammen brachten sie ihn wieder auf die Beine, trösteten und streichelten ihn und machten viel von ihm her. Auch das war neu, das hatte es noch nie gegeben.

»Sollten wir nicht noch Ott besuchen?« meinte Fleur, als Opossum-Opisso, auf gespreizten Pfoten schwankend, sein Gleichgewicht wiederfand.

»Ott haßt Besuche und Besucher.«

»Uns mag er, glaube ich.«

»Dich mag er, meinst du wohl.«

»Bist du eifersüchtig?« Fleur tat höchst belustigt, sie liebte Erregung, Pathos, Leidenschaft; als Braut in Schwarz hätte sie auf der Bühne auch Erfolge feiern können; sie glühte schon wie eine Kohle.

»Nein, bin ich nicht«, sagte Max Magnus.

»Gut, dann lassen wir es.«

Alle drei saßen wieder wie vorher, der Hund mit dem Kopf auf dem Knie seines Herrn, er seufzte tief und zufrieden. Wo würden sie leben? Als arme Künstler in Rom? Fleur nahm die Arbeit wieder auf.

»Im Ausland ist man für das, was man vorfindet, so wenig verantwortlich wie im Paradies das erste Paar.« Wie die Lichter flirrten! In der Stadt fand man solche Lichter nicht.

»Was hältst du von diesem Muhl?« fragte Max Magnus.

»Rupert sollte mit ihm reden. Ich weiß nicht, ob Caroline mit ihm fertig wird« – oder du, hätte sie sagen können. Bald würde es heißen: *Ich* rede mal mit ihm. Fleur hätte als die nächste, die *junge* Herzogin nach Schloß Scherbenmühle pilgern können, um Muhl das Rückgrat zu stärken und dort zu verhandeln, wo er sich in vollem

Glanz befand; hätte mit ihm lachen und kleine, wie unabsichtlich entstandene Skizzen des Cäsarenhauptes bei ihm liegenlassen können; und ihre Verhandlungsergebnisse wären spektakulär gewesen. Aber sie wußte, es war zu spät.

»Warum sagen Sie gar nichts?«

»Ich denke nach.«

»So –?«

»Mit der Spritze erzeugt und mit der Spritze beseitigt – was sollen diese Industrieprodukte denn dazwischen tun? – Selbständig denken vielleicht?«

»Von Organspende halten Sie wohl auch nichts? – Wir spritzen Ihnen dann nur zehn Minuten vor dem – Seligwerden ein paar Kubik Konservierungsstoff ins Blut.«

»Bestimmt nicht. Von mir kriegen Sie nichts. Sie müssen Ihre – Seligwerdung ohne mich betreiben. Im Leben war ich manchmal gütig, im Sterben bin ich Egoist. Aber ihr Programm gilt doch bestimmt auch für Jugendliche.«

»Selbstverständlich. Wir schließen keinen aus. Haben Sie Kinder?«

»Vielleicht. Vielleicht habe ich eine Enkelin«, verriet Ott, aber mit ungewohnt brüchiger Stimme und stockend; die Leiblichkeit war wieder einmal klüger als er mit seiner Eitelkeit und warnte ihn.

»Sie *wissen* es nicht?« Der schon bekannte Blick wanderte zwischen Muhl und seinem Handlanger hin und her.

»Ich habe meinerzeit auch ganz gut ausgesehen«,

murmelte Ott. Fleur ähnelte ihrer schönen Großmutter sehr.

»Haben Sie ein Foto von Ihrer – Enkelin?«

»Nein.« Arm in Arm mit Titti schritt Fleur im Abendkleid durch die Fotogalerie auf seinem Bord; damals im Februar war das gewesen, im Grünen Salon von Laun; sie trug Bänder und Perlen ins Haar geflochten wie eine von Veroneses rundlich festlichen Gestalten; auf das offizielle Verlobungsfoto wartete er noch. Der hübscheste Rahmen, den Anni in Bonn hatte finden können, mit goldenen Rosetten fing sie ein, in der zweiten Reihe hinter Caroline im Samtoval und Sony mit dem Band des Gefallenen war sie vom Bett aus gut zu sehen. Ganz vorn auf den Stufen ihres Hauses standen seine jungen schönen Eltern und lächelten ihm zu, als freuten sie sich, daß er bald käme. Es war wieder *Krieg*, man mußte *lügen*.

»Nein, ein Foto habe ich nicht«, behauptete Ott und spürte einen dürren, bitteren Geschmack im Mund, die Worte kamen raspelig heraus.

Muhl war seinem Blick gefolgt. »Max Magnus lebt hier sehr beengt. Das wird Sie stören.«

»Wieso mich?«

»Sie machen sich nicht viel aus Ihrer Familie?«

»Mehr als Sie. *Ich* habe Titti nicht vor die Tür gesetzt.«

Natürlich brauchte die Mutter des künftigen Herzogs zusätzliche Zimmer, sie hatte eigene Freunde, Verwandte, Taufpaten, es war Zeit für ihn, zu gehen – aber nicht durch die Hand dieser – dieser Verbrecher. Ott hustete, das Herz im Schraubstock, und hörte neue, ganz fremde Töne.

»Was suchen Sie denn?!«

Ott wühlte in der Ablage zwischen Tüchern und Zeitungen. »Einen Bleistift. Anni muß neues Mundwasser bestellen, das alte reicht nur noch einen Monat.«

Er sprach undeutlich, Muhl wurde ungeduldig. Wenn Ott keinen Schluck Wasser und die vierzig Tropfen nicht bekam, hielt er hier nicht durch. Ott tastete zwischen den Gläsern, der Lampe, den Büchern, der Serviette herum und stieß die von Anni sorgfältig halbierten Herztabletten vom Tisch. Sie verstreuten sich außer Reichweite und unters Bett. Heute bekam er keine neuen mehr, Anni war nicht da, und dieser Muhl dachte natürlich nicht daran, sich zu bücken, er hatte ja Weltanschauliches im Sinn.

»Solche Hände, die setzen wir ins Internet«, bemerkte Muhl.

Ott versuchte, sie still zu halten, sie zitterten heute stärker als sonst. Zufällig sah er auch schlechter. »Sie irren, für Sie falte ich sie nicht. Wenn Sie Leute suchen, die vor dem Sterben schlottern, dann gehen Sie ins Dorf. Suchen Sie sich jemand von Ihrer eigenen Generation, ich bin keiner von der Canaille. Ich habe nämlich einen Herrn, auf den ich stolz bin, ich habe einen Namen, wenn man mich ruft. Ich habe einen Herrn, den ich sogar liebe, aber Sie werden sich kaum über Religion mit mir unterhalten wollen«; obwohl heute ein besonderer Tag war, etwas wie Pfingsten; Ott konnte sich nicht darauf besinnen.

»Ich will nicht über Religion, sondern über Ethik mit Ihnen reden. Ethik geht jeden an. Sie sind doch nicht Graf Otterstedt nur für sich selbst. Sie haben doch eine Verpflichtung der Gesellschaft gegenüber.«

»Deswegen rede ich ja überhaupt noch mit Ihnen. Ihre

Haustier-Würde bedeutet Katzenjammer. Um friedlich zu sterben, sollte man einigermaßen anständig gelebt haben, das lernt jedes Kind. Und diese Narren glauben, man könnte Würde kaufen, einnehmen oder sich spritzen lassen – *diese Narren*«, wiederholte er, diesmal laut für sich, um am Unausgesprochenen nicht zu ersticken.

»Was man dem Tier gewährt, darf man dem Menschen nicht vorenthalten.«

»Sie halten mich für ein Stück Vieh?!« schrie Ott. Wut, Zorn, Empörung wirkten befeuernder als Medizin. »Leiden ist für mich Arbeit und keine Niederlage.« Der Schmerz schoß ihm in die Seite, er verstummte.

»Unser Vorgehen ist gerechtfertigt, wenn der Tod nahe und sicher bevorsteht.« Der Feind am Fenster, der lange genug die Koffer, die Uhr und den Papierkorb fixiert hatte, alles Dinge, die er längst kenne mußte, mischte sich plötzlich ein.

»Das hätten Sie mir erzählen können, als ich fünfundneunzig war. Keine zehn Minuten handeln Sie mir ab. Für mich ist die – die Definition von Mord keine Verhandlungssache.«

»Sie wettern gegen etwas, das ganz legal ist, das kommen wird, ob es Ihnen paßt oder nicht.«

»Niemals. Nie wird das bei uns legalisiert, nie, nie. Wir töten in Deutschland keine Wehrlosen mehr, wir muten das, ein für allemal, niemandem mehr zu«, schrie Ott. »Und jetzt geben Sie mir meine Krücke.«

»Sie wollen mich schlagen? Wir können noch mehr tun«, drohte Muhl.

»Töten Sie mich! Bringen Sie mich um!« schrie Ott, nun

völlig außer sich, »nehmen Sie die Keule wie ein Steinzeitmensch, das ist mir lieber! Bei einer Hinrichtung mit der Giftspritze müßte man sich ja schämen, überhaupt gelebt zu haben! Ich ende nicht wie ein Schwerverbrecher in den USA.«

Sein Herz stampfte, er sank zurück. Es war zuviel.

»Ersparen Sie sich doch diese letzten Aufregungen. Was haben Sie davon? Werden Sie besser? Nein, das werden Sie nicht. Sie greifen blindwütig an, Sie geifern sinnlos herum, Sie sind ein Lügner und Schläger geworden.«

Damit hatte er recht. Ott litt an giftigem Haß, er führte sich auf wie einer vom Pöbel, sie hatten ihn zum Gesindel gemacht.

»Herr Ginsterbusch –«

»Finster.«

»Möchten Sie *mehr Licht?*«

»Nein, warum?«

»Ich dachte, Sie hätten ›finster‹ gesagt.«

»Warum sollte ich das sagen?«

»Heute ist Goethes Geburtstag.«

Der Blick wanderte hin und her.

»Graf Otterstedt«, sagte Muhl sehr sanft, »Sie fragen sich doch immerzu, warum Sie so alt geworden sind. Hier ist der Grund: für Ihre Unterschrift. – Haben Sie einen Vornamen?«

»Die meisten haben einen.«

»Und der wäre?«

»Modestus heißt er, ausgerechnet«, höhnte Finsterbusch.

»Dann setzen sie Ihre Initialen unter den Vertrag hier.

Treten Sie unserer Organisation bei, Sie werden gleich Präsident.« Muhl zog ein gefaltetes Blatt aus der Brusttasche und breitete es einladend aus. »Wir gehen dann sofort und lassen Sie in Ruhe.«

»Mit einem Mörder schließe ich keine Verträge.«

»Ihr Hochmut ist fast schon wieder bewundernswert.«

»Helfen Sie mir bitte auf. Ich möchte höher sitzen.« Wie er sich danach sehnte, die Zähne ablegen, die Stiefel ausziehen, sich zurücklehnen und endlich ausruhen zu können! »Und jetzt möchte ich allein sein«, verlangte er, kaum noch hörbar.

»Ist es schon soweit?« erkundigte sich Finsterbusch, durch eine weite, hoch aufrauschende Schwärze, vom Fenster her.

»Verschwinden Sie«, sagte Ott in die Dunkelheit hinein. »Gott straft mich, wenn ich Ihnen weiter zuhöre.«

»Stell den Fernseher an«, befahl Muhl.

Es war soweit. Sie brauchten eine Geräuschkulisse.

Hoch oben flogen die Schwalben. Die Schwalben waren also noch da. Durch die weit offenen Terrassentüren strömte das Sonnenlicht in die Salons und über die vielen Stühle; darunter einen, der besser im Schatten des oberen Ganges geblieben wäre, ein krummbeiniger Fauteuil, aus dem die Eingeweide quollen. »Der muß zurück«, sagte Caroline.

Mathias stellte zwei vergoldete Louis Seize-Sessel zu den steifen schwarzen viktorianischen Eßzimmerstühlen, er pflanzte alles, was ihm in die Hände geriet, in eine Reihe nebeneinander wie ein echter Demokrat.

»Wir stellen die Stühle in Gruppen auf«, schlug Caroline vor, »immer drei oder vier, die zusammenpassen, zu einem Kanapee und einem Tischchen.«

Mathias setzte, wo er stand, einen wurmstichigen braunen Stuhl zu einem Set von zwölf weißlackierten, und wischte eine Spur Vergoldung von der schweißnassen Hand. Er wußte, daß ihn als Diener-Gärtner-Chauffeur keine andere Familie haben wollte, und Caroline wußte, daß sie für den Lohn keinen anderen bekam. Wollte sie Dahlienknollen setzen, verschwand er ins Dorf auf der Suche nach Tulpenzwiebeln; wollte sie das Auto gewaschen haben, wässerte er die Buchskübel aus purer Lust am Widerspruch, auch wenn es regnete. Ihr von der Gartenarbeit fleckiger Rock erfüllte ihn mit Hohn und, schlimmer noch, mit Schande, weil Durchlaucht mit der Hacke schuftete. In ihrer Gartenkluft taxierte er sie sogar von oben bis unten, was sie zutiefst empörte. Für diesen Bisambock hatte sie eine Institution, die Herzogin von Starburg, zu sein und sonst gar nichts. Caroline liebte ihren Garten, zog Schnittblumen und Gemüse für das Haus, tat aber nichts für die Wege, die ungeharkt blieben, und den ungeschorenen Rasen; sie schnitt auch nicht die Hecke, Büsche überließ sie sich selbst. Und schon tauchten Leute auf, altbekannte Gesichter aus der Umgebung, aber mit einem neuen Ausdruck der Herablassung, der Geringschätzung, und ließen gönnerhaft die Blicke schweifen. Hier fehlte wohl die starke Hand? Sie griff nicht durch, war nur eine schwache Frau.

»Den Höcker vom Grafen – muß ich den auch noch bringen?« Mathias zog ein grobgewürfeltes, unglaublich schmutziges Tuch, worin sich Kaugummi befand, und wischte sich die Kinnlade. Störrisch war er immer schon gewesen, das Freche war neu.

»Nein, stören Sie ihn nicht, die Alten brauchen keine Hocker.« Es klang fast unterwürfig. »Den können Sie wieder mitnehmen.« Caroline wies auf den drehbaren, fransenbewehrten Klaviersitz, doch Mathias hörte nicht und war schon weg, sie packte selbst an und trug das schwere Ding hinaus.

Rupert war mit seiner Trauer und Max Magnus mit seiner Verlobung beschäftigt, er fertigte Listen an, ließ sich malen oder fotografieren oder machte Einkäufe mit Fleur. Die Vorbereitungen für Otts hundertsten Geburtstag blieben an ihr hängen; ihre Achtung vor Oberst Hoppe, der einen Teil seines Lebens damit verbracht hatte, Leute anzuschnauzen, Böswillige zu bändigen und barsch aufzutreten, stieg; der, um fremde Arbeit zu vergüten, bessere Mittel besaß als Liebenswürdigkeit.

»Wie viele kommen denn?« fragte Ruperta.

»Keine Ahnung. Eingeladen sind alle, die auf Otts Adreßliste stehen, aber geantwortet haben nicht viele, die meisten sind ja uralt, manche sicher schon tot.«

»Bei der Miserie brauch ich Kaffee«, sagte Ruperta.

Sie sagte *Miserie,* wie man Zeremonie sagt; sie glaubte, eine Prinzessin sage das so und nicht einfach Misere oder Elend. Neuerdings war sie keine Hilfe mehr, konnte nichts Schweres anfassen, saß nur noch auf der Chaiselongue mit den versenkten Knöpfen herum und lächelte gequält.

Caroline brachte den Kaffee. »Sie ist bestimmt sehr angegriffen«, sagte sie zur Küchentasse, denn die Küchentasse genügte für Ruperta, wenn sie sich bedienen ließ wie eine Gräfin im Fernsehspiel. Im übrigen hatte sie noch immer nichts begriffen. Messer und Gabeln richtig legen, ja, das hatte sie gelernt; aber nach wie vor stellte sie die Stühle eng, abweisend dicht an den Eßzimmertisch heran: nur nichts Fremdes heranlassen! Ein Bild ängstlicher Geschlossenheit, das den Starburgs gar nicht ähnlich sah. Gastfreundschaft, die schön geöffnete Fassade; in Laun hatte man im Zusammenbringen von Interessen und im Vermitteln von Anliegen immer eine Aufgabe gesehen; und Caroline rückte im Vorbeigehen die Stühle einladend weit ab. Sie war keine echte Prinzessin Starburg geworden, aber Hannelore war sie auch nicht mehr, nun wurde sie auch noch krank, schlich behutsam durch die Räume, strich anbiedernd über Parkett und Stein, anstatt, die Füße gut in Form gehalten, mit ganzer Bodenhaftung fest und sicher aufzutreten. Die Fenster schlecht geputzt, Staub wie im Beinhaus, ein weißes Laken über die Couch gebreitet; Caroline nahm es ab und legte es zusammen. Wenn doch Fleur hier noch übernehmen könnte, dachte sie. Wenn doch Hoppe wiederkäme.

Es war merkwürdig still hier oben, niemand war da, weder Fußgänger noch Radfahrer. Auch im Dorfladen, als er Bier kaufen wollte, war niemand mehr gewesen. Der Mais knisterte, ein Hund bellte, aber kein Rufen und Schreien, wie sonst zu Mittag, kein Spielen im Freien war zu hören.

Gelegentlich blitzte ein Autofenster unerwartet im Gelände, und Scharen von Beobachtern, die Hoppe jetzt entdeckte, saßen dicht an dicht gedrängt an einem weit entfernten Hang.

In den oberen Luftschichten wehten weiße und dunklere Wolken schnell über manch offenes Blau. Hinter hellem Gewölk hatte die Sonne, wie durch einen Biß, eine plumpe, dann durch Aushöhlung von rechts nach links eine exaktere Sichelform angenommen und hörte auf zu blenden. Wer nicht Bescheid gewußt hätte, dem wäre noch nichts aufgefallen, die Helligkeit auf der Erde blieb dieselbe wie an einem regnerischen Tag. Die Dächer glänzten nicht, das Sonnenlicht verlor die Farbe und das Feuer, mit dem es das belebt, worauf es fällt, und wurde bleicher. Das warme Gelb des Hafers, das fiebrige der Stoppelfelder wurde herbstlich, schwächlich, blaß und krank, aber der Mais raschelte, die Krähen flogen niedrig übers Feld wie immer, die Ackerwinde hielt den Blütenkelch weit offen. In der Dämmerung hätte man bequem im Freien Zeitung lesen können, als die Sonne schon zu fünfundneunzig Prozent verdeckt war und nur ein schmales Lichtband wie durch einen Türspalt in das Weltall fiel.

Hoppe stand auf einem Feldweg, er wandte sich zum Gehen, er sollte bald in Konstanz sein. Und gerade, als er sich noch einmal umdrehte, da wurde wie mit Absicht das Licht ganz abgedreht und ausgeschaltet und die Erde unter Dunkelheit begraben.

Es war höchst unheimlich. Es wurde zappenduster mit einer überfallartigen Gewalt und katastrophenhaften Schnelligkeit, das Tal bodenlos und dunkelgrau, die Berge schwarze Klumpen, das Maisfeld eine dichte Wand, die Wiesen asch- und rußbestaubt, der Wasserturm als Umriß nicht mehr zu erkennen, der Himmel schwarz wie keine Nacht je im August, und durch eine letzte blaue Lücke oben zog sich ein langer schwarzer Schattenstreifen.

Beinah begann Hoppe sich zu gruseln, ja zu fürchten, er bereute, hier allein zu sein, es wurde jetzt empfindlich kalt, das Zeitgefühl ging ihm verloren; und als er nur noch hoffte, wünschte, es solle wieder heller werden, da stiegen zwei kleine Feuerwerksraketen aus dem Dorf und in die Höhe, und etwas wie Geschrei, nicht furchtsam, sondern jubelnd, drang vom entfernten Hügel bis zu ihm hinüber.

Nur zwanzig Minuten Partial- und Kernzeit; und war doch eine lange, bleiern schwarze Nacht gewesen. Denn noch abends um sieben, als es in Konstanz regnete und Frank Meisels Frau belegte Brötchen auftischte, brauchte er etwas Heißes – als Mittagessen. Und nachts um drei verlangte er hellwach sein Abendbrot. Frank lachte ihn aus. Hoppe hatte wohl den Jetlag? Und war doch nicht geflogen.

Jeder sein eigenes Laboratorium, verteidigte sich Hoppe. Bei ihm war eben der Magen die Experimentierküche. Als er, getrieben von Frühstücksgelüsten, der Autobahn wieder zustrebte, die sich unterdessen in einen riesigen Parkplatz verwandelt hatte, da war er innerlich ganz durcheinander gewesen, so unaufgeräumt, nüchtern und übernächtigt kam er sich vor, hohl und schmutzig; sogar nach Dusche und Rasur verlangte ihn, und im Rasthaus aß man am Nebentisch zu Mittag. Der Fernseher lief an der Wand, die Finsternis raste, der Sonnenrichtung entgegen, in die Türkei und verwandelte auch dort den Sommertag in zwei verkürzte Tagstümpfe und eine monströs verkürzte Nacht. Wie die Leute jubelten!

Er, der so gern Leute testete, war diesmal selbst überrumpelt worden. Er war verwirrt gewesen, hatte Angst gehabt, als die sichtbare Welt zurückgezogen wurde und verschwand, als die fremde Nacht sich über ihm schloß und die Kälte eines Abgrunds herüberwehte. Es war ein Test, etwas, das niemand zum zweitenmal erlebt, ein zweites Mal ist eben nicht das erste Mal; mochten auch einige Enthusiasten der nächsten Sonnenfinsternis bis nach Südafrika nachreisen, im Jahr 2001.

Dabei glaubten alle doch zu wissen, was da kommen werde, die technische Erklärung war bekannt. Aber vieles von dem, was die Medien ankündigten, war nicht eingetroffen, Vorhersagen erwiesen sich als falsch. Weder hatten die Vögel sich zur Ruhe begeben, noch die Blüten sich geschlossen; es war kalt geworden, statt eines Schattens kam die Nacht von rätselhafter Dauer. Nostradamus wurde viel zitiert, der Weltuntergang angekündigt für die nächste Zeit; und wirklich, mit der Sonne war etwas geschehen, die alte Stärke gewann sie nicht zurück, blieb herbstlich für den Rest des Sommers, und manchmal, wenn sie sich verdüsterte und eine Wolke vor sich zog, war man versucht, hinaufzudrohen. »Fängst du schon wieder an?! Hör auf damit«; als habe man dem gewohnten Rollen der Tage allzusehr vertraut.

Immer wieder schob sich die schwarze Scheibe auf die weiße, ein entscheidendes Tor war gefallen. Sogar die Sonne ließ sich treffen, exakt nach Plan, genau ins Ziel und pünktlich wie berechnet; entsprechend überschäumend war der Jubel. Eine vieltausendköpfige Menge fiel sich begeistert in die Arme und jubelte im Dunkeln, Brillen aus eloxierter Folie und Pappe auf der Nase. Das war in Stuttgart.

»Großartig! Phantastisch!« rief Finsterbusch.

»Schalt mal um«, verlangte Muhl.

Auch in Karlsruhe, Tübingen, Wien, auf allen Kanälen zwischen Cornwall und dem Golf von Bengalen starrten die Massen verzückt wie trinkende Käfighühner in den Himmel, es gab Bier und Sekt für jeden, Fremde fielen sich in die Arme und jauchzten in einem grenzenlosen Freudentaumel; manche weinten hinter den schwarzen Brillen vor Ergriffenheit. Sogar die Sonne hatte Regeln gebrochen und gegeben, was man von ihr haben wollte: endlich Schwärze, Finsternis und Nacht; das war so folgsam, edelmütig, ja; Ott hatte widerstanden. Die Arbeit war getan, die Plackerei zu Ende, er war froh, so froh, daß er diesen Wahnwitz nicht mehr wahrzunehmen und bloß noch abzureisen brauchte; und sich mit Hoppe in Spanien befand. Denn Spanien mußte es wohl sein, ein Land wie dieses, Spanien, Spanien, diese Landschaft in der Sonne, der goldenen Hügel und der weiten, hellen Horizonte. Weiden und Pappeln wuchsen am Bach. Hoppe steuerte sein Wohnmobil und er saß neben Hoppe. Hoppe lächelte mit seinem warmen, rührend schiefen kleinen Lächeln, er hatte Caroline angerufen und alles in Ordnung gebracht; Ott hatte es ihm ja geraten. Danke, daß ich das noch erleben darf, flüsterte er; und als Anni sich über ihn beugte und er Muhl sagen hörte: »Erlaucht ist eingeschlafen«, da hätte er laut lachen können. Was wußte dieser Muhl von Schlaf? Nie war er wacher und lebendiger gewesen. Er war fest und sicher angekommen in einem Land, in dem man nett zu alten Leuten ist, sehr nett sogar, ganz reizend, liebevoll; sogar jung war er geworden, jetzt mußte er noch spanisch lernen. Das fiel ihm leicht, ohne es zu wissen, hatte er es immer schon gekonnt. Das war eine Freude! Er schwebte, flog, er schwamm im Glück. ¡Modestus! Sigue adelante. *Aqui estoy muy bien.* Sigue. Estamos en el sitio ideal, grande, abierto, hermoso, un espacio precioso para ti y para todos los otros. *¿Para todos?* Para todos. El jefe de esta empresa no pierde nada ni nadie. *¡Vale!* Es war so seltsam, spanisch, spanisch, unerwartet und beglückend; es war ein Fest, ein Fest der Dinge und Personen, ein Fest für alles und für jeden.